# Die Tote im Feuer

## Föhrer Morde

### Buch Eins

# Hanna Paulsen

# Die Tote im Feuer

Föhrer Morde

Band 1

Hanna Paulsen

# Impressum

1. Auflage, 2024
© Hanna Paulsen – alle Rechte vorbehalten.
Hanna Paulsen
c/o
JENBACHMEDIA
Grünthal 109
83064 Raubling

Betaleser (Hörspiel- und/oder Romanfassung): Stephanie Mader, Ella Theiss, László I. Kish, Marco Behrens, Nicole Nadine Schönberg, Gerda Meister, Anja Lang, Kerstin Rachfahl, Katy Stölker und Andrea Scheerer von Lektorat Textwichtel
Korrektorat: Sabine Albrecht
Coverdesign: @ Madeleine Hirdt
Verwendete Bilddateien:
Shutterstock: @Bubbers BB, @mapman, @Viesturs Jugs
Adobe Stock: @Birol Dincer
Despositphotos: @ sabbra_cadabra, @ topcu

Dieses Buch wurde mithilfe der Software Vellum erstellt.
Ein Belegexemplar für diese Publikation ist bei der Deutschen Nationalbibliothek hinterlegt.

*Bestellung und Vertrieb:*
*Nova MD GmbH, Vachendorf*

ISBN: 978-3-98942-451-7

# KAPITEL 1

## LINA

Lina Christiansen starrt hinaus auf die schwarze See. Wie immer um Ostern herum ist ihr schwer ums Herz. Fest drückt sie die Hand von Sönke, ihrem Verlobten, doch es hilft nichts. Schon vor einer Weile ist die Sonne am Horizont untergegangen und hat einen tiefschwarzen Himmel hinterlassen. Kein einziger Stern ist zu erkennen, weil dunkle Wolken die Sicht behindern. Ein eisiger Wind pfeift über den Wyker Strand und bringt Lina zum Frösteln. Doch es liegt nicht allein am Wetter, dass ihr so kalt ist.

Sie zieht den Reißverschluss ihrer Jacke zu. »Die See sieht heute so finster aus. Fast, als würde sie einen verschlingen.«

»Oh! Ganz schön düstere Gedanken! Vor allem so kurz vor der Hochzeit.« Sönkes tiefe Stimme klingt wie meistens eine Spur zu laut. Aber ihr gefällt sein Selbstbewusstsein. Es hat etwas Beruhigendes. »Dir kommen doch nicht etwa Zweifel?«, fragt er in foppendem Tonfall.

Gerade ist ihr allerdings nicht nach Scherzen zumute. »Ach Quatsch! Es liegt bloß an Ostern.« In der Ferne taucht ein orangegelber Lichtpunkt am Strand auf. Das große Osterfeuer, um das sich alle versammeln und zu dem auch Lina und Sönke wollen. Ihr Blick schweift zu den Wellen. Sie werden kraftvoll gegen den Strand gespült und verfehlen Linas Füße nur um Haaresbreite. »Damals, als es passiert ist ... Da kamen wir gerade vom Osterfeuer und ...«

»Tut mir leid, daran habe ich nicht gedacht.« Sönke drückt im Gehen ihre Hand.

Wieder einmal fällt ihr auf, wie gut er aussieht: groß, blond und mit breiten Schultern zum Anlehnen. Früher einmal hat sie sich zu einem ganz anderen Typ Mann hingezogen gefühlt, aber das ist lange her.

»Lass uns einen Zahn zulegen, dann sind wir gleich bei den anderen«, fährt Sönke fort. »Da hast du hoffentlich etwas Ablenkung. Ich freue mich schon den ganzen Tag auf eine Bratwurst und ein kühles Bier.« Er bleibt stehen und mustert sie. »He! Sonst ist aber alles in Ordnung, oder?« Dieses Mal klingt seine Frage ernst gemeint.

»Natürlich.« Hastig gibt Lina ihm einen Kuss auf die Wange und setzt ihren Weg fort. Die Musik vom Osterfeuer schallt zu ihnen herüber und die schemenhaften Gestalten vor den Flammen werden immer größer. Ein leichter Rauchgeruch liegt in der Luft und mischt sich mit der salzigen Note der Nordsee. Es könnte alles so schön sein, wenn es Lina nur gelänge, die Vergangenheit abzuschütteln.

Anstatt bitteren Erinnerungen nachzuhängen, sollte sie sich mit ihrer Zukunft befassen. Und die wird sie gemeinsam mit Sönke verbringen. »Wobei ich mir schon so meine Gedanken über unsere Heirat mache«, sagt sie leise. »Ich bin mir immer noch nicht sicher wegen des Namens.«

Sönke streichelt ihr im Gehen über den Handrücken. »Wieso? Was hast du denn gegen Lina Matthiesen einzuwenden?«

»Nichts. Aber die Leute hier kennen mich alle als Lina Christiansen. Besonders meine Kontakte aus der Tourismusbranche, die …«

Sönkes Handy klingelt – zum dritten Mal, seitdem sie aufgebrochen sind. Er zieht es aus der Jackentasche und sieht auf das Display. »Tut mir leid, aber da muss ich rangehen. Könnte sein, dass dieser Anruf unsere ganze Hochzeit inklusive Flitterwochen finanziert.« Sein Lächeln wird mit jedem Wort breiter. Er liebt seinen Job als Makler – keine Frage.

Gerade wäre es Lina allerdings lieber, wenn er bei ihr bliebe. Aber sie schweigt.

»Geh du doch schon mal vor zum Feuer«, schlägt Sönke vor. »Dann treffen wir uns dort.« Ohne eine Antwort abzuwarten, marschiert er mit energischen Schritten los. Seine kraftvolle Stimme wird immer leiser, während er sich von ihr entfernt. »Sönke Matthiesen von Föhr Immobilien. Hallo?«

Lina seufzt. »Also schön.« Sie glaubt nicht an Geister, folglich kann auch keiner sie heimsuchen. Besser, sie hält sich an die Lebenden. Und niemand ist lebendiger als ihre Schwester Emma. Lina kramt das Handy hervor und wählt im Gehen deren Nummer. Es klingelt ein paarmal, bis ihre Schwester abnimmt. Mittlerweile befindet Lina sich im dichten Gedränge der Feiernden und kann über den Lärm hinweg kaum etwas verstehen. »Emma?«

»Moin!« Auch bei Emma sprechen im Hintergrund viele Menschen durcheinander und die Musik ist laut. »Seid ihr schon da?«

»Ja, wir sind hier.« Suchend blickt Lina sich um. »Wo steckst du?«

»Dreh dich mal um.«

Dieses Mal hört Lina Emmas Stimme nicht nur über den Handylautsprecher, sondern auch in unmittelbarer Nähe.

Emma steht direkt hinter ihr. Sie trägt trotz der Kühle Hotpants und vergräbt eine Hand der Tasche ihrer schwarzen Lederjacke, während sie mit der anderen das Smartphone hält. Das platinblond gefärbte Haar fällt ihr offen über die Schultern.

»He.« Lina umarmt sie. »Wie geht's?«

Emma tritt einen Schritt zurück und mustert sie mit einem leichten Stirnrunzeln. »Jedenfalls besser als dir. Du hast so tiefe Schatten unter den Augen, dass ich sie selbst hier im Halbdunkeln erkenne. Wirst du etwa krank? Wäre ein schlechtes Timing. Komm lieber schnell mit ans Feuer. Da ist es wärmer.«

Die Schwestern nähern sich dem prasselnden Osterfeuer. Vor der orangeroten Flamme zeichnen sich die Silhouetten von Männern, Frauen und Kindern ab. Der Rauchgeruch wird stärker – genauso wie der Grillwürstchenduft vom Stand ein paar Meter weiter. An einem anderen Tag hätte Lina sich vermutlich in die Warteschlange eingereiht. Heute hingegen bereitet ihr der Geruch von gebratenem Fleisch leichte Übelkeit.

Sie ist Emma noch immer eine Antwort schuldig. »Nein, mir fehlt nichts«, sagt sie schließlich. »Es ist nur diese Zeit im Jahr. Ich musste wieder an Broder denken.«

»Du meinst *Arne*.« Emmas Stimme klingt gepresst.

»An den auch.« Ihre Schwester hat natürlich recht. Wenn, dann sollte Lina an Arne denken, nicht an Broder. Ihre Wangen erhitzen sich, aber sie schiebt das auf die Wärme der Flammen.

Schweigend sieht sie einer Gruppe von Jungen und Mädchen dabei zu, wie diese das Feuer umrunden und dabei immer wieder ihre Stöckchen in die Flammen halten. Bisher hat zum Glück noch keines der Hölzer Feuer gefangen. »Sag mal, sind die Kinder mit ihren Stöcken da nicht etwas zu nahe am Feuer?«

Emma winkt ab. »Lass denen doch ihren Spaß. Die Eltern werden schon aufpassen.« Fest blickt sie Lina in die Augen. »Aber mal im Ernst: Du willst in einer Woche heiraten. Da solltest du nicht mehr an deinen Ex denken.«

Lina fühlt sich ertappt. »Weiß ich doch, aber ...« Ein Junge stochert nun ernsthaft in dem brennenden Holzstapel herum. Einige Scheite lösen sich und rutschen aus dem Stapel. »Vorsicht!«, ruft sie dem Jungen zu. »Das fällt doch alles in sich zusammen!«

Ein Mann in blauer Regenjacke tritt vor. »Leo! Weg da! Das ist zu gefährlich.« Die Augen des Mannes weiten sich und sein Mund steht weit offen. »Scheiße! Ist das etwa ...? Weg da!« Seine Stimme überschlägt sich beinahe. »Komm sofort her!«

Was hat er nur? Neugierig tritt Lina näher. Nun sieht sie es auch. Wie erstarrt bleibt sie stehen, kann nicht fassen, was da im Feuer zu erkennen ist: ein verkohlter Mensch.

Eine Frau kreischt aus voller Kehle. Eltern zerren ihre Kinder aus der Gefahrenzone. Einige Besucher starren auf die Flammen, während andere in Panik das Weite suchen.

»Um Gottes willen!« Lina hat das Gefühl, der Boden unter ihr würde sich in Treibsand verwandeln. »Wo ist denn die ...?« Sie muss Hilfe holen. Sofort. Hastig formt sie mit den Händen einen Trichter. »Feuerwehr, hierher!« Hoffentlich hören die Ersthelfer sie überhaupt über den Lärm hinweg.

Doch der Tumult scheint die Feuerwehrleute bereits alarmiert zu haben. Männer in leuchtend rotgelben Jacken und mit weißen Helmen auf dem Kopf drängen sich zwischen den Feiernden hindurch.

»Da liegt einer zwischen dem Holz! Beeilt euch!«, ruft Lina. Kaum haben die Feuerwehrleute ihren Standort erreicht, weicht das Adrenalin aus ihren Adern und sie sackt in sich zusammen. »O mein Gott!« Schluchzend schlägt Lina sich die Hand vor den Mund.

Sönke rennt auf sie zu. Schweiß perlt ihm von der Stirn und er atmet schwer. »Was ist denn hier los?«

»Bitte treten Sie zurück.« Die Stimme eines Feuerwehrmannes erklingt über ein Megafon. »Dies ist ein Ernstfall. Verlassen Sie den Strandabschnitt und machen Sie Platz für die Löscharbeiten. Ich wiederhole: Dies ist ein Einsatz. Bitte gehen Sie zur Seite.«

Zögernd leisten die Leute dem Aufruf Folge. Nur Linas Füße fühlen sich an, als wären sie im Sand einbetoniert. Eine Sirene erklingt. Die Feuerwehrleute entrollen in Windeseile einen langen Schlauch.

Jemand berührt Lina an der Schulter. Es ist Emma.

»Lina? Sönke? Kommt schon!« Ihr Tonfall klingt drängend. Sie gibt ihr einen sanften Stups.

Endlich gelingt es Lina, ganz langsam einen Fuß vor den anderen zu setzen. Auch wenn sie immer noch befürchtet, gleich mit der Nase zuerst im Sand zu landen – so wackelig fühlt sie sich auf den Beinen.

»War das da eben ein Mensch?«, fragt Sönke. Er ist bleich wie eine Muschelschale.

»Ich glaub, ja.« Linas Stimme bricht. »Es ist … fast so wie … damals.«

# KAPITEL 2

BRODER

Staatsanwalt Broder Jacobsen steht zusammen mit Hauptkommissar Thies Hansen am Ostersonntag um kurz nach sieben Uhr morgens an Deck der ersten Autofähre, die von Dagebüll nach Wyk übersetzt. Die aufgehende Sonne taucht das Meer in ein warmes, oranges Licht. Auf den Sandbänken, an denen das Schiff vorüberzieht, tummeln sich kleine schwarze Gestalten: Seehunde. Broder beugt sich über die Reling und sieht hinaus aufs Wasser. Der vertraute Anblick ist schön und schmerzhaft zugleich. Eine frische Brise weht ihm um die Nase und vertreibt den letzten Rest von Müdigkeit.

Im Gegensatz zu ihm wirkt Thies Hansen nicht so, als sei er schon ganz wach. Seine braunen Augen sind winzig und er gähnt hinter vorgehaltener Hand. »Mein Ostern hatte ich mir anders vorgestellt. Erst zum Gottesdienst, dann gemütlich Brunchen mit meiner Frau. Stattdessen hat um fünf Uhr der Wecker geklingelt und die Arbeit ruft.« Er zupft sich am grauen Vollbart und mustert Broder. »Sie hätten übrigens nicht mitzukommen brauchen, Herr Jacobsen. Die anderen Staatsanwälte tun das auch nicht. Mein Team und ich, wi mookt dat alns.«

Es ist nicht der erste Kommentar dieser Art. Deshalb wird es Zeit, dass Broder für klare Verhältnisse sorgt. »Was meine Kollegen tun oder nicht tun, interessiert mich nicht«, stellt er fest. »Das hier sind meine Ermittlungen und die leite ich vor Ort.« Etwas versöhnlicher fährt er fort: »Außerdem wird's ohnehin Zeit, meine Eltern mal wieder zu besuchen.«

Thies Hansen nickt. »Stimmt. Sie kommen ja von Föhr. Wundert mich allerdings, dass Sie trotzdem die Ermittlungen leiten. Falls Sie das Opfer kennen ...«

»Das halte ich für unwahrscheinlich. Ich bin da schon vor zehn Jahren weg und so klein ist die Insel nun auch nicht.« Allerdings ist Broders Umzug kein Thema, über das er mit dem Hauptkommissar diskutieren will. »Was haben Sie denn bisher für mich?«

»Nich veel. Die Tote trug weder Papiere noch ein Handy bei sich. Auf Föhr wird bislang niemand vermisst, deswegen weiten wir unseren Suchradius aus. Vielleicht finden wir die Identität der Frau über das Zahnschema heraus.«

Broder stellt sich etwas breitbeiniger hin, um das leichte Schwanken des Schiffes auszugleichen. »Na ja, das könnte dauern. Ich schlage vor, wir versuchen es erst mal mit Klinkenputzen. Wir sollten die Öffentlichkeit informieren und sämtliche Hotels und Vermietungen für Ferienwohnungen abklappern. Samstag ist Bettenwechsel.

Womöglich hat's ja jemand versäumt, rechtzeitig auszuziehen.«

»Sie brauchen mir nicht jeden einzelnen Schritt zu diktieren. Ich mach diesen Job schon ein paar Jahre.« Thies Hansen klingt ein wenig genervt. Er ist Mitte fünfzig und scheint nicht sonderlich begeistert von der Aussicht, für einen Staatsanwalt zu arbeiten, der halb so alt ist wie er. »Besuchen Sie ruhig Ihre Eltern und lassen Sie mich und mein Team in der Zwischenzeit ermitteln. Wenn es was Neues gibt, ruf ich Sie an.«

So leicht will Broder sich nicht die Butter vom Brot nehmen lassen. Er mag erst achtundzwanzig sein, aber er würde diesem Sturkopf schon noch beweisen, dass er seinen Posten als Staatsanwalt zu Recht innehat.

Broder deutet auf einige Gebäude, die sich am Horizont abzeichnen. »Gucken Sie mal da hinten. Da ist schon der Wyker Hafen. Wir sollten zu unseren Autos zurückkehren.« Er wendet sich noch einmal zu Thies Hansen um. »Und nur, um das klarzustellen: Ich bin nicht mitgekommen, um hier Urlaub zu machen. Wir sehen uns gleich auf dem Revier.«

BRODER

Die Wyker Polizeistation ist in einem modernen Rotklinkerbau direkt am Hafendeich untergebracht. Dort werden Broder und Hauptkommissar Thies Hansen bereits von Polizeichefin Greta Jensen erwartet. Vom Sehen her kennt Broder die sportliche Blondine mit Kurzhaarschnitt, auch wenn sie bisher noch nie etwas miteinander zu tun hatten. Ihr Mitarbeiter, Kommissar Udo Harksen, ist ebenfalls anwesend. Harksen war ein oder zwei Klassen über Broder und sieht mit seinem zerzausten dunklen Haar und dem Grübchen am Kinn immer noch ein wenig wie ein zu groß geratener Schuljunge aus. Er führt Broder und seinen Begleiter – flankiert von Greta Jensen – zu einem Besprechungszimmer.

Die Polizeichefin deutet auf einen großen ovalen Tisch, um den sechs Stühle stehen. »Bitte setzen Sie sich. Möchte jemand eine Tasse Tee?« Tatsächlich steht auf dem Tisch ein Tablett mit Kaffeegeschirr und einer offenen Kanne, aus der es verheißungsvoll dampft.

Broder nimmt Platz und schnuppert erwartungsvoll. Dem Duft nach handelt es sich um grünen Tee. Den mag er besonders gern.

Thies Hansen hingegen verzieht das Gesicht. »Ein Kaffee wär mir lieber. Wir mussten verdammt früh aus den Federn.«

Sein Kommentar bringt Broder zum Schmunzeln. Der Mann ist wirklich weder ein Sonnenschein noch ein Morgenmensch. »Sie hatten doch schon zwei Tassen Kaffee auf der Fähre. Denken Sie an Ihren Blutdruck.« Mit einem Augenzwinkern nimmt er seinen Worten die Schärfe. »Also, ich trinke gerne einen Tee.«

»Von mi ut.« Schicksalsergeben schenkt sich der Hauptkommissar Tee ein und zieht die Tasse zu sich heran. Auch Broder und Udo Harksen füllen ihre Tassen.

Greta Jensen bleibt als Einzige stehen. Sie schließt die Jalousien und schaltet einen Beamer ein, der ein leises Surren von sich gibt. »Ich starte dann mal unsere kurze Präsentation.« Sie greift nach der Fernbedienung für den

Beamer und tippt darauf herum. Ein Foto des Osterfeuers wird an die Wand geworfen. Zwei Feuerwehrleute sind gerade damit beschäftigt, die Flammen zu löschen.

»Das hier sind Bilder vom Fundort der Leiche«, bemerkt sie und klickt weiter zum nächsten Bild. »Die dazugehörige Stelle auf der Karte ... Und hier der Holzstapel.« Auf diesem Foto sind die Flammen bereits gelöscht. Verkohlte Holzscheite türmen sich zu einem grausigen Gebilde auf, in dem die menschlichen Überreste nur mit Mühe zu erkennen sind.

Broder schluckt hastig seinen Tee hinunter. Ihm ist ein wenig übel. Dabei hat er schon so viele Tote gesehen. Aber hier, an seinem Strand, ist es etwas anderes.

»Sehen Sie den roten Punkt in der Mitte des Stapels?«, fragt die Polizeichefin. »Dort haben wir die Fundstelle markiert. Jetzt noch ein Zoom in den Stapel hinein. Und das ist die Umgebung.«

Broder kennt diese Stelle nur zu genau. Dort findet das Wyker Osterfeuer schon seit Jahren statt. Er selbst hat dort viele Male mit Freunden und Familie gefeiert. Damals, als seine Welt noch in Ordnung war.

Thies Hansen stellt seine Teetasse schwungvoll auf dem Tisch ab. »Schiet! Sind das da im Sand etwa alles Fußspuren?«

»Leider ja«, erwidert Greta Jensen. »Das Osterfeuer hatte schon eine ganze Weile gebrannt, als die Tote entdeckt wurde. Es waren hunderte Menschen vor Ort. Dürfte schwer werden, da Spuren auszuwerten. Unser Team hat trotzdem so viele wie möglich gesichert. Besonders vom Brennholzstapel.«

Broder kneift die Augen zusammen. Doch in dem Wirrwarr aus Fußabdrücken, Sand und Asche lässt sich nicht viel erkennen. »Haben die Webcams was aufgenommen?«

Die Polizeichefin wendet sich an ihren Mitarbeiter. »Udo, hast du was für uns?«

Der schüttelt den Kopf. »Leider nicht. Dieser Strandabschnitt wird von keiner Kamera erfasst.«

Broder verkneift sich einen Fluch. Thies Hansen seufzt. »Sehr ärgerlich! Wissen wir inzwischen, wer die Tote ist?«

Greta Jensen legt die Fernbedienung ab. »Negativ. Meine Leute telefonieren gerade herum, ob kürzlich irgendwo ein Portemonnaie oder ein Handy gefunden wurde. Vielleicht haben wir auch Glück und jemand meldet das Opfer als vermisst.«

Die Möglichkeit besteht zwar, aber Broder will nicht darauf bauen. »Das Gesicht ist ja zumindest noch in Teilen erhalten. Wir könnten davon eine Phantomzeichnung anfertigen lassen und sie an die Presse rausgeben.«

Die Polizeichefin wirkt nicht überzeugt. »Dafür müssten erst einmal die fehlenden Bereiche rekonstruiert werden.« Sie macht eine kurze Pause und mustert ihn. »Nichts für ungut, Herr Jacobsen. Aber warum sind Sie überhaupt hier?« Anscheinend will sie ihn genauso wenig hier haben wie der Hauptkommissar.

Broder setzt sich aufrechter hin und erwidert ihren Blick. »Ich leite meine Ermittlungen nicht gern vom Schreibtisch aus. Außerdem kenne ich hier ein paar Leute. Das könnte uns was bringen.«

Der Blick von Greta Jensen wird weicher. »Sie sind gebürtiger Föhrer, nicht wahr?«

»Ist richtig.« Broder trinkt einen Schluck Tee und

setzt die Tasse ab. »Meinen Eltern gehört ein Café am Sandwall. Das Friesenstübchen.«

»Das kenn ich. Die haben dort leckere Trümmertorte.« Ein kleines Lächeln huscht über Greta Jensens Gesicht. »Na, da werden sich Ihre Eltern aber freuen, dass Sie zu Besuch kommen.«

Nach Thies Hansen ist sie nun schon die Zweite, die so tut, als wäre Broder nur auf Familienbesuch. Für heute reicht es! »In erster Linie bin ich hier, um ein Verbrechen aufzuklären«, erwidert er scharf. »Frau Jensen, stellen Sie Herrn Hansen und mir doch bitte Ihr Team vor. Und danach möchte ich die Akte lesen.«

»Selbstverständlich.« Die Polizeichefin lächelt nun nicht mehr, sondern wirkt wieder ernst. Sie schaltet den Beamer aus. »Bitte folgen Sie mir.«

# Kapitel 3

## LINA

Lina steht vor einem rotweißen Flatterband, mit dem die Polizisten einen großen Strandabschnitt abgesperrt haben. Von ihrem Platz aus mustert sie die Überreste des gestrigen Osterfeuers. Auch wenn sie einen Druck auf der Brust spürt, sieht es hier am Strand aus wie jedes Jahr am Ostermontag: Verkohlte Holzscheite, ein großer Grill, auf dessen Rost noch immer Würstchen liegen, und Tische, auf denen halbvolle Gläser stehen. Wespen schwirren umher. Eine Möwe lässt sich auf einem Tisch nieder und hüpft in Richtung eines Tellers, auf dem noch etwas Ketchup und ein Stück Weißbrot liegen. Sie schnappt sich das Brot und fliegt mit ihrer Beute davon.

Sehnsüchtig blickt Lina ihr hinterher. Nur zu gern würde sie es der Möwe gleichtun und ebenfalls verschwinden. Vor ihrem inneren Auge sieht sie immer noch die tote Frau im Feuer. Und auch einige Bilder von früher, die sich nun nicht länger verdrängen lassen. Aber zum Grübeln fehlt ihr die Zeit. Sie muss immer noch dafür sorgen, dass dieses Ostern für die Touristen ein schönes Erlebnis wird. Deshalb zückt sie ihr Smartphone und ruft auf dem Polizeirevier an.

»Polizeistation Wyk. Udo Harksen. Hallo.« Der ruhige, eher sachliche Tonfall des Kommissars ist Lina seit Jahren vertraut.

Sie läuft vor dem abgesperrten Strandabschnitt auf und ab. »Moin, Udo! Hier ist Lina vom Tourismusbüro. Ich rufe wegen des abgesperrten Strandabschnitts am Wyker Südstrand an. Dort soll eigentlich noch eine Oster-eiersuche für die Kinder veranstaltet werden. Wann wird der wieder freigegeben?«

»Tut mir leid, aber das kann ich noch nicht sagen. Plan besser um.«

Lina hat auf eine andere Antwort gehofft. Zum Glück hat sie noch einige Tüten Schokoladeneier in Reserve. Notfalls muss sie die wohl eigenhändig verbud-deln. Doch das ist nicht ihre einzige Sorge. »Und unsere Bagger?«, fragt sie. »Die brauchen wir, wenn der Strand bis zu Saisonbeginn wieder ordentlich aussehen soll. Die Zeit ist knapp genug.«

»Mensch, Lina, das ist doch nicht meine Schuld, dass wir hier einen Tatort sichern müssen. Polizeiarbeit geht nun mal vor.« Mittlerweile hört sich Udo leicht genervt an.

Lina seufzt. »Na schön!« Schließlich bringt es nichts, ihre schlechte Laune an Udo auszulassen, der nur seinen Job macht. »Aber bummelt nicht! In vier Wochen soll der Strand tipptopp sein.« Sie hält inne.

Hinter dem Absperrband tut sich was. Zwei Personen – ganz in Weiß – nähern sich aus der Ferne dem abgesperrten Strandbereich. Sie wirken dabei auffällig zielstrebig. »Was machen die denn da?«

»Wovon sprichst du?«, fragt Udo.

Lina tritt so dicht an das rot-weiße Absperrband, dass sie es jederzeit berühren könnte, und kneift die Augen zusammen. »Da laufen zwei Männer unter dem Absperrband auf der anderen Seite hindurch. Die sehen vielleicht komisch aus – mit Masken und Plastikanzügen und so.«

»Ach, das wird die Verstärkung vom Festland sein«, erwidert er. »Die haben uns einen Kriminalhauptkommissar und einen Staatsanwalt geschickt, um die Ermittlungen zu leiten.« Er hört sich an, als sei er von dieser Aussicht wenig begeistert. »Die beiden wollten sich mal den Ablageort ansehen.«

Lina hingegen wittert ihre Chance. »Heißt das, die können den Strandbereich auch wieder für unsere Touristen freigeben?«

»Theoretisch ja, aber ...«

»Danke!« Sie beendet das Telefonat, ohne Udos Antwort abzuwarten. Gerade hat sie es eilig. Sie winkt und hebt die Stimme, damit die Männer in der seltsamen Montur sie auch wirklich hören. »Hallo! Sie da!«

Die Männer drehen sich zu ihr um. »Moin, Lina!«, sagt der Größere der beiden.

Diese Stimme würde sie unter Tausenden wiedererkennen. Ihr Klang versetzt Lina einen schmerzhaften Stich – selbst nach so vielen Jahren noch. Sie bemüht sich, ihre Gefühle mit Lässigkeit zu überspielen. »Broder? Das ist ja 'ne Überraschung. Mit dir hätte ich hier nicht gerechnet.«

»Ist ja 'ne Weile her, dass wir uns gesehen haben«, erwidert er. »Drei Jahre?«

Er weiß es nicht einmal mehr. Die Enttäuschung darüber schmeckt bitter. »Fünf«, stellt Lina klar. »Du hast deine Eltern zum Wyker Jahrmarkt besucht. Emma und ich haben dich mit einem Autoscooter gerammt.«

»Ich erinnere mich.« Broder, der in seinem weißen Schutzanzug und mit der Atemschutzmaske beinahe wie ein Fremder aussieht, deutet auf seinen Begleiter, dessen grauer Vollbart unter der Maske hervorlugt. »Lina, das ist Hauptkommissar Thies Hansen. Herr Hansen, das ist Lina Christiansen, eine alte Freundin. Sie leitet das Tourismusbüro.«

»Freut mi, Frau Christiansen.« Der Hauptkommissar spricht mit deutlich plattdeutschem Einschlag. »Ich würd Ihnen ja die Hand geben, aber das kontaminiert meine Handschuhe.«

Lina, die sich nach dem ersten Schock wieder einigermaßen gefangen hat, zieht skeptisch die Augenbrauen hoch. »Ist dieser Aufwand wirklich notwendig?«

»Leider ja. Hier vor Ort gibt es keine Spezialisten für die Spurensicherung. Mein Team stößt in einer halben Stunde zu uns und wird hier alles filmen, fotografieren und gründlich absuchen.« Thies Hansen klingt sachlich und routiniert.

Lina würde wetten, dass ihn nichts so leicht aus der Ruhe bringt. Ihr eigenes Herz hingegen wummert wie verrückt – aber nicht wegen des Polizeieinsatzes. »Und wann wird der Strandabschnitt wieder freigegeben?«, hakt sie nach.

»Kann ich noch nicht sagen«, erwidert Hansen.

»Und unsere Bagger?« Bei ihrer Frage sieht sie nicht

den Hauptkommissar an, sondern Broder. Sie kann noch immer nicht fassen, dass er wirklich hier ist.

Broder zieht das Flatterband herunter und steigt darüber hinweg. »So was braucht Zeit.« Er nimmt die Maske ab. Der Dreitagebart und die winzigen Fältchen um seine Augen sind neu. Aber seine grünen Augen kommen ihr immer noch so vertraut vor, als hätte sie erst gestern hineingeblickt.

»Lass uns doch mal kurz ein Stück laufen«, schlägt er vor und streicht sich eine Strähne seines braunen Haars aus dem Gesicht. »Ich wollte ohnehin mit dir reden.«

Sie nickt nur, weil ihr ein Kloß im Hals steckt.

Broder wendet sich an Hauptkommissar Hansen: »Bin in einer halben Stunde wieder da.«

Dieser winkt ab. »Nur keine Eile! Wir kommen hier auch ohne Sie zurecht.«

Bildet Lina sich das nur ein oder hört sich der Mann sogar ein wenig erleichtert darüber an, dass Broder sich verabschiedet?

Gemeinsam spazieren sie und Broder über den Strand. Beide lassen etwas mehr Abstand zwischen sich als früher, aber Lina fühlt sich trotzdem wie auf einer Zeitreise. Als wäre sie wieder achtzehn und hätte den Kopf voll verrückter Zukunftsträume.

Broder wendet sich im Gehen zu ihr um. Er hat dunkle Schatten unter den Augen und sein Kinn wirkt kantiger als früher, aber er trägt immer noch das gleiche holzige Aftershave. »Ich hab das Protokoll zu deiner Aussage über den Vorfall gestern Abend gelesen.« Nun klingt er ganz wie der Staatsanwalt, der er geworden ist. »Du warst fast die Erste, die die Tote entdeckt hat. Ist dir davor irgendwas Ungewöhnliches aufgefallen? Ich weiß nicht ... Vielleicht eine Person, die sich merkwürdig verhalten hat?«

»Nein. Aber das steht doch auch alles im Protokoll.« Sie atmet tief durch, um ihrer Enttäuschung Luft zu machen. »Hör mal, wir haben uns seit Jahren nicht gesehen. Da will ich nicht als Erstes mit dir über einen Mord reden.«

Doch Broder übergeht ihren Kommentar einfach. »Du hast angegeben, dass du in Begleitung von Emma da warst – und von deinem Verlobten Sönke Matthiesen. Der Name sagt mir nichts.« Verletzlichkeit blitzt in seinem Blick auf. Immerhin!

»Sönke stammt von Sylt«, erwidert Lina. Es fühlt sich merkwürdig an, ausgerechnet mit Broder über ihn zu reden. »Er ist erst vor ein paar Jahren von Westerland hierhergezogen und hat in Nieblum ein Maklerbüro eröffnet. Seine Firma verwaltet auch Ferienimmobilien. Ich wollte dir schon länger von ihm erzählen, aber du hast dich ja nicht mehr bei mir blicken lassen.«

Broder bleibt stehen und scharrt mit den Füßen im Sand. Auf einmal wirkt er verlegen. »Schon okay. Meine Eltern haben eure Verlobungsanzeige in der Zeitung entdeckt und es mir gesagt. Ich war also vorgewarnt.«

Lina räuspert sich. Die Umstände für dieses Gespräch sind nicht gerade ideal. Aber wer weiß schon, wann sie je wieder die Gelegenheit dazu bekommt, sich mit Broder auszusprechen. »Das heißt nicht, dass mir die Vergangenheit nichts mehr bedeutet«, stellt sie klar. »Aber irgendwann muss ich ja auch mal nach vorne blicken. Und du bist einfach so von heute auf morgen aus meinem Leben verschwunden.«

»Ich weiß. Damals konnte ich nicht anders. Und ich

werfe dir auch überhaupt nichts vor. Hier erinnert mich einfach alles an Arne.« Sein Blick schweift hinaus aufs Meer. »Und jedes Mal, wenn ich Emma ansehe, kommt das alles wieder hoch.«

Seine Worte versetzen ihr einen schmerzhaften Stich. »Das mit deinem Bruder war ein schrecklicher Unfall! Sie hat das nicht gewollt.«

»Natürlich nicht!« Broder zupft an seinen Schutzhandschuhen. »Und ich gebe ihr auch überhaupt keine Schuld. Wenn jemand Schuld hat, dann ich.«

»Sag so etwas nicht! Du musst endlich damit abschließen.« Es fehlt nicht viel und Lina hätte tröstend die Hand nach ihm ausgestreckt. Dabei wäre das keine gute Idee, wenn sie ihren Vorsätzen treu bleiben und nach vorne blicken will.

Broder wendet sich von der See ab und setzt seinen Weg fort. Sein Gesichtsausdruck wirkt nun distanzierter als eben noch. »Dann lass uns zurück zum eigentlichen Thema kommen. War das Tourismusbüro für die Organisation des Osterfeuers verantwortlich?«

»Ja, das ist richtig.«

»Wer hat denn das Holz aufgeschichtet?«

»Jonte Roeloffs. Während der Saison vermietet er hier in Wyk die Strandkörbe. Im Frühling hilft er beim Baggern des Strandes und anderen Aufräumarbeiten, bevor unsere Gäste kommen.« Es gefällt ihr nicht, dass Broder sie befragt wie eine gewöhnliche Zeugin.

»Laut der Akte wurde er noch nicht vernommen«, fährt Broder fort. »Hast du seine Kontaktdaten?«

»Das schon. Aber nur im Büro. Ich schick sie dir später.« Vermutlich ist es unklug, ihn durch ihren Kommentar wissen zu lassen, dass sie seine Handynummer immer noch unter ihren Kontakten gespeichert hat.

»Super.«

Lina zögert. »Da du schon mal auf Föhr bist, wollte ich dich fragen, ob du zu Sönkes und meinem Polterabend kommst.«

Broder saugt hörbar die Luft ein. »Danke für die Einladung, aber ich kann nicht. Ich werde die Insel heute schon wieder verlassen.«

»So bald schon?« Hoffentlich merkt er nicht, wie enttäuscht sie ist.

»Ja.« Er spricht leise, fast tonlos.

»Aber es ist doch Ostern. Willst du das nicht mit deinen Eltern feiern?«

»Ne, dafür habe ich keine Zeit. Die ersten achtundvierzig Stunden sind bei einer Ermittlung die wichtigsten. Sobald die Tote in die Rechtsmedizin überführt ist, wird sie obduziert. Das will ich nicht verpassen.«

»Verstehe.« Dieses Mal ist es Lina, die stehen bleibt. Wenn Broder kein Interesse an einem Wiedersehen hat, sollte sie ihn seiner Wege ziehen lassen. »Ich habe auch jede Menge zu tun«, bemerkt sie. »In zwei Stunden gibt es eine Ostereiersuche am Strand für die Kinder. Wir müssen sie verlegen wegen der Absperrung und das Ganze noch ausschildern. Also ... Eine gute Heimreise für dich und frohe Ostern!«

»Danke.« Er klingt niedergeschlagen. »Das wünsche ich dir auch.«

# KAPITEL 4

BRODER

Später am Tag besucht Broder die Rechtsmedizin in Kiel. Dort riecht es makablererweise ein wenig nach Barbecue. Die Deckenstrahler tauchen den mit blauem Linoleum ausgelegten Raum in ein grelles Licht. Rechtsmedizinerin Dr. Nele Peters und ihr Kollege, der Internist Dr. Martin Schmidt, tragen Atemschutzmasken und stehen um einen Obduktionstisch aus Edelstahl, auf dem die unbekannte Tote liegt.

Dr. Peters, eine Frau Mitte dreißig mit dunklem Seitenzopf, spricht während der Arbeit in ein Diktiergerät, das wie immer mitläuft. »Abschließendes Fazit zur äußeren Leichenschau, die mit Fotos dokumentiert wurde: keine Auffälligkeiten beim Zahnschema. Keine Piercings oder noch erkennbare Tätowierungen. Die Tote hat Verbrennungen vierten Grades mit Verkohlungen bis in die tieferen Gewebeschichten an Hinterkopf, Rücken und auf der Rückseite der Beine. Gesicht, Brust und Bauch weisen Verbrennungen dritten und teilweise zweiten Grades auf. Hinzu kommt eine großflächige Blasenbildung.«

Broder schreibt mit, weil ihm die Geduld fehlt, auf den späteren Obduktionsbericht zu warten. »War das Feuer die Todesursache?«

Dr. Peters dreht sich zu ihm um. »Das kann ich erst mit Sicherheit sagen, wenn ich die Lunge untersucht habe. Auffällig sind jedoch Strangulationsmarken am Hals, die selbst die Flammen nicht völlig vernichtet haben.«

Die Medizinerin wendet sich zu ihrem Kollegen um. »Herr Dr. Schmidt, reichen Sie mir bitte das Skalpell?«

Der Internist ist etwa fünfzehn Jahre älter als Dr. Peters und erinnert Broder – trotz seiner Glatze und der stylischen Hornbrille – an einen Teenager, der viel zu schnell in die Höhe geschossen ist. Jede seiner Bewegungen wirkt linkisch. Außerdem kann Broder sich nicht daran erinnern, dass der Mann jemals auch nur ein einziges Wort gesprochen hat. Auch jetzt überreicht er Dr. Peters schweigend das Obduktionsbesteck.

»Danke!« Die Ärztin setzt das scharfe Messer auf der Brandleiche an.

Broder ist ganz dankbar dafür, dass er zu weit weg sitzt, um die Einzelheiten zu erkennen.

»Wir beginnen nun mit der inneren Leichenschau«, fährt Dr. Peters routiniert fort. »Dazu schneide ich von beiden Schlüsselbeinen schräg zum Brustbein und von dort gerade bis zum Schambein.« Ihre Klinge fährt durch verkohlte Haut und Fleisch. »Na, so was! Die Gebärmutter ist deutlich vergrößert.«

Broder lässt den Notizblock sinken und rutscht vor Aufregung auf der Sitzfläche seines Stuhls herum. »Was? Die Frau war schwanger?«

»Davon gehe ich aus«, erwidert Dr. Peters trocken. Aber die Rechtsmedizinerin bringt ohnehin nichts aus der Ruhe. »Ich entferne jetzt die Gebärmutter. Sie sollte im Normalfall fünfzig bis sechzig Gramm wiegen.« Die Medizinerin greift nach einem Instrument, mit dem sie das Organ aus dem Körper holt. Broder sieht lieber nicht so genau hin.

Dr. Schmidt macht einige Fotos.

»Können Sie mir bitte mal die Schale ...?«, fragt Dr. Peters, aber Dr. Schmidt reicht ihr schon längst das Gewünschte. »Danke!«

Dr. Peters trägt das entnommene Organ zur Waage. »Laut Messung wiegt die Gebärmutter dreihundertacht Gramm. Ich werde jetzt ganz vorsichtig den Gebärmutterkörper öffnen.« Die Ärztin macht sich an die Arbeit.

Broder hält es vor Anspannung kaum noch auf seinem Stuhl aus. »Und?«

Dr. Peters erwidert nichts. Stattdessen schneidet sie behutsam eine Öffnung in die Gebärmutter. Was sie dort herausholt, erkennt selbst Broder: ein ungeborenes Kind. Er fühlt sich, als hätte ihm jemand in den Magen geboxt.

Während Broder um Fassung ringt, geht Dr. Peters weiter ihrer Arbeit nach. »Wir haben hier tatsächlich einen Fötus«, diktiert sie. »Länge: zehn Zentimeter. Fingernägel und Haare vorhanden. Ein Mädchen. Etwa vier Monate alt.«

»Das ist ja schrecklich!« Auch wenn Broder den Anblick toter Menschen mittlerweile durch seine Arbeit gewohnt ist, wird er sich wohl nie an tote Kinder gewöhnen.

»Keine sichtbaren Fehlbildungen. Der Fötus ist altersgemäß entwickelt und wäre vermutlich zu einem gesunden Kind herangewachsen.« Dr. Peters wirft Broder einen Blick zu. »Ich werde Proben für einen DNA-Abgleich entnehmen.«

»Ja, bitte machen Sie das.« Broder springt geradezu von seinem Stuhl auf und wirft ihn dabei beinahe um. »Ich müsste mal kurz telefonieren.«

Mit schnellen Schritten eilt er zum Ausgang und tritt auf den Flur. Er würde das nie vor anderen zugeben, aber er ist erleichtert, als er die Tür hinter sich zuziehen kann. Hastig zückt er sein Handy und wählt die Nummer von Thies Hansen.

»Hansen. Hallo?« Die tiefe Stimme des Hauptkommissars klingt entspannt wie immer.

Broder hingegen ist ganz aufgeregt. »Moin, Herr Hansen. Ich hab Neuigkeiten für Sie.«

»Ist die Obduktion etwa schon beendet?«

Broder läuft beim Telefonieren auf dem Flur auf und ab. »Nein, das nicht. Aber Dr. Peters hat festgestellt, dass die Tote schwanger war. Vermutlich im vierten Monat. Und es gibt Strangulationsmarken am Hals.«

»Ach nee!«

»Konnte jemand aus der SOKO inzwischen mit Herrn Roeloffs sprechen?«

»Nein, er geht nicht ans Handy«, entgegnet Thies Hansen. »Ich habe einen Kollegen zu seiner Adresse geschickt, aber da ist er auch nicht.«

Diese Antwort missfällt Broder. »Es ist wichtig, dass wir so schnell wie möglich mit ihm reden. Nur er kann uns sagen, in welchem Zeitraum der Täter Gelegenheit hatte, die Frau unbemerkt im Holzstapel zu verstecken.«

»Vorausgesetzt, er war es nicht selbst. Wissen Sie, ob der Mann Angehörige auf der Insel hat?«

»Ne. Leider nicht.«

»Aber Sie kommen doch von der Insel.«

War ja klar, dass Hansen wieder damit kommt! Broder rollt mit den Augen. »Föhr hat mehr als achttausend Einwohner. Da kenne ich auch nicht jeden persönlich. Fragen Sie Frau Christiansen vom Tourismusbüro. Die kann Ihnen vielleicht helfen.«

»Ihre alte Freundin?« Der Hauptkommissar betont das Wort *Freundin* ziemlich merkwürdig.

Broder unterbricht seine Wanderung. »Haben Sie mir was zu sagen?«, fragt er scharf.

Thies Hansen lässt sich davon anscheinend nicht aus der Ruhe bringen. »Ich war nur etwas überrascht, dass Sie gleich mit ihr zu einem Spaziergang aufgebrochen sind. Eigentlich wollten Sie sich doch den Ablageort ansehen.«

»Und haben Sie nicht mehrfach betont, dass meine Anwesenheit dort nicht notwendig ist?«, kontert Broder. Diesem Mann kann er es einfach nicht recht machen.

»Das schon, aber ...«

»Ich muss jetzt zurück zur Obduktion.« Lieber erträgt er noch eine Weile den Leichengeruch, als dass er sich Hansen neugierigen Fragen und forschen Kommentaren zu seinem Privatleben aussetzt.

»Eines noch«, sagt Thies Hansen. »Die Kollegen konnten eine halbverkohlte Visitenkarte aus der Hosentasche des Opfers so weit rekonstruieren, dass sich die

Schrift entziffern lässt. Es ist nicht viel, aber immerhin ein Anhaltspunkt.«

Broder ist dankbar für den Themenwechsel. »Gute Arbeit! Wem gehört denn die Karte? Konnten Sie schon Kontakt aufnehmen?«

»Ja, in dem Fall haben wir Glück. Die Karte gehört einem Föhrer Makler. Ich treffe mich gleich mit ihm.«

Eine ungute Vorahnung beschleicht Broder. »Wie heißt er denn?«

»Sönke Matthiesen. Scheint auf der Insel eine große Nummer zu sein.«

Das darf doch nicht wahr sein! »Matthiesen?«

»Sagt Ihnen der Name was?«, fragt Thies Hansen.

Broder zögert. »Ich hab ihn schon mal gehört, aber ich kenne den Mann nicht persönlich«, weicht er aus. »Melden Sie sich bitte, wenn Sie mit ihm gesprochen haben. Ich bin sehr gespannt, was er zu sagen hat.«

# Kapitel 5

## THIES

Thies lässt seinen Worten Taten folgen und fährt in das Inseldorf Nieblum. Dort befindet sich Sönke Matthiesens Maklerbüro in einer von Linden gesäumten Allee mit Kopfsteinpflaster. Thies parkt vor einem historischen Friesenhaus aus dem neunzehnten Jahrhundert mit Reetdach, Sprossenfenstern und Friesengiebel.

Neugierig blickt er sich um. Alles auf dem Grundstück sieht teuer und gepflegt aus: die sorgsam beschnittenen Kletterrosen, die geputzten Sprossenfenster und das neu eingedeckte Reetdach, das noch nicht einmal nachgedunkelt ist. Falls es Matthiesen darauf anlegt, mit seinem Büro Eindruck zu schinden, dann gelingt ihm das. Doch Thies lässt sich nicht so leicht blenden. Entschlossen geht er zur Haustür und drückt auf den Klingelknopf.

Nur wenige Augenblicke später erklingen Schritte

und jemand öffnet ihm die Tür. Vor Thies steht Sönke Matthiesen. Obwohl er am Ostersonntag eigentlich frei haben müsste, trägt er einen hellen Sommeranzug und eine lachsfarbene Krawatte. Ein klassischer Schnösel eben!

»Guten Morgen!« Matthiesen lächelt und zeigt dabei strahlend weiße Zähne, die genauso unnatürlich wirken wie seine Solariumbräune.

Thies reicht ihm die Hand und drückt extra fest zu. »Moin, Herr Matthiesen. Ich bin Hauptkommissar Hansen. Wir haben telefoniert.«

»Ja, natürlich. Kommen Sie bitte rein.« Matthiesen tritt beiseite.

»Danke.« Thies betritt den Hausflur und schließt die Tür hinter sich.

Matthiesen führt ihn an zwei Türen vorbei, von denen eine offen steht und den Blick in eine kleine Küche freigibt, bis zu seinem Büro. An den Wänden hängt moderne Kunst – vermutlich Originale und keine billigen Drucke – und um den Besprechungstisch aus Eichenholz stehen ergonomische Stühle, die sündhaft teuer aussehen. Einladend deutet der Makler auf einen von ihnen.

Thies nimmt Platz und lehnt sich zurück. Bequem sind die Dinger ja, das muss er diesem Schnösel lassen.

Matthiesen setzt sich ihm schräg gegenüber. »Darf ich Ihnen etwas anbieten? Kaffee? Tee?«

»Nein, danke. Ick wüll nix.« Schließlich ist er nicht für ein Kaffeekränzchen hergekommen. »Wie ich Ihnen schon erzählt habe, bin ich wegen eines Falls hier.«

»Die Tote am Strand – schon klar. Ich war ja selbst bei dem Osterfeuer und habe sie aus der Ferne gesehen. Schreckliche Geschichte!« Etwas an Matthiesens Tonfall wirkt unaufrichtig, aber vielleicht redet der auch immer so.

»Die Tote trug eine Visitenkarte von Ihnen bei sich«, sagt Thies. »Da wir sie bisher leider nicht identifizieren konnten, möchte ich Sie bitten, sich ihr Bild anzusehen.« Er kramt ein Foto hervor und schiebt es Matthiesen über den Tisch hinweg zu. »Hier bitte.«

»O Gott! Das ist ja furchtbar! Nehmen Sie es zurück!« Der Makler wendet den Blick ab und reicht die Fotografie mit zittrigen Fingern zurück an Thies.

Etwas zu schnell für dessen Geschmack. »Haben Sie sich das Foto überhaupt richtig angesehen?«

»Die Frau ist doch völlig verkohlt!« Matthiesens Stimme überschlägt sich beinahe vor Entsetzen und er zieht eine gequälte Grimasse.

Der Mann soll sich mal nicht so anstellen! Es geht hier immerhin um einen Mord. »Das Gesicht ist teilweise noch recht gut zu erkennen«, hakt Thies nach. »Kommt sie Ihnen bekannt vor?«

»Nein.«

»Aber sie hatte Ihre Visitenkarte. Da müssen Sie beide sich doch wenigstens einmal begegnet sein.«

»Ich bin Makler. Was meinen Sie, wie viele Visitenkarten ich unter die Leute bringe?« Nun klingt der Mann auch noch schmierig und arrogant. »Die liegen an allen möglichen Orten aus, wo man sie einfach mitnehmen kann.«

Thies legt seinen Schreibblock auf dem Tisch ab und greift zum Kugelschreiber. Er klickt die Mine auf. »Wo denn zum Beispiel?«

»Neben meinen Schaukästen. Einer befindet sich gleich hier vor meinem Büro, ein zweiter steht in Wyk im

Drosselstieg.« Matthiesen wirkt, als sei er wieder in seinem Element. »Dann platziere ich Visitenkartenaufsteller vor jedem Haus, das ich gerade vermittle. Und ich trete als Sponsor bei verschiedenen Events auf. Dort verteile ich ebenfalls meine Karten. Und was meinen Sie, wie oft Leute mich um eine Karte bitten, die sie für jemand anderen mitnehmen möchten?«

Bedächtig klopft Thies mit seinem Stift gegen den Block. So leicht lässt er sich nicht einwickeln. »Mag schon sein, dass viele Leute Ihre Visitenkarte besitzen. Aber diese Frau trug sie in ihrer Hosentasche bei sich, als sie ums Leben kam. Das spricht doch dafür, dass sie die Karte entweder gerade erst erhalten hatte oder plante, Sie aufzusuchen.«

»An Ostern wäre ich unter anderen Umständen nicht mal ins Büro gekommen. Die Frau hatte also keinen Termin bei mir.«

»Und an den Tagen zuvor? War da eine brünette Frau von Anfang zwanzig bei Ihnen?«

Sönke Matthiesen wippt mit den Füßen unter dem Tisch. Er ist eindeutig nervös. »Nein.«

»Ganz sicher?«, bohrt Thies nach.

»Daran würde ich mich erinnern. So junge Kundinnen habe ich selten. Föhr ist ein teures Pflaster.«

»Verstehe.« So richtig überzeugt ist er nicht. Aber vorerst wird er die Angelegenheit auf sich beruhen lassen. »Bitte verraten Sie mir noch, was Sie am Samstag gemacht haben.«

»Warum? Bin ich jetzt etwa verdächtig?« Matthiesens Stimme klingt gepresst.

»Das ist ein Standardprozedere. Sie brauchen sich nichts dabei zu denken.« Allerdings hat Thies den Mann durchaus unter Wind. Irgendetwas hat Matthiesen zu verbergen. Fragt sich nur, ob es tatsächlich mit dem Fall zusammenhängt.

»Also schön.« Der Makler tippt sich beim Nachdenken gegen das Kinn. »Bis neun Uhr habe ich mit meiner Verlobten gefrühstückt – Lina Christiansen. Ihre Aussage hat schon jemand aufgenommen. Danach hatte ich zwei Hausbesichtigungen mit Interessenten für ein Haus in Oevenum vereinbart. Das zweite Paar ist nicht aufgetaucht. Ich habe bis elf Uhr auf die beiden gewartet.«

Thies hält beim Mitschreiben inne. »Kann das jemand bezeugen?«

»Natürlich nicht.«

»Ich brauche die Adresse der Immobilie und die Kontaktdaten der Interessenten.«

»Die habe ich nicht notiert«, erwidert Matthiesen.

Mittlerweile geht der Makler Thies gehörig auf die Nerven. »Wieso das nicht?«

»Das war eine Erstbesichtigung. Da warte ich erst mal ab, ob sich der Aufwand überhaupt lohnt, eine Kundendatei anzulegen. Die ersten Interessenten haben gleich versucht, den Preis runterzuhandeln. Für mich ein No-Go. Und die zweiten ... Aber das wissen Sie ja bereits.« Matthiesen schenkt Thies ein Lächeln, das seine Augen nicht erreicht. »Nach dem geplatzten Termin bin ich hierhergefahren und habe Papierkram erledigt. So gegen vier habe ich mich mit Lina für eine Radtour getroffen. Dann haben wir bei uns zu Hause gegessen und sind – kurz vor acht – zum Wyker Osterfeuer an den Strand gegangen.«

Thies macht sich Notizen. »Ist Ihnen rund um das

Feuer jemand aufgefallen? Vielleicht eine Person, die sich ungewöhnlich verhalten hat?«

Er schüttelt den Kopf. »Nein, leider nicht. Ich habe mir darüber auch schon den Kopf zerbrochen. Aber es schien alles ganz normal zu sein. Tut mir leid, Herr Hansen, dass ich Ihnen nicht helfen kann. Ich hoffe, Sie finden den Täter bald.«

Fest erwidert Thies seinen Blick. »Keine Sorge! Das werden wir schon. Danke für Ihre Zeit.« Er erhebt sich zeitgleich mit Matthiesen.

Der Makler begleitet ihn bis zur Haustür und verzieht bei Thies' kräftigem Handschlag zum Abschied leicht das Gesicht. Dafür schließt er die Tür mit Nachdruck. Vermutlich ist Sönke Matthiesen ebenso erleichtert über das Ende der Vernehmung wie der Hauptkommissar selbst.

Thies verlässt das Grundstück, marschiert zurück zu seinem geparkten Wagen und nimmt auf dem Fahrersitz Platz. Mittlerweile hat er die Nummer des Staatsanwalts Broder Jacobsen auf Kurzwahl.

»Jacobsen. Hallo.«

»Ik bün dat noch wedder. Ich komme gerade von Herrn Matthiesen, dem Makler.«

»Und?«, fragt Jacobsen in ungeduldigem Tonfall.

»Er behauptet, die Tote nicht zu kennen«, erwidert Thies. »Aber er ist kreidebleich geworden, als ich ihm das Foto gezeigt hab. Hat so getan, als ob es am Anblick der Leiche lag. Aber das kauf ich ihm nicht ab.«

»Sie vermuten also, dass er gelogen hat?«

»Darauf wette ich. Der verbirgt was vor uns.« Thies steckt seinen Schlüssel ins Zündschloss und wirft dabei einen letzten Blick auf Matthiesens Maklerbüro. »Beantragen Sie einen Durchsuchungsbeschluss beim Richter. Dann finde ich schon heraus, was es ist.«

»Dafür genügt Ihr Bauchgefühl nicht. Ich brauche was Handfesteres gegen den Mann.«

Diese Antwort kennt Thies schon zur Genüge von all den Staatsanwälten, mit denen er im Laufe seiner Karriere zusammengearbeitet hat. Trotzdem frustriert sie ihn immer noch. »Warum fühlen *Sie* ihm nicht auf den Zahn? Sie kennen doch seine Verlobte.«

Jacobsen zögert mit seiner Antwort. Da hat Thies wohl einen wunden Punkt getroffen. »Das schon«, sagt er schließlich. »Aber so weit will ich nicht gehen. Unsere Bekanntschaft auszunutzen, um zu ... Nein, das kommt überhaupt nicht infrage! So was mach ich nicht.«

# KAPITEL 6

### BRODER

Lina und Sönke Matthiesen feiern am Ostermontag ihren Polterabend im Garten ihres Hauses in Utersum. Bei seiner Ankunft zieht Broder schon von Weitem der appetitliche Duft von Grillwürstchen in die Nase. Er mischt sich mit einem süßlichen Duft, den die Rosen auf dem Friesenwall verströmen. Die Blumen bilden gerade ihre ersten Knospen. Eine Lichterkette windet sich zwischen den Pflanzen hindurch. Dazwischen stecken Stöckchen in der Erde, an denen weiße Tüllfähnchen flattern.

Vor dem weiß verputzten Friesenhaus warten die Verlobten im Licht der untergehenden Abendsonne, um ihre Besucher zu empfangen. Zu ihren Füßen türmt sich ein Berg aus Scherben auf. Doch Broder hat nur Augen für Lina, die in ihrem blauen Sommerkleid und mit dem offenen Haar, das ihr über die Schultern fällt, beinahe noch so aussieht wie vor zehn Jahren.

Lächelnd umarmt sie Broder zur Begrüßung. »Moin, Broder! Schön, dass du es dir doch noch anders überlegt hast.«

Ein wenig nervös verlagert er das Gewicht von einem Fuß auf den anderen. »Ich bin von mir selbst überrascht. Aber meine Eltern waren so enttäuscht, dass ich gestern keine Zeit hatte, bei ihnen vorbeizusehen. Da dachte ich, dass ich noch mal zurückkommen muss. Wir treffen uns morgen zum Frühstücken.«

»Wie lieb von dir. Ich möchte dir meinen Verlobten Sönke vorstellen.« Sie wendet sich zu dem Mann an ihrer Seite um, der aufgrund seiner imposanten Statur vermutlich bei vielen Frauen gut ankommt. »Sönke, das ist Broder.«

Sönke reicht Broder die Hand. »Freut mich, dich kennenzulernen.«

»Ja, mich auch.« Broder lächelt angespannt. Auch wenn Sönke ihn freundlich empfängt, ist die ganze Situation bizarr. Schließlich ist der Gastgeber gleichzeitig Verdächtiger in einem Tötungsdelikt. Dass der Mann außerdem noch Broders Ex-Freundin heiraten will, macht die Sache auch nicht gerade besser.

»Broder? Ich traue meinen Augen nicht.« Plötzlich steht Emma vor ihm. Ihr ehemals aschfarbenes Haar strahlt jetzt in Platinblond und ihr kleiner Schmollmund ist knallrot geschminkt. Leggins betonen Emmas lange Beine, die in eine schmale Taille übergehen.

Broder schluckt. Aus dem Mädchen von damals ist eine Frau geworden – und eine sehr hübsche noch dazu. »Hallo, Emma.«

»Es ist viel zu lange her.« Sie mustert ihn aus blau-grauen Augen, die ihn an die Nordsee erinnern. »Worauf wartest du noch?« Sie deutet auf die Porzellanscherben vor Linas Füßen. »Wirf die Teller!«

Broder schmeißt sein mitgebrachtes Geschirr auf die Gehwegplatten, wo es klirrend zerspringt. Das Geräusch hilft ihm, sich wieder zu fokussieren. Heute Abend will er schließlich Augen und Ohren offen halten.

Er sieht Sönke ins Gesicht und hofft, dass der ihm seine Gedanken nicht anmerkt. »Viel Glück für eure Ehe!« Der Bräutigam nickt ihm zu.

»Und hier ist noch eine Kleinigkeit für euch.« Broder überreicht Lina ein in Seidenpapier verpacktes Geschenk. Es sind Handtücher. Praktisch und hoffentlich unpersönlich genug, damit Sönke daran keinen Anstoß nimmt.

»Danke dir.« Das Papier knistert leise zwischen Linas Fingern. »Wir packen dein Geschenk später aus. Ich bring es eben ins Haus. Geh du mit Sönke doch schon mal vor in den Garten. Und tritt nicht in die Scherben!«

»Keine Sorge! Ich pass auf.«

Broder folgt Sönke ums Haus herum und in den hinteren Garten. Etwa dreißig Gäste stehen in Grüppchen beisammen auf dem Rasen und der Terrasse. Einige unterhalten sich, andere füllen sich ihre Teller am Büffet-tisch oder warten am Grill auf Nachschub. Die Luft ist geschwängert mit dem Geruch von Rauch, Kohle und frisch gebratenen Würstchen.

Broder grüßt in die Runde. »Hallo, zusammen!« Einige Gäste grüßen zurück. Doch unter ihnen ist niemand, den er näher kennt.

Sönke führt ihn zu einem Tisch, auf dem Bier,

Wasser, Säfte, Limonade und sogar einige Flaschen Wein stehen. »Was möchtest du trinken?«

»Ein Pils wäre jetzt nicht schlecht.«

Sein Gastgeber greift nach einer braunen Flasche und entfernt den Kronkorken mit einem Flaschenöffner. Es zischt verheißungsvoll. Sönke reicht Broder das Bier. »Bitte schön! Wohl bekomm's!«

»Vielen Dank!« Die Flasche fühlt sich angenehm kühl an. Broder nimmt einen Schluck. Das Pils hat die perfekte Temperatur und besitzt – neben dem typisch bitter-malzigen Geschmack – eine leicht fruchtige Note. »Ah! Das schmeckt wirklich gut.« Er streicht über den Flaschenhals, an dem sich Kondenswasser sammelt. »Ich hoffe, es ist in Ordnung für dich, dass ich spontan hier aufgekreuzt bin?«

Sönke lässt sich mit seiner Antwort Zeit. Er entkorkt eine Flasche Rotwein und schenkt sich ein. Das langstielige Rotweinglas wirkt auf einem Grillfest deplatziert. Und doch passt es perfekt zu Sönke in seinem eleganten Sommerhemd und der hellen Leinenhose. »Lina hat dich eingeladen. Ihre Freunde sind auch meine Freunde.« Er senkt die Stimme. »Wobei ihr früher mehr wart als nur gute Freunde, nicht wahr?«

Broder fühlt sich ertappt. Bis zu diesem Zeitpunkt hat er angenommen, dass Lina Sönke im Unklaren über die Art ihrer früheren Beziehung gelassen hat. Auf keinen Fall will er für Spannungen zwischen den beiden sorgen, deshalb winkt er ab. »Das ist ja schon ewig her.«

»Guck nicht so verkniffen.« Spielerisch knufft Sönke ihn in die Seite. »Ich habe kein Problem damit. Vor Lina hatte ich auch andere Beziehungen. Allerdings verstehe ich mich leider mit keiner der Frauen mehr gut genug, um sie auf meinen Polterabend einzuladen. Respekt, dass ihr beide das hinbekommt.«

Broder bleibt auf der Hut. So richtig kann er nicht einschätzen, was Sönke mit dieser Unterhaltung bezweckt. »Liegt vermutlich daran, dass wir uns schon von klein auf kennen.«

Sönke erhebt sein Glas. »Dann trinken wir auf alte Freundschaften. Ich kenne hier leider niemanden länger als ein paar Jahre. Prost!«

Die beiden stoßen an – auch wenn Broder aus der Flasche trinkt. Er nippt an seinem Bier und mustert Sönke dabei nachdenklich. Bisher wirkt sein Gegenüber nicht so, als habe er etwas zu verbergen. Aber Thies Hansen ist ein erfahrener Kriminalbeamter und Broder vertraut dessen Bauchgefühl. Also wird es vermutlich doch etwas geben, das sie herausfinden müssen.

»Lina hat erwähnt, dass du von Sylt kommst«, bemerkt Broder.

»Ja. Aber sag das nicht zu laut.« Sönke wirft ihm ein verschwörerisches Lächeln zu. »Viele Insulaner haben was gegen die Sylter, weil sie glauben, die würden die Föhrer Immobilienpreise in die Höhe treiben. Dabei ist es doch nicht meine Schuld, dass Angebot und Nachfrage den Markt regeln. Jedenfalls wurde es auf Sylt immer schwieriger, überhaupt noch Immobilien an Land zu ziehen. Zwar liebe ich die Herausforderung – nicht umsonst bin ich Jäger. Doch schließlich habe ich eingesehen, dass die Wiesen anderswo grüner sind. So hat es mich nach Föhr verschlagen.«

»Du gehst tatsächlich auf die Jagd?«, hakt Broder nach. Zwar wurde das Opfer nicht mit einer Schusswaffe getötet, aber dennoch erscheint ihm dieser Umstand bedeutsam.

»Immer, wenn ich mir ein wenig Zeit dafür freischaufeln kann.« Sönke dreht das Glas zwischen seinen Fingern und schwenkt dabei die rote Flüssigkeit im Inneren. »Lina hasst es. Sie weigert sich, meine Beute auszunehmen, und nennt das Jagen barbarisch. Aber das frisch erlegte Wild schmeckt ihr trotzdem.«

Er bemüht sich um einen beiläufigen Tonfall. »Wie habt ihr beide euch eigentlich kennengelernt?«

»Über die Arbeit. Das Tourismusbüro vermittelt Gäste für die Ferienwohnungen, die ich verwalte. Irgendwann habe ich Lina zum Dank auf einen Kaffee eingeladen. Wir haben uns zwei volle Stunden unterhalten und dabei den Kaffee kalt werden lassen. Ich habe sogar einen Hauskaufinteressenten vergessen, mit dem ich verabredet war. Der Ärmste hat im strömenden Regen auf mich gewartet.« Sönke lächelt versonnen. »Aber reden wir nicht über meinen Job. Er ist langweilig im Vergleich zu deiner Arbeit. Erzähl mir lieber mehr über deinen aktuellen Fall.«

»Du weißt, was ich beruflich mache?« Vermutlich hätte Broder damit rechnen sollen, stattdessen ist er unangenehm überrascht.

»Natürlich. Lina hat es mir erzählt. Habt ihr inzwischen herausgefunden, wer die Tote ist?«, fragt Sönke.

»Wieso interessierst du dich für diese Frau?«

»Wer würde das nicht?« Nach einem Blick auf die übrigen Gäste wird Sönke leiser. »Ich hab sie immerhin dort am Strand gesehen. Furchtbar, was mit ihr passiert ist! Ich wünschte, ich hätte euch helfen können.«

»Vielleicht kannst du das ja noch«, entgegnet Broder.

»Auch wenn du sie auf dem Foto nicht wiedererkennst, wäre es durchaus möglich, dass ihr Name dir was sagt. Und den finden wir früher oder später schon heraus.« Falls Sönke etwas vor der Polizei verbirgt, kommt es dann hoffentlich ans Licht.

»Ich wünsche euch viel Glück dabei!«

»Danke!« Broder ist sich nicht ganz sicher, ob Sönke seine Worte wirklich so meint oder ob er nur ein guter Schauspieler ist.

Bevor Broder nachhaken kann, reckt Sönke den Hals. »Entschuldige mich. Da kommen neue Gäste. Die muss ich begrüßen.« Ohne eine Antwort abzuwarten, lässt Sönke ihn stehen und eilt davon.

Broder verkneift sich einen Fluch. Das war die perfekte Chance, Sönke auf den Zahn zu fühlen, und der Mann ist ihm trotzdem zu früh entwischt.

Dafür geht nun Emma auf Broder zu. Der tiefe Ausschnitt ihres engen Oberteils lenkt seinen Blick wie von selbst auf ihr Dekolleté. Hastig wendet er die Augen ab und zwingt sich, daran zu denken, dass er Emma schon gekannt hat, als sie noch eine Zahnspange trug.

Sie bleibt neben ihm stehen und lehnt sich leicht gegen den Getränketisch. »Reichst du mir bitte ein Bier?«

»Ja. Natürlich.« Hastig gibt Broder ihr eine Flasche. Verspätet fällt ihm ein, dass er sie vorher nach ihrer Lieblingsorte hätte fragen sollen.

Doch Emma scheint sich nicht daran zu stören. »Danke«, sagt sie und nimmt ihm die Flasche ab. Kurz berühren sich dabei ihre Fingerspitzen. Sie öffnet den Verschluss und nimmt einen tiefen Zug. Als sie die Flasche wieder absetzt, sieht sie Broder direkt in die

Augen. »Gehst du mir eigentlich absichtlich aus dem Weg?«

»Nein, Quatsch! Wie kommst du nur darauf?« Er umklammert seine eigene Flasche mit eisernem Griff.

»Liegt vermutlich daran, dass wir uns seit zehn Jahren nicht mehr richtig unterhalten haben. *Hallo* hier und ein *Schöne Grüße* da, aber das war's auch schon. Hast du heute ausnahmsweise Zeit für mich?«

Broder weicht ihrem Blick aus. Die Emma von früher hatte er recht gern, aber die neue Emma macht ihn befangen. »Eigentlich wollte ich gerade mit Lina reden.«

Sie folgt seinem Blick. »Da stehen eine Menge Gäste um sie herum. Du wirst wohl warten müssen.«

Er seufzt leise. »Na schön. Komm, wir suchen uns ein ruhiges Plätzchen.« Prüfend sieht er sich um. In der Ecke des Grundstücks steht ein weiß gestrichener Schuppen mit grauen Sprossenfenstern. »Wie wär's da hinter dem Gartenhaus?«

»Okay.«

Sie schlängeln sich zwischen einigen Partygästen hindurch und stellen sich auf die vom Wohnhaus abgewandte Seite des Gartenhauses. Der Grillgeruch ist hier schwächer und auch die Partymusik klingt nicht mehr ganz so laut. Stattdessen nimmt Broder wieder das leise Rascheln des Windes in den Baumwipfeln wahr.

Emma versinkt mit ihren hohen Absätzen im Gras, scheint sich aber nicht daran zu stören. »Bleibst du dieses Mal länger?«

»Nein, ich reise morgen Mittag wieder ab. Die Staatsanwaltschaft liegt nun mal in Flensburg und ich habe eine Menge Arbeit zu erledigen.«

»Schade.« Sie mustert Broder von der Seite. »Ich

könnte *dich* ja mal besuchen kommen. Was hältst du davon?«

Er zögert. Mit dieser Frage hat er nicht gerechnet. »Sicher. Wenn du möchtest.«

»Du bist nicht der Einzige, dem diese Insel zu klein geworden ist. Ich überlege ebenfalls, aufs Festland zu ziehen. Hier hält mich nichts mehr.« Ein trotziger Zug umspielt ihre Lippen. Diesen Gesichtsausdruck kennt Broder nur zu gut von früher.

»Und was sagt deine Familie dazu?«

Sie zuckt mit den Schultern. »Meine Eltern sind nicht gerade begeistert. Aber das waren deine auch nicht, als du damals gegangen bist.«

Darauf fällt ihm keine Erwiderung ein. Sie hat ja recht mit ihrem Einwand. Zum ersten Mal fällt ihm auf, dass er so gut wie nichts über ihr Leben als Erwachsene weiß. »Und deine Arbeit? Ich habe dich nie gefragt, was du eigentlich machst.«

»Ich bin Bestattungsfachkraft.« Sie schmunzelt. »Sag jetzt nichts! Die meisten finden's total schräg.«

Auch Broder kann es kaum glauben. »Nach allem, was du erlebt hast ...«

»Gerade deswegen.« Sie wechselt die Bierflasche von einer Hand in die andere. »Dich lässt der Tod doch auch nicht los. Du hättest als Jurist alle möglichen Richtungen einschlagen können, aber du bist ausgerechnet Staatsanwalt geworden. Hältst du das etwa für einen Zufall?«

Er räuspert sich. »Vermutlich nicht. Ich habe nur gehofft, du und Lina, ihr hättet die ganze Geschichte besser verarbeitet als ich.«

»Lina geht's gut«, entgegnet Emma scharf. »Sie hat

sich mit Sönke ein tolles Leben aufgebaut. Schau doch nur!«

Gemeinsam lugen sie um die Ecke des Gartenhauses. Sönke und Lina werden von einer lauten Menschentraube umringt, während sie auf ihre Terrasse treten und nach zwei länglichen Gegenständen greifen, die dort gegen die Wand lehnen.

Emma kneift die Augen zusammen. »Lina und Sönke holen schon die Besen, um die Scherben zusammenzufegen. Das sollten wir uns angucken.«

Sie will losgehen, doch Broder fasst sie an der Schulter. »Warte mal ganz kurz! Vorher will ich noch wissen, was du über Sönke denkst. Ist er ein guter Mensch? Wird er Lina glücklich machen?« Angespannt wartet er auf Emmas Antwort.

»Schätze schon. Du solltest sie ihr Leben leben lassen und dich nicht einmischen. Lina war echt fertig, als du damals abgehauen bist. Es hat lange gedauert, bis sie sich wieder in jemanden verlieben konnte.« Ein leiser Vorwurf schwingt in Emmas Stimme mit und den hat Broder mehr als verdient.

»Ich hab auch nicht vor, mich in ihr Leben zu drängen. Ich mach mir nur ein bisschen Sorgen, weil ich Sönke so gar nicht kenne und er …«

Sie legt den Zeigefinger an die Lippen. »Pst. Belassen wir es dabei. Komm mit!«

Broder folgt Emma quer durch den Garten. Sie stellen ihre immer noch halbvollen Bierflaschen auf einem der Stehtische ab und schließen sich den anderen Gästen an. Im Pulk umrunden sie das Haus und gehen nach vorne zur Haustür. Dort liegt noch immer der gewaltige Scherbenhaufen.

Sönke und Lina stellen sich mit ihren Besen nebeneinander auf. Wie ein echtes Team stehen sie Seite an Seite. Lina lächelt. Sie wirkt glücklich.

Eine Frau in einer roten Bluse formt die Hände zu einem Trichter. »Scherben bringen Glück. Liebe Lina, lieber Sönke. Ich wünsche euch einen glücklichen Start ins Eheleben!«

»Danke!« Sönkes kräftige Stimme übertönt das Gemurmel der Menge. »Bei den vielen Scherben kann ja nichts mehr schiefgehen.« Er zwinkert seinen Gästen zu und erntet dafür ein paar Lacher.

Emma drängt sich zwischen den Gästen hindurch in die vorderste Reihe und zückt ihr Smartphone. »Nun fegt schon. Und guckt dabei zu mir. Ich will ein Foto von euch machen.«

Lina und Sönke fegen die Scherben in Richtung einer Kehrschaufel, die ein Gast für sie festhält. Dabei werden sie von Applaus und Anfeuerungsrufen begleitet. Auch Broder fällt in die Rufe mit ein.

»Bitte lächeln!«, ruft Emma und richtet ihre Handykamera auf das Paar. Doch kurz darauf lässt sie die Arme schon wieder sinken. »Ihr sollt nicht *euch* anlächeln, sondern in die Kamera gucken«, bemerkt sie tadelnd. »Jaaa ...« Erneut schießt Emma Fotos von Lina und Sönke. »Genau so. Perfekt!«

Zwei Stunden später kratzen die Gäste die letzten Reste von ihren Tellern und gehen zum feuchtfröhlichen Teil des Abends über. Im Garten brennen Fackeln und am klaren Nachthimmel funkeln tausende Sterne. Broder nippt an seinem Manhattan und macht sich auf die Suche nach Lina. Er findet sie am Büffettisch, wo sie gerade die leeren Servierplatten zusammenräumt. »Komm! Ich helf dir«, bietet er an.

Sie hält in der Arbeit inne und sieht ihn an. »Nicht nötig. Du bist hier Gast. Ich mach das schon.«

»Zu zweit geht's doch schneller.« Broder deutet auf zwei Platten, auf denen noch geschnippeltes Gemüse und Salatblätter liegen. »Soll das hier auch rein?«

»Ja, bitte. Wenn der Salat nicht bald in den Kühlschrank kommt, können wir ihn nur noch wegwerfen.«

Er greift sich die beiden Platten. Sie sind schwerer als erwartet, vermutlich bestehen sie aus reinem Sterlingsilber. Dieser Sönke Matthiesen muss wirklich gut verdienen. Aber das wird nicht der Grund sein, aus dem Lina sich zu ihm hingezogen fühlt. Auf derartige Dinge hat sie nie viel Wert gelegt. Die Erinnerung an damals schmeckt bitter auf seiner Zunge und er drängt sie schnell zurück. Die Vergangenheit ist genau das: vergangen.

Broder folgt Lina zur Terrasse und tritt durch die offene Türe ins Haus. Das Wohnzimmer ist riesig und in der Mitte des Raumes steht ein antiker Kachelofen. Doch er sieht sich nicht groß um. Stattdessen begleitet er Lina in die Küche. Dort läuft bereits die Spülmaschine. Trotzdem stehen überall benutzte Gläser und Teller herum. Er hat Mühe, für seine Platten noch einen freien Platz zu finden.

Lina öffnet die Tür der Spülmaschine und bringt noch eine Servierplatte darin unter. Broder füllt die Salatreste in eine Kunststoffbox um und verstaut diese im

Kühlschrank neben einer Packung eingeschweißter Grillspieße.

»Danke.« Lina schließt die Spülmaschinentür und das Brummen der Maschine setzt erneut ein. »Das wäre wirklich nicht nötig gewesen. Ich will dann auch wieder raus und ...« Sie wendet sich zum Gehen.

Broder holt tief Luft. »Bitte warte mal ganz kurz! Ich möchte dir noch was sagen.«

Sie bleibt in der offenen Küchentür stehen und dreht sich zu ihm um. »Wenn es um den gesperrten Strandabschnitt geht, dann ...«

»Nichts Berufliches. Aber ... Weißt du, gestern, da war ich so geschockt... ich meine überrascht, dich zu sehen, dass ich vergessen habe, dir zu deiner Verlobung zu gratulieren.«

»Ist schon okay.« Ihr Lächeln wirkt traurig.

Nur zu gern würde Broder sie in den Arm nehmen und trösten. Doch das wäre unpassend. »Das finde ich nicht. Du verdienst es, glücklich zu sein. Ich will nicht behaupten, dass es mir nichts ausmacht, dich mit Sönke zu sehen. Aber ich bin trotzdem froh, dass du jemanden gefunden hast.«

»Danke – auch dafür, dass du heute hier bist.« Ihre Stimme klingt belegt. »Es bedeutet mir viel. Ich würde mir wünschen, dass du in Zukunft wieder häufiger nach Föhr kommst. Diese Insel ist und bleibt doch deine Heimat.«

»Nein, tut mir leid. Diese Zeiten sind endgültig vorbei.« Er atmet tief durch, um den Anflug von Nostalgie abzuschütteln. Es wird Zeit, sich wieder auf seine eigentliche Aufgabe zu konzentrieren. »Wenn du nichts dagegen hast, würde ich dir gern ein Foto der Toten vom

Strand zeigen. Wir konnten sie immer noch nicht identifizieren, aber vielleicht erkennst du sie ja wieder. Gut möglich, dass sie eine Kundin von Sönke war. Sie hatte nämlich seine Visitenkarte bei sich.«

Lina starrt ihn an. »Moment mal! Bist du etwa *deshalb* hergekommen?«

Zu spät erkennt er seinen Fehler. »Nein. Natürlich nicht!«

Sie schlägt sich an die Stirn. »Ich fass es nicht. Ich war so dumm.«

»Lina, ich ...« Er macht einen Schritt auf sie zu, hält aber inne, als sie abwehrend den Arm ausstreckt.

»Geh einfach!« Der Ausdruck in ihrem Gesicht ist purer Schmerz. »Ich will das jetzt nicht hören. Geh!«

Bevor er etwas erwidern kann, stürmt sie aus der Küche und knallt die Tür hinter sich zu.

# KAPITEL 7

## BRODER

Nach einer beinahe schlaflosen Nacht im Hotel frühstückt Broder am Dienstagmorgen mit seinen Eltern Maren und Leif in deren Café, bevor es um neun Uhr für die Allgemeinheit öffnet. Das Friesenstübchen liegt in Wyk direkt an der Strandpromenade. Die drei sitzen an einem Tisch im Freien und haben – zum Schutz vor der kühlen Morgenluft – flauschige Schaffelle auf ihre Stühle gelegt.

Maren schenkt allen dampfenden Friesentee ein. »Wie war es denn gestern für dich, Lina mit ihrem Verlobten zu sehen?«

Broder köpft sein gekochtes Ei und betrachtet die Passanten, die an ihnen vorbeispazieren. »Schon in Ordnung. Das mit uns ist schließlich ewig her.«

Natürlich lässt seine Mutter die Sache nicht auf sich

beruhen. »Sie hat dir lange nachgetrauert, aber du wolltest ja nicht ...«

Leif zieht die Stirn kraus. »Lass den Jungen doch in Frieden essen! Wen interessiert schon dåt dum tjüch?«

»Von mir aus.« Maren nippt an ihrem Tee. Sie wirkt ein wenig beleidigt, weil Leif ihren Einwand als Unfug abgetan hat. »Ich hab Lina immer gemocht – auch noch nach Arnes Tod.« Sie stellt die Tasse ab, rückt ihre Lesebrille zurecht und mustert Broder eindringlich. »Du hast uns nie so richtig erzählt, warum ihr euch damals überhaupt getrennt habt. Ich hoffe, es war nicht unseretwegen.«

Broder erstarrt in seinem Stuhl. Genau diese Art von Unterhaltung hat er zehn Jahre lang erfolgreich vermieden. Und wenn es nach ihm geht, will er auch jetzt nicht darüber sprechen. »Mama, wir wollten das so. Es war einfach zu viel passiert. Komm, jetzt lassen wir das mal. Wie geht's euch denn?«

»Uns geht's gut«, erwidert sein Vater Leif. Zum ersten Mal bemerkt Broder in seinem blonden Vollbart Spuren von Grau. »Wir hatten an Ostern reichlich Gäste. Hier am Sandwall kann niemand klagen. Nur Giorgio tut uns leid. Erst wird seine Frau krank und dann lässt ihn auch noch seine einzige Servicekraft hängen.«

Maren seufzt leise. »*Aarem strük!* Er schmeißt den Laden momentan ganz allein. Dabei ist die Eisdiele jeden Tag proppevoll. Wenn Pia heute wieder nicht auftaucht, leihen wir ihm unsere Aushilfsbedienung.«

Broder horcht auf. »Moment mal! Ist diese Pia tatsächlich verschwunden?«

Maren nimmt einen Schluck Tee aus ihrer Tasse und stellt diese mit einem leisen Klirren vor sich ab. »Na *abge-*

*taucht* trifft es wohl eher. Sie hat sich nicht krankgemeldet und geht laut Giorgio auch nicht an ihr Handy. Wahrscheinlich hat sie einen besseren Job gefunden oder keine Lust mehr. Passiert doch immer mal wieder, dass Saisonkräfte sich vorzeitig absetzen.«

»Hat Giorgio die Frau denn wenigstens als vermisst gemeldet?«

Leif, der sich ein Marmeladenbrötchen schmiert, zuckt mit den Schultern. »Keine Ahnung. Vermutlich nicht.«

Das darf doch alles nicht wahr sein! Broder springt vom Stuhl auf und stößt dabei gegen den Tisch. Es scheppert und der Tee in seiner Tasse schwappt über.

»Wo willst du hin?«, fragt Maren. »Du hast kaum was gegessen.«

»Zu Giorgio. Ich muss dringend mit ihm sprechen. Esst ohne mich weiter. Ich bin gleich wieder da.«

## BRODER

Broder legt die wenigen Meter bis zur benachbarten Eisdiele Venezia mit schnellen Schritten zurück. Das Geschäft gibt es schon fast so lange wie das Friesenstübchen seiner Eltern. Die Eisdiele hat morgens um halb neun noch nicht geöffnet, aber die Tür ist nur angelehnt. Broder geht gleich durch bis zum Hinterzimmer, aus dem das Brummen eines Gefrierschranks zu hören ist. Als er eintritt, trifft er auf den Inhaber Giorgio Gortaguzzi, einen grauhaarigen Italiener mit Schnurrbart, der gerade frisches Eis herstellt. »Moin, Giorgio! Lange nicht gesehen. Tut mir leid, dass ich störe.«

»Buongiorno!«, erwidert Giorgio mit einem breiten Lächeln. »Du störst doch nicht.« Er schaltet den Mixer an, der einige Sekunden lang ein lautes Rattern von sich gibt.

Broder wartet, bis das Geräusch wieder verstummt. »Dein Eis habe ich vermisst.«

»Du könntest ja mal zu Besuch kommen, dann bräuchtest du das nicht. Pistazie habe ich ganz frisch zubereitet. Möchtest du kosten? Erdbeere ist auch gleich fertig.«

»Nein, danke. Ich bin leider dienstlich hier.«

»Hab ich etwas ausgefressen?« Giorgio zwinkert ihm zu und schüttet seine Mixtur in die Eismaschine.

Broder schmunzelt kurz. »So wie ich dich kenne, bestimmt. Aber es geht um deine Mitarbeiterin. Ist sie immer noch verschwunden?«

Giorgio schaltet die Eismaschine ein. Das darin rotierende Rad brummt leise. »Ja, das ist wirklich komisch. Pia ist sonst so zuverlässig, aber jetzt ... Sie hat sich nicht einmal krankgemeldet. Dabei fehlt sie schon seit drei Tagen.«

»Also seit Samstag?«, hakt Broder nach.

Giorgio zwirbelt seinen Schnurrbart. »Ja. Am Freitag war sie noch hier. Sie sah ein wenig blass aus. Ich hab gefragt, ob sie sich krank fühlt. Aber sie sagte, es gehe ihr gut.«

Das ungute Gefühl in Broders Magengegend verstärkt sich. »Wie heißt Pia mit vollem Namen? Hat sie Angehörige hier auf der Insel?«

»Pia Kuhn. Und nein, sie kommt vom Festland – aus Hamburg, glaube ich.«

»Hast du ihrer Familie Bescheid gegeben?«, fragt Broder.

»Nein. Ich habe auch gar keine Namen oder Telefonnummer von denen.«

»Warst du bei der Polizei?«

Giorgio mustert ihn mit gerunzelter Stirn. »Was soll ich denn da?«

Broder läuft nervös im Zimmer auf und ab. »Hast du nicht mitbekommen, dass am Strand eine tote Frau gefunden wurde? Ihre Identität ist bisher nicht geklärt. Aber zeitlich könnte es passen, wenn Pia seit Samstag fehlt.«

»Dio mio! Du glaubst, Pia könnte tot sein?« Endlich scheint Giorgio, den so leicht nichts aus der Ruhe bringt, den Ernst der Lage zu begreifen.

»Außer ihr wird niemand vermisst«, gibt Broder zu bedenken.

Giorgio erblasst. »Vorhin war ich sogar noch bei ihrer Wohnung. Ich wollte nicht einfach so reingehen, deshalb hab ich nur geklingelt. Sie hat aber nicht aufgemacht.«

»Du hast den Schlüssel zu ihrer Wohnung?«

»Es ist eine Mitarbeiterwohnung. Ich hab sie vor ein paar Jahren gekauft, als der Wohnraum hier immer teurer wurde. Eine Dachgeschosswohnung in Midlum. So machen es mittlerweile die meisten hier. Nur deine sturen Eltern nicht.«

»Weil sie niemanden fest einstellen wollen.« Broder fragt sich, ob die beiden immer noch insgeheim darauf hoffen, dass er eines Tages zurückkehrt und die Friesenstube übernimmt. Falls ja, werden sie eine Enttäuschung erleben. Broder ist fertig mit dieser Insel. »Wir sollten zu der Wohnung fahren und nachsehen«, bemerkt er.

Giorgio zieht die buschigen Augenbrauen hoch. »Jetzt sofort?«

»Ja.« Falls es Spuren für ein Verbrechen in dieser Wohnung gibt, lassen diese sich frisch am besten auswerten.

»Aber ich muss doch in einer Stunde öffnen und das Eis läuft gerade durch die Maschine«, protestiert Giorgio.

»Wie lange braucht das denn noch?«

Er sieht auf seine Armbanduhr. »Mindestens fünf Minuten.«

»Warten wir die ab«, erwidert Broder, obwohl er am liebsten sofort aufbrechen würde. Nun, da er womöglich eine Spur hat, will er keine Zeit mehr verlieren. »Und dann müssen wir los.«

»Certo! Bitte stell die Erdbeeren zurück in den Kühlschrank. Ich hänge ein Schild in die Tür, dass ich heute später öffne.« Giorgio macht ein ernstes Gesicht. »Hoffentlich irrst du dich.«

# KAPITEL 8

## BRODER

Broder verständigt seine Eltern, damit diese nicht vergeblich im Café auf seine Rückkehr warten. Dann fährt er mit dem Eisdielenbesitzer Giorgio Gortaguzzi die zehn Minuten lange Strecke von Wyk über den Hardesweg ins Inselinnere nach Midlum. Das Dorf mit seinen rund vierhundert Einwohnern ist von grünen Wiesen und Feldern umgeben, dem fruchtbaren Marschland. Giorgio biegt auf die Dörpstrat ab und fährt an einem Spielplatz und an einem Autohändler vorbei. Auch in Midlum gibt es Ferienwohnungen, doch hauptsächlich leben hier Einheimische in modernen Friesenhäusern mit Ziegeldächern.

Vor einem solchen Rotklinkerbau parkt Giorgio seinen Wagen und dreht sich zu Broder um. »Hier ist es. Hoffen wir, dass du unrecht hast.«

Das hofft Broder auch. Doch sein Bauchgefühl, auf

das er sich meistens verlassen kann, versetzt ihn in Alarmbereitschaft.

Die beiden Männer steigen aus dem Fahrzeug und gehen zur Haustür. Dort befinden sich zwei Klingeln. Broder drückt auf die obere mit dem Namen *Pia Kuhn*. Aber niemand öffnet ihnen.

»Sie ist nicht da«, bemerkt Giorgio.

»Ich versuch es in der Wohnung unten«, erwidert Broder. »Vielleicht ist dort ja jemand zu Hause.« Dem Schild fehlt zwar eine Beschriftung, aber so schnell will Broder nicht aufgeben.

Sein Begleiter schüttelt den Kopf. »Da wirst du niemanden erreichen. Die Wohnung gehört Matthiesen Ferienimmobilien. Dort wird während der Hauptsaison ein Hausmeister vom Festland untergebracht. Aber im April ist noch keiner da.« Giorgio kramt einen Schlüsselbund hervor und schließt selbst die Haustür auf. »Nach dir.«

Broder betritt den Hausflur – mit Giorgio dicht auf den Fersen. »Moment mal! Ist das etwa die Firma, die Sönke Matthiesen gehört?«

»Ja.« Giorgio nimmt die Treppe ins obere Stockwerk. »Eine von zweien. Matthiesen arbeitet auch als Makler. Er ist erst vor einigen Jahren hergezogen, hat aber schon schnell ein Vermögen gemacht. Kennst du ihn?«

Broder umklammert das Treppengeländer mit eisernem Griff. »Nur flüchtig.« Allerdings bezweifelt er, dass das hier ein Zufall ist.

Oben angekommen, klopft Giorgio kräftig gegen die Wohnungstür und schließt dann auf. »Pia? Bist du zu Hause?«

Keine Reaktion.

Das mulmige Gefühl in Broders Magen wird stärker. »Gehen wir rein.« Sorgfältig putzt er sich die Schuhe an der Fußmatte ab. Falls sich diese Wohnung als Tatort herausstellen sollte, will er so wenig Spuren wie möglich hinterlassen.

Im Flur sieht alles unauffällig aus. Ein Mantel hängt am Garderobenhaken und zwei Paar Schuhe stehen ordentlich darunter auf dem Fußboden. Falls jemand eine tote Frau durch die Wohnung geschleift hat, muss der Täter danach aufgeräumt haben.

Die erste Tür auf der linken Seite führt in ein Badezimmer. Broder wirft einen Blick hinein. Es ist leer.

Giorgio eilt an ihm vorbei, öffnet eine andere Tür und verschwindet in dem Raum. »Im Schlafzimmer ist sie nicht«, ruft er.

»Im Badezimmer ist sie auch nicht.«, erwidert Broder. »Sehen wir mal im Wohnzimmer nach.«

Die beiden treffen sich in einer offenen Wohnküche. Die Couch ist unbenutzt und auf dem Couchtisch liegt eine feine Staubschicht. Broder wirft einen Blick in den Küchenbereich. Als er sich der Kochnische nähert, wabert ihm ein ekliger Gestank entgegen. »Hier ist alles leer. Aber was riecht hier so faulig?«

»Es kommt aus der Kochnische.« Giorgio öffnet eine Tür unter dem Spülbecken und verzieht angeekelt das Gesicht. »Scheint der Müll zu sein. Der hätte längst rausgebracht werden müssen.«

Auf der Arbeitsplatte macht Broder eine weitere unappetitliche Entdeckung. »Siehst du die überreifen Bananen dort in der Obstschale und die toten Fruchtfliegen gleich daneben?«

»Eklig!« Giorgio verzieht das Gesicht und schließt die Küchenschranktür zum Mülleimer.

Nachdenklich tippt Broder sich gegen das Kinn. »Hier ist seit Tagen niemand mehr gewesen. Fällt dir irgendwas an der Wohnung auf?«

»Nein, eigentlich nicht.«

Nicht gerade die Antwort, auf die Broder gehofft hat. »Sieh dich ganz genau um. Aber fass nichts an.«

Giorgio zieht die Augenbrauen hoch. »Warum nicht?«

»Das hier ist vielleicht ein Tatort«, erwidert Broder düster. Auch wenn er noch keine Zeichen dafür entdeckt hat, dass hier ein Kampf stattgefunden haben könnte.

Sein Begleiter erblasst. »Santo Dio! Du glaubst wirklich, Pia könnte hier umgebracht worden sein?«

»Ich weiß es nicht.« Broder kramt vier Paar Handschuhe aus Nitril aus seiner Jackentasche und reicht zwei davon an Giorgio weiter. »Du ziehst besser diese Einweghandschuhe an.«

»Wozu? Du hast doch gesagt, dass ich nichts anfassen soll.«

»Ganz lässt sich das leider nicht vermeiden.« Er selbst zieht sich zwei Paar Handschuhe übereinander an, um ganz sicherzugehen, dass er keine Fingerabdrücke hinterlässt. »Guck bitte in Pias Kleiderschrank nach, ob ihre Sachen noch da sind. Ich nehme mir das Badezimmer vor.«

»In Ordnung.« Giorgios Gesicht hat mittlerweile die Farbe seines köstlichen Vanilleeises angenommen. Mit zittrigen Fingern versucht er, sich die Handschuhe überzustreifen, und geht ins Schlafzimmer.

Broder kehrt ins Bad zurück. Dieses Mal sieht er sich gründlicher um. Pias Zahnbürste steht noch auf dem Armaturenbrett und ihren Kulturbeutel hat sie auch nicht mitgenommen. Er öffnet den kleinen Spiegelschrank über dem Waschbecken. Dort befinden sich Pias Medikamente, Verbandszeug und eine Packung mit Folsäuretabletten.

Broder fühlt sich, als habe ihm jemand in den Magen geboxt. »Das ist doch ...«

»Es ist alles noch da«, ertönt Giorgios Stimme aus Richtung Schlafzimmer, »sogar ihre Koffer.«

»Verdammt! Ich hab's geahnt.« Frustriert verzieht Broder das Gesicht. Er hasst es, dass er mit seinem Verdacht richtig liegen könnte.

Giorgio steckt den Kopf zur Tür herein. »Pia ist weder krank noch abgereist. Ich fürchte, du hast recht mit deiner Vermutung.«

Broder hält eine Packung mit Folsäuretabletten in die Höhe. »Guck mal hier, was ich gefunden habe.«

»Ist das ein Medikament?«

»Nein, das ist ein Nahrungsergänzungsmittel. Folsäure. Die nimmt man während einer Schwangerschaft ein.« Ein bitterer Geschmack breitet sich auf seiner Zunge aus. Vor seinem inneren Auge sieht er wieder den winzigen Fötus aus der Obduktion. »Pia hätte die Tabletten bestimmt nicht zurückgelassen. Wusstest du überhaupt, dass sie schwanger ist?«

»Nein, ich hatte keine Ahnung«, erwidert Giorgio. Seine Augen glänzen feucht und er wendet den Blick von den Tabletten ab.

In Broders Kehle bildet sich ein Kloß. Er kannte Pia

Kuhn nicht. Aber er kennt Giorgio und er sieht den Schmerz in dessen Gesicht. »Wir fahren sofort aufs Revier, damit du eine Vermisstenanzeige aufgeben kannst. Allerdings fürchte ich, dass wir Pia längst gefunden haben.«

# KAPITEL 9

## UDO

Nachdem die bislang unbekannte Tote von ihrem Arbeitgeber als Pia Kuhn identifiziert worden ist, hat Kommissar Udo Harksen umgehend die Fähre aufs Festland genommen. Gemeinsam mit der Psychologin Dr. Sabine Müller fährt er nach Hamburg Altona. Dort arbeitet Pias Mutter als Verkäuferin in einem Supermarkt. Dem Polizisten und seiner Begleiterin fällt die schwere Aufgabe zu, Stefanie Kuhn die Nachricht vom Tod ihrer Tochter zu überbringen. Außerdem erhofft sich Udo Hinweise darauf, wer aus Pias Umfeld als Täter in Betracht kommen könnte.

Auf dem Parkplatz atmet er noch einmal tief durch, dann betritt er mit der Psychologin den Supermarkt, zückt seinen Dienstausweis und zeigt ihn einer Verkäuferin. »Udo Harksen von der Polizei Wyk auf Föhr. Und das ist meine Kollegin, Frau Dr. Sabine Müller, Polizeipsychologin. Wir möchten mit Frau Kuhn sprechen. Ist sie da?«

Die Verkäuferin, eine kleine Frau mit feuerrot gefärbtem Haar, ringt die Hände. »O mein Gott! Ist was passiert?«

»Das würden wir lieber direkt mit Ihrer Kollegin klären«, erwidert Sabine Müller in kühlem Tonfall. »Können Sie uns sagen, wo wir sie finden?«

»Natürlich. Ich bring Sie zu ihr.« Die Verkäuferin fordert Udo und seine Begleiterin auf, sie zu begleiten. »Sie füllt gerade Regale auf.«

Udo folgt ihr durch Gänge voller Backzutaten und Konserven. Er hat noch nicht oft eine Todesnachricht überbracht. Meistens übernimmt das Greta, seine Chefin. Die ist darin auch viel besser als er.

Sie erreichen den Kühlbereich. Eine Frau mit einem Wagen voller Kunststoffkisten räumt dort Joghurts in die Regale.

»Du, Frau Kuhn, hier sind zwei Polizisten für dich!« Viel zu grell hallt die Stimme der Verkäuferin durch den Supermarkt.

»Bitte nicht so laut!«, zischt Udo ihr zu. »Die Kunden müssen das ja nicht alle mitbekommen.«

»Tschuldigung!« Die Frau klingt nicht besonders reumütig.

Die von ihr angesprochene Stefanie Kuhn unterbricht ihre Arbeit und dreht sich zu ihnen um. Sie ist schlank und gepflegt, doch das Leben hat deutliche Spuren in ihrem Gesicht hinterlassen. Wenn Udo nicht wüsste, dass Pias Mutter erst achtundvierzig ist, würde er sie zehn Jahre älter schätzen.

Die Verkäuferin deutet auf Udo und Stefanie Müller.

»Das hier sind Herr Harksen und Frau Müller. Sie wollen mit dir reden.«

Stefanie Kuhn mustert sie fragend. »Ich verstehe nicht ganz ...«

Noch ahnt sie es nicht, aber in wenigen Augenblicken wird ihre ganze Welt zusammenbrechen. Udo schluckt. Er wünscht sich zurück nach Föhr auf sein gemütliches Revier. Oder irgendwo anders hin. Hauptsache weg.

»Gibt es hier einen Ort, an dem wir ungestört sind?«, fragt Sabine Müller freundlich-professionell. Für sie ist dieser Einsatz Routine.

Stefanie Kuhn zögert. Sie betrachtet die Joghurtbecher in ihrem Wagen, als würde sie sich von ihnen eine Antwort erhoffen. »Das Lager. Aber eigentlich muss ich erst die Kühlware einräumen, sonst wird sie zu warm.«

»Kann das nicht jemand anderes erledigen?« Auffordernd blickt Sabine Müller die Verkäuferin mit den roten Haaren an, die noch keinen Schritt von ihrer Seite gewichen ist. »Sie zum Beispiel?«

Die Frau verzieht das Gesicht. »Also, laut Schichtplan sollte ich mich erst mal ...«

Sabine Müllers Tonfall wird schärfer. »Es ist wirklich dringend.«

Ein Seufzen erklingt. »Na gut. Dann räume ich jetzt die Joghurts ein.«

»Vielen Dank«, erwidert Udo. Er möchte das Gespräch einfach nur hinter sich bringen. Allerdings rührt sich die Verkäuferin immer noch nicht von der Stelle.

»Ist noch was?«, fragt Dr. Müller und sieht die Frau dabei so streng an, dass Udo sich an seine alte Mathelehrerin erinnert fühlt.

»Nein, nein. Also dann ...« Zögernd und mit deutlicher Missbilligung nimmt die Verkäuferin den Wagen mit den Joghurts.

Pias Mutter deutet auf das andere Ende des Ganges. »Zum Lager geht's hier lang.« Sie führt Udo und die Polizeipsychologin zu einer Tür, zückt einen Schlüsselbund und schließt auf. »Nach Ihnen bitte!«

»Danke.« Udos Mund ist plötzlich staubtrocken. Mit Nachdruck zieht er die Tür hinter sich zu. Seine Beine fühlen sich butterweich an. Wie muss es da erst Stefanie Kuhn gehen. »Gibt es hier die Möglichkeit, sich zu setzen?«, fragt er.

»Nein.« Die Stimme von Stefanie Kuhn zittert leicht, aber sie reckt tapfer das Kinn. »Ich möchte auch gar nicht sitzen. Sagen Sie mir lieber, was los ist.«

»Es geht um Ihre Tochter Pia«, sagt Sabine Müller ernst.

»Pia?« Ihre Mutter schlägt sich die Hand vor den Mund. »Ist sie ...? Hatte sie etwa einen Unfall?«

»Das nicht. Aber ihr ist etwas zugestoßen. Pia ist tot, Frau Kuhn.«

Im Lager ist es vollkommen still. Das leise Surren der Kühl- und der Gefriertruhen klingt überlaut in Udos Ohren. Nervös presst er die Lippen zusammen. Es ist unmöglich, vorauszusehen, wie jemand auf eine solche Nachricht reagiert. Am schlimmsten sind die Tränen. Udo weiß selbst nicht, warum, aber der Anblick von Tränen setzt ihm mehr zu als der von einer Leiche.

Stefanie Kuhn reagiert allerdings gar nicht. Sie wirkt wie erstarrt.

»Es tut mir sehr leid, dass wir Ihnen diese schreckliche Nachricht überbringen müssen«, fährt Sabine

Müller nach einer kleinen Pause fort. »Das muss ein großer Schock für Sie sein.«

Ein Schluchzen erklingt, das Stefanie Kuhn mit der Faust erstickt. Ihre Schultern beben.

Udo weiß nicht, wie er sich verhalten soll. Vielleicht sollte er der Frau ein Taschentuch anbieten. Er hat vorsichtshalber eine ganze Packung eingesteckt.

»Wenn Sie möchten, rufen wir gern jemanden für Sie an«, sagt Sabine Müller. Sie klingt erstaunlich gefasst. Aber sie führt solche Gespräche ja auch viel öfter als er.

Dieses Mal scheinen ihre Worte zu Pias Mutter durchzudringen. Sie hebt den Kopf und mustert die Polizeipsychologin mit tränenverschleiertem Blick. »Nein, ich ...« Ihre Stimme bricht. »Was ist ihr denn überhaupt passiert?«

Udo räuspert sich. Endlich weiß er, was er sagen soll. »Wir gehen davon aus, dass Ihre Tochter Opfer einer Straftat geworden ist. Deswegen ermittelt auch eine Sonderkommission der Kriminalpolizei.«

»O mein Gott! Das kann doch nicht ...! Heißt das etwa, Pia wurde ermordet?«

»Diesen Begriff benutzen wir nicht«, erwidert Sabine Müller in nüchternem Tonfall. »Denn zu entscheiden, ob tatsächlich ein Mord vorliegt, ist Sache des Gerichts. Was wir Ihnen aber sagen können, ist, dass es sich um ein Tötungsdelikt handelt. Jemand hat Ihre Tochter umgebracht. Es tut mir sehr leid.«

Stefanie Kuhn wimmert leise. »Wer hat ihr das angetan? Und warum? Sie war ein so liebes Mädchen. Meine Kleine ...«

Ihre Schluchzer tun Udo beinahe körperlich weh. Er würde der Frau so gern helfen und kann es doch nicht.

Stattdessen fühlt er sich überfordert. »Wir wissen es nicht«, sagt er schließlich. »Aber wir bemühen uns, es so schnell wie möglich herauszufinden.«

Die Polizeipsychologin mustert Stefanie Kuhn eindringlich. »Dafür sind wir auf Ihre Mithilfe angewiesen. Gerade die ersten Tage nach einer Tat sind entscheidend für den Ermittlungserfolg. Das ist jetzt vermutlich sehr schwer für Sie. Aber können Sie noch ein wenig stark sein und unsere Fragen beantworten?«

»Ja.« Stefanie Kuhns Stimme klingt so brüchig, dass Udo sie kaum versteht.

Ihm steckt ein dicker Kloß im Hals und er räuspert sich. »Danke! Das wissen wir zu schätzen. Denken Sie bitte genau nach. Hatte Pia mit jemandem Streit?«

»Nein. Sie kam mit allen Menschen gut klar. Jeder mochte sie.«

»Und sonst?« Udo zückt seinen Schreibblock und macht sich Notizen. Endlich fühlt er sich wieder ein wenig in seinem Element und nicht mehr wie ein Fisch auf dem Trockenen. »Hatte Ihre Tochter Probleme? Oder ist Ihnen in letzter Zeit etwas an ihrem Verhalten aufgefallen?«

Stefanie Kuhn scheint kurz nachzudenken. »Nein. Seitdem sie auf Föhr wohnt – gewohnt hat –, weiß ich nicht mehr so genau, was bei ihr los war. Aber wenn jemand sie bedroht hätte, hätte sie mir bestimmt davon erzählt.«

»Ich brauche eine Liste ihrer Freunde und sonstigen Kontakte. Bitte schreiben sie alle auf, die Ihnen einfallen. Besonders den Vater ihres ungeborenen Kindes.«

»Sie war schwanger?« Ihre Augen weiten sich. Anscheinend ist diese Information neu für Pias Mutter.

»Ja«, erwidert Sabine Müller, »etwa im vierten Monat. Haben Sie nichts davon gewusst?«

»Nein, ich hatte keine Ahnung. Das alles darf doch nicht wahr sein!« Stefanie Kuhn vergräbt das Gesicht in den Händen und schluchzt leise.

Dieses Mal kramt Udo seine Packung Taschentücher hervor und drückt sie ihr ungeschickt in die Hand. »Was können Sie uns über Pias Freund erzählen? Haben Sie seine Kontaktdaten?«

Sie zieht ein Taschentuch aus der Packung und betupft ihre Augen. »Sie hatte keinen Freund. Ich hätte es gewusst, wenn da jemand gewesen wäre.«

»Wer könnte dann der Kindsvater gewesen sein?«, hakt Sabine Müller nach. »Haben Sie eine Idee?«

»Nein, ich ...« Stefanie Kuhn lässt das Taschentuch sinken. »Sie war wirklich schwanger und hat mir nichts gesagt?«

»Vielleicht wollte sie das noch.«

»Nein, das kann ich mir nicht vorstellen.« Sie schluchzt. »Es ist alles meine Schuld.«

Udo hält beim Schreiben inne.

Auch die Polizeipsychologin wirkt erstaunt. »Inwiefern ...?«

»Ich hab immer zu ihr gesagt: Pass auf, dass du nicht so endest wie ich! Alleinerziehend und ohne Ausbildung.« Frische Tränen treten Stefanie Kuhn in die Augen. »Darum hat sie die Schwangerschaft vor mir verheimlicht. Hätte ich doch bloß den Mund gehalten!«

Hastig wendet Udo den Blick ab. Stattdessen starrt er die Kühlregale an.

»An dem, was passiert ist, haben weder Sie noch Ihre Tochter Schuld«, sagt Sabine Müller mit ruhiger

Stimme. »Verantwortlich ist allein die Person, die Pia getötet hat.«

»Der Kindsvater könnte ein wichtiger Zeuge sein«, ergänzt Udo. »Wir müssen unbedingt mit ihm reden. Haben Sie nicht doch eine Ahnung, um wen es sich handelt?«

»Nein. Ich weiß es wirklich nicht.« Stefanie Kuhn mustert ihn eindringlich. »Sie haben mir noch gar nicht gesagt, wie meine Tochter getötet wurde.«

Udo hat gehofft, dieses Thema vermeiden zu können, denn er ahnt, dass sie seine Antwort nicht gut aufnehmen wird. »Solange die Ermittlungen laufen, dürfen wir Ihnen leider keine Details nennen.«

»Ist es schnell gegangen oder musste sie ... leiden?«

»Es war ein schneller Tod«, behauptet Sabine Müller.

»Also das ...« Auf ihren warnenden Blick hin verstummt Udo. Sie kennen die Antwort nicht und vermutlich ist es besser, in diesem Punkt nicht allzu ehrlich zu sein.

Stefanie Kuhn runzelt die Stirn. »Sie verschweigen mir doch was!« Als ihr niemand antwortet, wird sie lauter. »Ich will wissen, was man ihr angetan hat. Sagen Sie mir die Wahrheit!«

Betreten beißt Udo sich auf die Unterlippe. Wenn Greta jetzt hier wäre, wüsste sie, was sie zu sagen hätte.

Doch Sabine Müller lässt sich ebenfalls nicht so leicht einschüchtern. Sie macht einen Schritt auf Pias Mutter zu und berührt sie am Arm. »Frau Kuhn, ich verstehe sehr gut, dass Sie aufgebracht sind. Leider dürfen wir kein Täterwissen mit Ihnen teilen. Das könnte die Ermittlungen gefährden. Spätestens im Gerichtsprozess werden Sie alles erfahren.«

»Aber das ist doch noch ewig hin.« Stefanie Kuhn klingt völlig verzweifelt. »Ich kann nicht so lange mit dieser Ungewissheit leben. Ich muss doch wissen, was meiner Tochter zugestoßen ist. Bitte!«

»Uns sind die Hände gebunden. Es tut mir wirklich leid«, sagt Udo. »Wenn Sie möchten, fahren Frau Dr. Müller und ich Sie nach Hause. Dort können wir noch mal in Ruhe über alles reden.«

»Sollen wir jetzt vielleicht jemanden für Sie anrufen?«, bietet Sabine Müller an.

»Nein, danke. Da ist niemand, den ich ...« Stefanie Kuhn seufzt schicksalsergeben. »Fahren wir.«

# Kapitel 10

## BRODER

Auf der Wyker Polizeiwache sichtet Broder das Protokoll zu Giorgio Gortaguzzis Vernehmung und lässt sich von Hauptkommissar Thies Hansen auf den aktuellen Stand der Ermittlungen bringen. Dass Stefanie Kuhn den Vater ihres ungeborenen Enkelkindes nicht kennt und kein mögliches Tatmotiv liefern kann, ist ein herber Rückschlag. Doch Broder will sich davon nicht entmutigen lassen. Nachdem er sich von den anderen verabschiedet hat, trifft er im Besucherbereich ausgerechnet auf seine Eltern.

Er begrüßt Leif und Maren mit einer Umarmung. »Moin! Was macht ihr denn hier?«

Seine Mutter drückt ihm einen Kuss auf die Wange. »Giorgio hat uns erzählt, dass Pia schwanger war. Daraufhin ist Leif und mir etwas eingefallen, was wir dringend zu Protokoll geben müssen.«

»Wirklich? Was denn?«

Leif streicht sich über den Bart. Ein sicheres Zeichen dafür, dass er nervös ist. »Wir wollten erst nichts sagen, weil wir befürchtet haben, es könnte eine Menge Schaden anrichten, falls wir uns irren. Aber unter diesen Umständen ...«

Broder dauert das alles zu lange. »Papa, worum geht's denn jetzt?«

Da Leif nur herumdruckst, übernimmt Maren. »Pia bekam während der Arbeit in der Eisdiele öfter Herrenbesuch – und zwar von Sönke Matthiesen.«

»Linas Verlobtem?« Broder kann es nicht fassen. »Seid ihr sicher, dass ihr ihn nicht mit jemandem verwechselt habt?«

»Den Typen kann man nicht verwechseln. Der ist ein Schnacker.« Maren verdreht die Augen. »Redet immer in doppelter Lautstärke und verteilt an jeden, dem er begegnet, seine Visitenkarte. Ein paarmal hat er sogar Gäste in unserem Café angequatscht. Aber das hab ich ihm verboten.«

»Ja, da bist du recht deutlich geworden.« In Leifs Stimme schwingt Anerkennung mit.

Doch so leicht lässt Broder sich nicht überzeugen. »Dass Pia und Sönke sich getroffen haben, das muss ja noch nicht bedeuten, dass die beiden tatsächlich etwas miteinander hatten. Oder dass Sönke der Vater von Pias ungeborenem Kind gewesen ist.«

»Muss es nicht.« Sein Vater verlagert das Gewicht von einem Fuß auf den anderen. »Aber auffällig war's schon, wie oft die zwei sich unterhalten haben. Ich konnte nie verstehen, worum es ging. Aber sie wirkten sehr vertraut auf mich.«

Broder fällt es schwer, zu glauben, was sein Vater ihm gerade eröffnet hat. In seinem Magen rumort es. Könnte Lina sich tatsächlich so sehr in Sönke getäuscht haben? Doch gerade, weil Broder den Mann nicht sonderlich gut leiden kann, darf er keine voreiligen Schlüsse ziehen. »Okay, jetzt warte mal. Haben die sich auch mal geküsst oder angefasst?«

Eine Tür öffnet sich und Hauptkommissar Thies Hansen tritt auf den Flur. Beim Anblick von Broders Eltern zieht er die Augenbrauen hoch. »Moin, Herr Jacobsen. Seit wann finden denn bei uns die Vernehmungen auf dem Flur statt?«

»Herr Hansen«, sagt Broder, »das sind meine Eltern, Maren und Leif Jacobsen«

»Freut mich.« Thies Hansen schüttelt beiden die Hände.

»Mich auch«, erwidert Maren mit einem freundlichen Lächeln.

Leifs Gruß fällt etwas knapper aus. »Moin.«

»Bitte folgen Sie mir ins Vernehmungszimmer.« Hansen macht eine einladende Handbewegung. Als Broder ebenfalls vortritt, hebt der Hauptkommissar die Hand. »Sie nicht, Herr Jacobsen. Ich möchte allein mit Ihren Eltern sprechen. Es wäre nicht gut, wenn Sie als naher Verwandter dabei wären.«

»Sie haben recht«, räumt Broder widerwillig ein. Denn so ganz passt es ihm nicht, von der Vernehmung ausgeschlossen zu werden. »Aber wenn Sie fertig sind, dann informieren Sie mich bitte, ja? Ich möchte jemanden zu Herrn Matthiesen schicken und ihm noch einmal auf den Zahn fühlen.«

»Maakt sik keen Sorgen!« Thies Hansens Tonfall klingt grimmig. »Das übernehme ich höchstpersönlich.«

## THIES

Thies macht sich zum zweiten Mal auf den Weg nach Nieblum, um mit Sönke Matthiesen zu sprechen. Das malerische Dorf im Süden der Insel ist bei Touristen selbst in der Nebensaison sehr beliebt. Thies fährt durch das Zentrum des Ortes – vorbei an einer langen Warteschlange vor der einzigen Eisdiele und an bummelnden Urlaubern, die aus einer Buchhandlung und einem Laden für Kunsthandwerk auf die Straße treten. Vorsichtig passiert er zwei Spaziergängerinnen mit ihren Hunden und weicht einem kleinen Jungen aus, der auf seinem Roller Schlangenlinien fährt.

Heute will Thies nicht zum Maklerbüro, sondern zu einer Immobilie, für die Sönke Matthiesen einen Käufer sucht. Das historische Kapitänshaus aus der Anzeige, dessen weiß verputzte Fassade in der Sonne strahlt, findet er auf Anhieb. Thies parkt seinen Wagen am Straßenrand und steigt aus. Schon von Weitem erkennt er Sönke Matthiesen auf dem Bürgersteig. Der Makler trägt einen hellen Anzug und unterhält sich mit einem Paar in den Fünfzigern.

Seine kräftige Stimme ist auch auf die Entfernung gut zu verstehen. »In einer solchen Top-Lage habe ich so gut wie nie ein Objekt im Angebot. Ein Interessent lässt bereits ein Gebäudegutachten erstellen. Wenn Sie dieses

Schmuckstück wollen, sollten Sie schnell zugreifen. Nächste Woche könnte es schon verkauft sein.«

Die Frau, deren langer Seidenschal im Wind flattert, hängt sich bei ihrem Mann ein. »Was meinst du, Schatz?«

Der hat sich breitbeinig vor dem Makler aufgebaut. »Ich finde den Preis zu hoch. Das Haus muss doch komplett saniert werden. Lässt sich da noch was machen?«

»Bedaure, aber der Preis ist nicht verhandelbar«, erwidert Matthiesen mit öliger Stimme. »Die Renovierungskosten wurden schon bei der Preisgestaltung berücksichtigt, andernfalls ...«

Thies erreicht die kleine Gruppe und bleibt direkt neben dem Makler stehen. »Tut mir leid, wenn ich Sie unterbreche, aber ich muss dringend mit Herrn Matthiesen reden.«

Der Mann ihm gegenüber reckt angriffslustig das Kinn. »Nicht so voreilig! Das hier ist *unser* Termin.«

Leicht schüttelt Thies den Kopf. »Sie verstehen nicht, was ich ...«

»Das ist ein Trick, oder?« Der Mann wird nun laut. »Sie wurden von Herrn Matthiesen engagiert, um sich als potenzieller Käufer auszugeben, damit wir gleich zuschlagen. Darauf fallen wir nicht herein.«

Seine Frau wirft ihm einen unglücklichen Blick zu. »Aber wir wollten doch ...!«

Allmählich reicht es Thies. Dieses Paar ist ja noch nerviger als Sönke Matthiesen. »Hier liegt ein Missverständnis vor. Ich hab kein Interesse daran, dieses Haus zu kaufen.«

»Da hörst du's.« Die Frau streichelt ihrem Mann über den Arm.

Doch der schüttelt sie ab und starrt Thies zornig an. »Das ist Ihre Masche, nicht wahr? Sie versuchen, mich in Sicherheit zu wiegen. Aber sobald meine Frau und ich von hier verschwinden, reißen Sie sich das Haus unter den Nagel.«

»Ihnen ist es doch ohnehin zu teuer«, mischt Sönke Matthiesen sich in die Unterhaltung ein. »Vielen Dank für Ihren Besuch! Aber ich muss jetzt mit Herrn Hansen sprechen.«

Der Mann drückt das Kreuz durch. »Wir nehmen es!«

»Wie bitte?« Sönke Matthiesen spielt den Erstaunten – zumindest kommt es Thies so vor.

»Vereinbaren Sie einen Termin beim Notar. Sie brauchen das Haus niemandem mehr zu zeigen. Wir haben uns entschieden.«

Die strahlende Frau küsst ihren Mann. »Danke, Schatz! Ich liebe dich.«

Der wendet sich nun an Thies. »Sie haben es ja gehört. Das Haus ist so gut wie verkauft.«

Thies verkneift sich ein Augenrollen. »Luud un düütlich. Ich möchte jetzt trotzdem mit Herrn Matthiesen reden – und zwar unter vier Augen.«

»Wir gehen schon.« Die Frau lächelt ihren Mann an. »Es gibt ja noch so viel zu tun.«

Die beiden steigen in ihren am Straßenrand geparkten Sportwagen und fahren viel zu rasant über das holprige Kopfsteinpflaster davon. Lächelnd sieht Sönke Matthiesen ihnen hinterher. »Hätte nicht gedacht, dass Sie mir dabei helfen, ein Haus zu verkaufen. Vielen Dank!«

»Danken Sie mir nicht zu früh«, erwidert Thies trocken. »Dieses Gespräch wird unerfreulich.«

Das Lächeln im Gesicht des Maklers verblasst. »Wie haben Sie mich eigentlich gefunden?«

»Ihre Assistentin hat mir einen Tipp gegeben. Sie hat versucht, Sie zu erreichen und vorzuwarnen, aber Ihr Handy ist ausgeschaltet.«

»Das mache ich immer so bei Hausbesichtigungen. Besonders, wenn es um Millionen Euro geht wie in diesem Fall. Sie haben echt was gut bei mir.« Sein Tonfall klingt schon wieder unangenehm schmierig und ein wenig gönnerhaft. »Soll ich Sie mal zum Essen einladen?«

»Danke, ich verzichte. Sagen Sie mir lieber die Wahrheit.«

Matthiesen runzelt die Stirn. »Das habe ich doch schon.«

»Bisher haben Sie mir nur dumm Tüch erzählt«, stellt Thies klar. »Als ich Ihnen das Foto der Toten gezeigt habe, sind Sie zusammengezuckt. Und zwar nicht, weil sie den Anblick einer Leiche nicht ertragen, sondern weil Sie das Opfer kannten – sehr gut sogar.«

Sönke macht große Unschuldsaugen. »Wie kommen Sie nur auf diesen Unsinn? Ich habe keine Ahnung, wer die Frau ist.«

»Es gibt Zeugen, die Sie beide zusammen gesehen haben. Mehrfach. Sie kennen Pia Kuhn. Wollen Sie das etwa immer noch leugnen?«

Endlich scheint es dem gesprächigen Makler die Sprache verschlagen zu haben. Thies wartet schweigend. Ein Radfahrer klingelt und er macht ihm den Weg frei. Im Gegensatz zu Sönke Matthiesen, der sich keinen Millimeter von der Stelle rührt und deswegen beinahe umgefahren wird.

Schließlich findet er seine Sprache wieder. »Das auf dem Foto war Pia? Ich ... kann das gar nicht glauben.«

»Also kennen Sie die Tote doch? Und anscheinend waren Sie sogar per Du.«

Matthiesen scharrt mit den Spitzen seiner Schuhe über die Pflastersteine. »Na ja, wir standen uns nicht wirklich nahe. Aber wir haben uns hin und wieder unterhalten. Schon möglich, dass wir zusammen gesehen wurden.«

Sein Herumdrucksen geht Thies gehörig auf die Nerven. »Herr Matthiesen, ich kürze das Ganze jetzt mal ab. Waren Sie und Frau Kuhn nur Bekannte oder hatten Sie ein Verhältnis?«

»Was erlauben Sie sich!« Auf einmal wird Matthiesen laut.

Thies blinzelt in die Sonne. Es könnte ein so schöner Tag sein, wenn bloß seine Gesellschaft eine andere wäre. »Ich muss das fragen. Schließlich haben Sie die Frau auf den Fotos angeblich nicht erkannt.«

»Was heißt hier *angeblich*? Ich hab noch nie zuvor eine Leiche gesehen. Dazu die schweren Verbrennungen. Das war ein Schock für mich. Ich konnte gar nicht richtig hingucken.« Matthiesen wirkt entrüstet.

Mit jeder Minute, die er in seiner Gegenwart verbringt, kann Thies ihn weniger leiden. »Falls Sie und Frau Kuhn eine intime Beziehung hatten, wäre das ein starkes Tatmotiv. Schließlich stehen Sie kurz vor der Hochzeit mit einer anderen Frau.« Er sieht Sönke Matthiesen direkt in die Augen und macht eine kleine Kunstpause. »Deshalb muss ich Sie das fragen: Haben Sie Frau Kuhn getötet, Herr Matthiesen?«

»Natürlich nicht! Was erlauben Sie sich! Ich werde

mich bei Ihrem Vorgesetzten über Sie beschweren.« Matthiesen ballt drohend die Fäuste.

Thies schmunzelt. »Das wäre dann Herr Jacobsen, der Ex-Partner Ihrer Verlobten.«

»Schon gut. Ich hab's nicht so gemeint. Ich will einfach nur verhindern, dass Sie meine Verlobte da mit hineinziehen.« Zum ersten Mal seit Beginn ihrer Unterhaltung klingt Matthiesen aufrichtig.

»Das verstehe ich«, erwidert Thies. »Und mir persönlich ist auch egal, wie gut Sie Frau Kuhn tatsächlich kannten. Mich interessiert nur, ob wir Ihre DNA an ihr finden werden.«

»Nein, das ist ausgeschlossen.«

»Dann sind Sie doch bestimmt bereit, mir eine Speichelprobe zu geben«, fragt er beiläufig.

Wie erhofft tappt Sönke Matthiesen in seine Falle. »Wenn Sie mich danach endlich in Ruhe lassen.«

# KAPITEL 11

## LINA

Wyk am späten Nachmittag: Lina spaziert nach Feierabend barfuß am Strand entlang. Ihre Schuhe hat sie in der Nähe einer Treppe abgestellt. Der feuchte Sand massiert ihre Füße, die Luft riecht nach Salz und die frische Meeresbrise spielt mit ihren Haaren. Einen Moment lang fühlt sie sich eins mit der Natur. Doch dann bringt der Klang leiser Schritte in ihrem Rücken sie dazu, sich umzudrehen. Broder läuft ein Stück weit hinter ihr. Sein Anblick versetzt ihr einen Stich. »Bist du mir etwa gefolgt? Was willst du hier?«

»Mich bei dir entschuldigen«, sagt er. »Es war wirklich vollkommen daneben, dass ich dich auf deinem Polterabend gebeten habe, dass du dir das Foto von einer verkohlten Leiche anguckst. Das hätte ich nicht machen sollen.«

»Das stimmt allerdings.« Auch wenn seine Einsicht reichlich spät kommt.

Er sieht sie traurig an. »Kann ich dich ein wenig begleiten?«

Lina seufzt leise. »Also schön. Aber ich bin immer noch wütend auf dich.«

»Das verstehe ich. Hauptsache, wir reden wieder miteinander.«

Die beiden spazieren in Richtung Meer. Das Rauschen der Brandung wird lauter und Lina sieht hinaus auf die See. Wie immer erfüllt der Anblick sie zugleich mit schmerzhaften Erinnerungen und mit süßer Sehnsucht.

»Hast du schon mal darüber nachgedacht, deine Hochzeit zu verschieben?«, fragt Broder wie aus dem Nichts.

Im ersten Moment glaubt sie, ihn falsch verstanden zu haben. Doch er schweigt beharrlich und scheint tatsächlich eine Antwort zu erwarten. »Wieso sollte ich das tun?«, fragt sie gereizt.

Er vergräbt die Hände in den Hosentaschen. »Ich meine nur, bis der Fall geklärt ist. Jetzt ist einfach der falsche Zeitpunkt für eine Feier.«

Seine Forderung macht sie fassungslos. »Broder – bei allem Mitgefühl für das Opfer – wir kannten die Tote nicht mal.«

»Sönke schon«, behauptet Broder. »Hauptkommissar Hansen hat es mir gerade gesimst. Vielleicht wäre es doch passender, zu warten – wenigstens bis zur Beerdigung.«

Im Gehen dreht sich Lina zu Broder um. So hat sie sich ihre Unterhaltung, um die er sie gebeten hat, bestimmt nicht vorgestellt. »Versuchst du gerade allen Ernstes, mir einzureden, dass ich meine Hochzeit verschiebe?«

Er zieht die Schultern hoch. Auf einmal wirkt er verlegen. »Na ja ...«

Lina stutzt. »Du bist doch nicht etwa eifersüchtig?«

»Ich?« Er reißt die Augen auf und wirkt so entsetzt, dass sie trotz der ernsten Stimmung beinahe grinsen muss. »Ach Quatsch!«, sagt Broder. »Nein. Das mit uns ist doch so lange her, dass ...«

»Ich hab nur einen Scherz gemacht«, erwidert sie, um ihn aus seiner misslichen Lage zu erlösen.

»Ja, natürlich. Das wusste ich.« Broder bleibt stehen und starrt aufs Meer.

Im ersten Moment glaubt Lina, dass er aus Verlegenheit ihrem Blick ausweichen will. Doch dann sieht sie es auch. Im Wasser schwimmt etwas. Etwas Großes.

»Was ist denn das da hinten?« Broder geht näher heran und kneift die Augen zusammen. »Ich glaube, da treibt ein Mensch im flachen Wasser.«

»O mein Gott!« Lina traut ihren Augen nicht.

»Warte! Bleib hier. Ich seh nach.« Er rennt über den Strand und watet ins Meer. Er nimmt sich nicht mal die Zeit, seine Hosenbeine hochzukrempeln. Das Wasser spritzt nach allen Seiten und verdeckt Lina die Sicht.

»Das ist wirklich ein Mann«, ruft Broder ihr zu. »Und er ... Ruf die 112 an! Ich versuch, ihn rauszuziehen. Okay?«

Mit zittrigen Fingern greift sie nach ihrem Smartphone und tippt die Nummer des Notrufs. Dabei hat sie Broders angestrengtes Keuchen und das Platschen des Wassers im Ohr.

»Notruf für Feuerwehr und Rettungsdienst. Hallo«, meldet sich eine männliche Stimme.

Panik schnürt Lina die Luft ab und sie hat Mühe, überhaupt vernünftige Sätze zu formulieren. »Hallo! Hier ist Lina Christiansen. Ich rufe Sie vom Südstrand in Wyk an – ein Stück links von der Surfschule. Hier wurde gerade ein Mann ans Ufer gespült. Vermutlich bewusstlos oder sogar tot.«

»Sehen Sie äußere Verletzungen?«

Sie starrt angestrengt hinüber zu Broder. Doch mehr als eine menschliche Gestalt, die im Meer treibt, kann sie nicht erkennen. »Auf die Entfernung nicht. Mein Begleiter zieht ihn gerade aus dem Wasser.«

Mittlerweile hat Broder den Mann unter beiden Armen gepackt und versucht, ihn an Land zu manövrieren. Doch er scheint nicht von der Stelle zu kommen.

»Ich brauche hier Hilfe!«, ruft er keuchend. »Der ist einfach zu schwer.«

»Bitte beeilen Sie sich«, fleht Lina den Mann am Telefon an. »Ich muss jetzt auflegen und helfen.« Ohne eine Antwort abzuwarten, beendet sie das Gespräch.

Ihr Puls rast und ihr Atem geht viel zu schnell. Für den Bruchteil einer Sekunde muss sie an Arne denken, der nie aus der Nordsee geborgen wurde. Doch dann reißt sie sich zusammen und watet ins Wasser. Es ist kalt. Ihre Jeans saugt sich innerhalb kürzester Zeit voll mit Flüssigkeit. Doch all das nimmt sie nur am Rande wahr. Broder braucht ihre Hilfe.

»Was kann ich tun?«, fragt sie.

»Nimm du seine Beine.« Broder atmet schwer. Er hat sichtlich damit zu kämpfen, die Arme des Mannes festzuhalten.

Lina bückt sich und hebt dessen Füße aus dem Wasser. Beinahe rutschen ihr die Beine wieder weg, weil der Mann schlaff wie ein nasser Sack zwischen ihnen hängt. Ihre Arme brennen vor Anspannung, während sie sich mit Broder gemeinsam Schritt für Schritt in Richtung Ufer kämpft. Kurz gerät sie aus dem Gleichgewicht.

»Vorsicht!«, warnt Broder, doch Lina hat sich schon wieder gefangen. Durch den Ruck sind allerdings die klatschnassen Haare, die eben noch Augen und Nase des Mannes verdeckten, zur Seite gefallen. Zwei leere Augenhöhlen starren sie an.

»O mein Gott! Sein Gesicht!« Vor Schreck hätte sie beinahe die Füße losgelassen.

»Er ist tot, Lina.« Broder keucht mehr, als dass er spricht. »Und das ... schon 'ne ... ganze Weile. Sieh lieber nicht hin.«

»So empfindlich bin ich nicht. Ich ertrag das.« Es gefällt ihr nicht, dass Broder sie für zimperlich hält. Trotzdem kann sie ein Ächzen nicht unterdrücken. Der Tote ist einfach zu schwer. »Jetzt wissen wir zumindest, warum ihr Jonte nicht erreichen konntet.«

»Das hier ist der Strandkorbwärter?«

»Ja«, erwidert Lina knapp. Sie braucht ihre Puste, um das Ufer zu erreichen.

Nach einer gefühlten Ewigkeit waten Broder und sie mit ihrer Last aus dem Wasser.

»Wir legen ihn hier ab, ja?«, sagt Broder.

»Ja.« Vermutlich wäre es besser, Jonte noch ein Stück weiter zu tragen, damit ihn die Wellen nicht erreichen. Aber er hat ohnehin schon im Wasser gelegen und Lina ist am Ende ihrer Kräfte.

Sie legen den schlaffen Körper so behutsam wie

möglich im Sand ab. »Puh.« Lina ringt nach Atem und hält sich das schmerzende Kreuz.

»Der Tote ... ist also ... Jonte Roeloffs«, keucht Broder, »der Mann ... der das Osterfeuer ... aufgeschichtet hat?«

»Genau der. Ich hatte ihn ja im Verdacht, selbst der Täter gewesen zu sein. Aber so, wie es aussieht ...«

»... ist er wahrscheinlich ein weiteres Opfer.«

In der Ferne ertönt eine Sirene. Das muss der Rettungswagen sein, den Lina gerufen hat. Frierend schlingt sie die Arme um sich. Dabei ist es nicht mal so sehr das kalte Wasser, das sie zittern lässt, sondern der Schock.

Broder zückt sein Handy, das glücklicherweise trocken geblieben ist. »Ich informiere Hauptkommissar Hansen. Fass hier bitte nichts mehr an.«

»Natürlich nicht.« Sie tritt ein Stück von dem Toten zurück, doch das Grauen lässt sich nicht so einfach abschütteln. »Das ist alles so furchtbar! Wer tut so etwas nur?«

Ernst sieht Broder ihr in die Augen. »Das finde ich raus. Versprochen!«

# Kapitel 12

BRODER

Zehn Jahre zuvor auf Föhr am Ostersamstag, abends gegen halb elf: Am Wyker Südstrand sitzen Broder und seine Freundin Lina eng umschlungen in einem Strandkorb und blicken hinaus auf die stürmische See. Die Sterne am Himmel werden von dunklen Wolken verdeckt und ein starker Wind bläst ihnen den Sand ins Gesicht. Lina legt ihnen beiden eine mitgebrachte Wolldecke um die Schultern und kuschelt sich noch enger an Broder. In der Ferne lodern die Flammen eines Osterfeuers und ganz leise tönt Musik zu ihnen herüber.

Broder streichelt Lina über den Unterarm. Dort hat sie eine Gänsehaut. »Ist dir kalt? Wir können sonst auch zu mir gehen.«

»Nein, lass uns noch ein wenig bleiben. Wer weiß,

wann wir wieder zum Strand können.« Sie seufzt leise.
»Morgen ist Büffeln angesagt.«

Ihr Kommentar entlockt ihm ein Augenrollen. »O Mann, ey! Fang bloß nicht wieder mit dem Abi an! Ich kann's echt nicht mehr hören. Meine Eltern nerven schon genug damit. Dabei brauch ich ja nicht mal gute Noten, wenn ich im Café einsteige.«

Lina rückt ein kleines Stück von Broder ab und mustert ihn eindringlich. »Sicher, dass dir das auf Dauer nicht zu langweilig wird?«

Das Thema haben sie schon mal durchgekaut und er hat seine Meinung nicht geändert. »Für ein Studium müsste ich aufs Festland ziehen. Und ich will einfach nicht von dir getrennt sein.«

»Und ich möchte Föhr nicht verlassen. Na, ich schätze mal, dann müssen wir beide wohl hierbleiben.« Sie beugt sich vor und küsst ihn.

Ein Kribbeln breitet sich in seinem Bauch aus. »Da gibt es Schlimmeres«, erwidert er schmunzelnd.

Lina knufft ihn in die Seite. »He! Sei nicht so frech.« Anstatt ihn erneut zu küssen, zieht sie die Stirn kraus. »Hörst du das? Ich glaub, da kommt jemand.«

»Ist mir doch egal.« Von ein paar Feiernden, die an ihrem Strandkorb vorbeispazieren, wird er sich bestimmt nicht stören lassen.

Allerdings sind es keine Fremden, die plötzlich am Strand auftauchen. Stattdessen steht Linas vierzehnjährige Schwester Emma vor ihnen. Ihr blonder Pferdeschwanz bewegt sich im Wind. »Hier steckt ihr also. Ich hab euch schon überall gesucht.«

»Geh nach Hause, Emma!« Lina klingt genervt. »Du sollst doch so spät nicht mehr allein unterwegs sein.«

»Dann kann ich wohl auch schlecht allein nach Hause gehen, nicht wahr?«, erwidert Emma schnippisch. Ihr trotziger Tonfall verrät, dass sich hier ein Streit anbahnt.

Seit einiger Zeit gibt es ständig Zoff zwischen den beiden Schwestern und Broder hat genug davon. »Das ist doch kein Problem«, mischt er sich ein. »Ich ruf Arne an, damit er dich begleitet. Er müsste noch beim Osterfeuer sein. Also, der ist wirklich nur ein Stück den Strand runter.« Er zückt sein Handy und wählt die Nummer seines Bruders.

Während Broder darauf wartet, dass Arne abnimmt, berührt ihn Emma sacht am Arm. »Nein, bitte tu das nicht. Er redet immer so viel Blödsinn und seine Kumpels sind voll peinlich. Total unreif!«

»Arne ist ein Jahr älter als du«, stellt Lina klar.

»Nicht nur das«, entgegnet Broder. »Er geht auch nicht ran. Ich schreib ihm eine Nachricht, dass er herkommen soll.« Er dreht sich zu Emma um und schenkt ihr ein schiefes Lächeln. »Warum gehst du ihm nicht ein Stück entgegen?«

Ihre stark geschminkten Augen verengen sich. »Schickt mich nicht weg wie ein Kind! Ich bin vierzehn.«

»Eben.« Lina verschränkt die Arme vor der Brust. Dabei rutscht ihr die Decke von den Schultern. »Ich war dabei, als Mama gesagt hat, dass du um zehn zu Hause sein sollst. Also mach dich endlich auf den Weg. Los! Du störst.«

Diese Worte haben gesessen. Emmas Unterlippe zittert. Sie wird nicht weinen, so gut kennt Broder sie mittlerweile, aber sie ist trotzdem tief getroffen.

Er ärgert sich über Linas unnötige Grausamkeit.

»Lina, jetzt sei doch nicht so hart zu deiner Schwester!«, sagt er und wendet sich dann Emma zu. »Emma, Lina meint's nicht so. Die ist nur gestresst wegen des Abis. Wenn du uns jetzt allein lässt, dann gehen wir demnächst mal wieder mit dir schwimmen. Was hältst du davon?«

Emma scharrt mit den Füßen im Sand. »Ich hab noch keine Lust, nach Hause zu gehen. Warum schwimmen wir nicht heute – gleich hier im Meer?« Ihre Worte gehen beinahe im Heulen des Windes unter.

»Weil es kalt und stockfinster ist – und der Wellengang viel zu stark. Das wäre doch supergefährlich«, spricht er das Offensichtliche aus.

»Ich hab keine Angst. Du etwa?« Herausfordernd sieht sie ihn an.

»Nicht um mich.« Broder verstaut sein Handy wieder in der Jacke, nachdem er Arne eine Kurznachricht geschrieben hat, und zieht den Reißverschluss zu. Er hätte sich heute Abend für eine dickere Jacke entscheiden sollen – bei dem eisigen Wind. Wie Emma nur auf die Idee kommen kann, ausgerechnet heute schwimmen zu wollen, ist ihm ein Rätsel. »Aber für dich ist die Strömung viel zu stark.«

»Das stimmt doch gar nicht. Ich kann sehr gut ...«

»Es reicht jetzt!« Lina wird richtig laut und funkelt ihre Schwester wütend an. »Willst du, dass ich Mama anrufe und ihr sage, sie soll dich abholen?«

Emma verzieht das Gesicht und hebt beschwichtigend die Hände. »Schon gut. Ich verschwinde.« Ohne ein weiteres Wort stapft sie davon.

Besorgt blickt Broder ihr hinterher. »Mann, Lina, echt! Du hättest nicht so unfreundlich zu Emma sein sollen.«

»Ich weiß.« Sie macht ein zerknirschtes Gesicht. »Aber im Moment nervt sie dermaßen. Emma hängt an mir wie eine Klette. Dabei will ich doch nur mit dir allein sein, um das hier zu tun.« Sie vergräbt die Finger in Broders Haar und zieht ihn für einen Kuss zu sich heran.

Seine Sorge um Emma verfliegt und er kann in den folgenden Minuten nur noch an Lina denken. An den Geschmack ihrer Lippen, an ihre sinnlichen Blicke und ...

Das Handy in seiner Jackentasche klingelt. Ausgerechnet jetzt! »Warte!« Mit einem Seufzen löst er sich von Lina, kramt es hervor und sieht aufs Display. »Arne. Ich geh mal kurz ran.« Ungeduldig wischt er über das Display. Dieses Telefonat wird er kurz halten. Sehr kurz. »He! Ich hab dich auf Lautsprecher geschaltet, damit Lina mithören kann. Okay?«

»Es gibt ein Problem«, erwidert Arne statt einer Begrüßung. »Ich kann Emma nicht finden.«

Ein mulmiges Gefühl beschleicht Broder und es wird noch vom Heulen des Windes verstärkt. »Gehst du am Wasser entlang?«

»Ja, klar. So, wie du geschrieben hast. Ich hab schon versucht, sie anzurufen, aber es geht nur die Mailbox ran. Sie muss einen anderen Weg genommen haben.«

Broder springt von seinem Platz im Strandkorb auf und läuft ruhelos auf und ab. »Ne, das kann gar nicht sein. Sie ist ja Richtung Feuer losgelaufen.«

»Warte mal!«, entgegnet Arne. Er klingt aufgeregt. »Ich bin gerade auf einen Schuh getreten. Hatte sie Flipflops und Jeansshorts an?«

»Ja.« Lina, die ebenfalls den Strandkorb verlassen hat, schlingt sich schützend die Decke um die Schultern. Sie ist ganz blass.

»Shit!«, flucht Arne. »Dann sind das hier ihre Sachen. Ist sie etwa ins ...? Fuck! Sie ist tatsächlich ins Meer gegangen.«

Fassungslos starrt Broder auf das Smartphone in seiner Hand. Arne muss sich irren. Das darf einfach nicht wahr sein!

»Siehst du sie noch?«, fragt Lina.

»Nein!« Arne klingt panisch.

Ihre Augen weiten sich. »O Gott!«

Broder fühlt sich, als würde Eiswasser durch seine Adern fließen. Seine Hand zittert. Trotzdem umklammert er das Smartphone mit aller Kraft. »Ist sie verrückt geworden? Bei diesem Wind und in der Dunkelheit – das ist Wahnsinn!«

»Ich glaube, jetzt sehe ich sie doch«, verkündet Arne atemlos. »Sie wird weggetrieben. Sie braucht Hilfe.«

Einen Augenblick bleibt Broder vor Schreck die Luft weg. Seine schlimmste Befürchtung hat sich gerade bewahrheitet. Doch er darf jetzt nicht in Panik verfallen. Jede Sekunde zählt. »Pass auf!«, weist er seinen Bruder an. »Wir rufen jetzt die Seenotrettung. Behalt du Emma im Auge!«

»Nein.« Arnes Stimme bebt vor Angst. »So lange hält sie nicht mehr durch. Ich muss sie da sofort rausholen.«

Ein kalter Schauder läuft Broder den Rücken hinunter. Beinahe fühlt es sich an wie eine dunkle Vorahnung. »Arne, nein! Warte! Das ist viel zu gefährlich.«

Arne antwortet nicht. Stattdessen unterbricht er die Verbindung.

»Arne?« Broder wird speiübel. Er kennt seinen

Bruder gut genug, um zu ahnen, dass dieser eine Riesendummheit vorhat.

»Er hat aufgelegt«, sagt er zu Lina, die nicht so wirkt, als würden seine Worte überhaupt zu ihr durchdringen. »Das kann doch nicht sein. Ich muss ihn aufhalten.« Er hält ihr sein Handy hin. »Mach du den Notruf.«

Lina reagiert nicht, starrt ihn nur an. Vermutlich steht sie unter Schock.

»Mann! Jetzt nimm!« Broder drückt ihr das Smartphone in die Hand und rennt los.

»Broder!« Linas Schrei hallt über den Strand. Sie scheint sich aus ihrer Erstarrung gelöst zu haben. Er kann nur hoffen, dass sie jetzt auch den Notruf macht.

Ihm fehlt die Zeit, sich nach ihr umzudrehen. Er muss weiterlaufen. Seine Füße versinken bei jedem Schritt im Sand. Der Sturm bläst ihm feine Körner in die Augen, bis er vor lauter Tränen kaum noch etwas sieht. Trotz der Kälte bricht er in Schweiß aus. Seine Lunge brennt. Keuchend brüllt er gegen den Wind. »Arne, warte! Mach das nicht!«

Mitten im Laufen hält er inne. Vor ihm auf dem Boden liegt Kleidung. Die rote Jacke hat Emma doch vorhin getragen – genauso wie die blaue Jeansshorts und die Flip-Flops. Aber da liegt noch ein zweites Paar Schuhe. Es sind Arnes Lieblingssneakers.

Einen Augenblick scheint die Welt stillzustehen. »Scheiße, verdammt! Warum hast du nicht auf mich gehört?« In Windeseile reißt Broder sich die eigenen Schuhe von den Füßen. Für mehr bleibt keine Zeit. Mit Jacke und Hose rennt er ins Wasser. Die Kälte raubt ihm den Atem. Wie tausend Nadelstiche auf der Haut fühlt sie sich an. Die Strömung zerrt an ihm, doch er hält dagegen. »Arne! Emma! Wo seid ihr?«

Der Wind heult. Das eiskalte Wasser reicht ihm mittlerweile bis zur Hüfte. Mit jeder neuen Welle, gegen die er kämpft, peitscht ihm die Gischt ins Gesicht. Er schmeckt Salz – und pure Angst. Sein Herz rast und das Pochen in seinen Ohren ist beinahe so laut wie das Rauschen der Wellen. Panisch sieht er sich um. Wo stecken Emma und Arne nur? Er lässt sich vornüberfallen und fängt an zu kraulen. Dabei weiß er nicht einmal, wohin er überhaupt schwimmen soll.

»Hiiiier!« Inmitten des Tosens um ihn herum erklingt ein dünnes Stimmchen. Es ist Emma. Ein winziger Farbtupfer zwischen all dem Grau und Schwarz, der auf den Wellen wogt.

Er muss zu ihr, bevor sie untergeht. Doch die Elemente haben sich gegen ihn verschworen. Die Strömung ist höllisch, die Nacht tiefschwarz und das Wasser eiskalt. Trotzdem versucht er, beim Schwimmen auf Kurs zu bleiben. Seine Zähne klappern. Alles schmerzt. »Halt durch! Bin ... gleich ... da.«

»Kann ... nicht ... mehr ...« Immer wieder taucht Emma unter, wenn eine Welle über ihr zusammenbricht. Jedes Mal fürchtet Broder, es könnte ihr Ende bedeuten.

Mit letzter Kraft erreicht er sie endlich. Sie sieht mehr tot als lebendig aus, aber sie lebt. Broder spuckt Salzwasser aus und presst keuchend ein paar Worte hervor: »Halt dich ... an mir ... fest!«

Blitzschnell legt Emma die Arme um seine Schultern. Ihr Griff ist zu fest und ihr Gewicht droht, ihn in die Tiefe zu ziehen. Trotzdem muss er es schaffen, sie beide heil ans Ufer zu bringen. Aber das ist nicht einmal seine größte Sorge.

Suchend blickt er in alle Richtungen. Doch in der schwarzdunklen Nacht entdeckt er nirgendwo einen Kopf, der aus den Wellen ragt. Dabei müsste sein Bruder doch ganz in der Nähe sein. Eine Kälte – noch eisiger als die nächtliche Nordsee – breitet sich in seiner Brust aus. »Wo ... ist ... Arne?«

»Weg.« Emma bibbert. In der Ferne – irgendwo aus der Richtung des Strandes – erklingt eine Sirene. Die Rettung naht und kommt doch zu spät. Emmas Stimme klingt kraftlos und geht beinahe im Heulen des Windes unter. »Er war ... plötzlich weg.«

## BRODER

Broder blinzelt. Sein Puls rast und seine Hände sind schweißnass. Noch immer glaubt er, das Salzwasser zu schmecken und das Tosen der Wellen zu hören. Er braucht einen Moment, bis sich sein Atem wieder beruhigt. Langsam verblassen die Erinnerungen an diesen furchtbaren Tag vor zehn Jahren. Die Verzweiflung, die ihm eben noch die Luft abgeschnürt hat, weicht einem dumpfen Schmerz, der schon vor langer Zeit sein ständiger Begleiter geworden ist.

Benommen sieht er sich um. Er sitzt in einem Obduktionssaal der Kieler Rechtsmedizin. Dort soll gleich der tote Strandkorbwärter Jonte Roeloffs obduziert werden, um zu klären, ob der Mann durch einen Unfall ums

Leben gekommen ist oder Opfer eines Verbrechens wurde. Rechtsmedizinerin Dr. Nele Peters und Internist Dr. Martin Schmidt treten an den Obduktionstisch und beginnen mit der Untersuchung.

Dr. Peters beugt sich über den Leichnam. »Ich gebe zu Protokoll: Der Name des Toten lautet Jonte Roeloffs, männlich. Alter: zweiunddreißig. Todesart: nicht natürlich. Heute ist der vierundzwanzigste April und es obduzieren Dr. Martin Schmidt und Dr. Nele Peters. Außerdem anwesend ist Herr Broder Jacobsen für die Staatsanwaltschaft. Wir beginnen mit der äußeren Leichenschau. Der Tote ist bekleidet mit Shorts und einem T-Shirt. Außerdem trägt er ein Armband am linken Handgelenk. Die Haut an Armen und Beinen beginnt bereits, sich abzulösen.«

Broder notiert sich die wichtigsten Punkte auf seinem Block. »Wie lange, schätzen Sie, befand sich der Mann im Wasser?«

»Einige Tage mit Sicherheit. Es gibt Spuren von Tierfraß im Gesicht und an den Unterschenkeln. Dazu eine beginnende Fäulnis und eine Autolyse«, erwidert die Medizinerin. Mit konzentriertem Blick umrundet sie den Obduktionstisch. »Auf den ersten Blick keine erkennbaren Stich-, Schnitt- oder Schussverletzungen. Auch keine Strangulationsmale oder andere Hinweise auf ein Fremdverschulden. Nach dieser langen Liegezeit kann ich durch äußere Merkmale die Todesursache allerdings nicht mehr bestimmen. Falls es die für Ertrinken typische Schaumpilzbildung auf Mund oder Nase gegeben haben sollte, ist davon nichts mehr zu erkennen.« Sie wendet sich an ihren Kollegen. »Herr Dr. Schmidt, bitte schneiden Sie die Kleidung auf.«

Der Internist greift zur Schere und schneidet vorsichtig das T-Shirt an der Seitennaht auf. Danach nimmt er sich die Shorts vor.

»Danke.« Dr. Peters untersucht die freigelegte Haut, die sich bereits stark verfärbt hat.

Ungeduldig klopft Broder mit dem Kugelschreiber gegen seinen Notizblock. »Es wäre schon ein merkwürdiger Zufall, wenn ausgerechnet dieser Mann ertrunken wäre. Schließlich hat er das Holz für das Osterfeuer am Wyker Strand aufgeschichtet, in dem später die Leiche von Pia Kuhn gefunden wurde. Da muss es doch einen Zusammenhang geben.«

»Abwarten.« Wie immer bleibt die Rechtsmedizinerin äußerst sachlich. »Ich diktiere weiter für den Obduktionsbericht. Auch unter der Kleidung des Toten finden sich keine mortalen Verletzungen. Ich entferne jetzt das Lederarmband vom Handgelenk des Toten.« Sie greift nach der Schere, die Dr. Schmidt eben benutzt hat, und durchtrennt behutsam das Leder. Dann nimmt sie das Armband zwischen ihre behandschuhten Finger und hält es prüfend ins Licht. »Es ist im Wasser aufgequollen und hat die Haut darunter eingeschnürt. Keinerlei Auffälligkeiten.«

Vorsichtig legt sie das Schmuckstück beiseite und greift stattdessen nach ihrem Obduktionsbesteck. »Wir beginnen nun mit der Sektion und damit mit der inneren Leichenschau. Ich mache einen T-Schnitt bogenförmig von Schulter zu Schulter und schneide dann abwärts zum Schambein.« Die Ärztin wendet sich an ihren Kollegen. »Würden Sie mir bitte …?«

Wortlos überreicht Dr. Schmidt ihr das gewünschte Instrument.

»Vielen Dank!« Dr. Peters beugt sich über den Toten. »Der Brustkorb ist geöffnet. Ich entnehme nun die Lungen.«

Aus dem Augenwinkel beobachtet Broder, wie die Rechtsmedizinerin die Lunge in die Metallschale der Waage platziert.

»Das Gewicht liegt bei 1,63 Kilogramm«, verkündet sie. »Die Lunge enthält signifikant viel Flüssigkeit.«

Broder lässt seinen Stift sinken. »Also ist er ertrunken?«

»Dem Zustand seiner Lunge nach scheint das sehr wahrscheinlich.«

»Aber das ergibt keinen Sinn. Jonte Roeloffs hat an dem Tag gearbeitet. Der hatte keine Zeit, um im Meer zu schwimmen. Er musste den Strandabschnitt für das Osterfeuer mit seinem Bagger begradigen. Außerdem trug er keine Badehose.«

Dr. Peters mustert Broder mit einem leichten Stirnrunzeln. Vermutlich sollte er sich zurücknehmen und sie ihre Arbeit machen lassen. »Warum sich Herr Roeloffs im Meer befand, werden Herr Dr. Schmidt und ich nicht in Erfahrung bringen. Dafür sind Sie und Ihr Team zuständig«, sagt sie. »Aber womöglich finden wir den Grund, weshalb er bei seinem Aufenthalt im Wasser ertrunken ist. Der Röntgenbefund war schon mal unauffällig. Keine Knochenbrüche. Keine Verletzung des Schädels. Roeloffs könnte einen Herzinfarkt oder einen Kreislaufkollaps erlitten haben. Sehen wir uns das mal genauer an ...«

# Kapitel 13

BRODER

Nach der Obduktion des Strandkorbwärters Jonte Roeloffs wartet Broder im Flur der Kieler Rechtsmedizin auf die Kleider des eben untersuchten Toten. Er will sie als Beweismittel für das Kriminaltechnische Institut mitnehmen. So wirklich schlau wird er immer noch nicht aus dem Fall. Grübelnd geht er auf und ab, als eine vertraute Stimme ihn aus seinen Gedanken reißt.

»Moin, Broder.« Es ist Emma. Sie trägt enge Leggins, die ihren langen Beinen schmeicheln, und darüber ein tief ausgeschnittenes Shirt.

Würde Broder sie nicht schon von klein auf kennen, würde er sie für sexy halten. So zwingt er sich, ihr nur ins Gesicht zu blicken und alles andere auszublenden. »Emma? Was machst du denn hier?«

»Ich hol die Leiche von Pia Kuhn ab. Ihre Mutter will

sie nach Hamburg überführen lassen. Dort übernimmt dann ein anderer Bestatter. Und du?« Sie tritt noch etwas näher.

Ihr Parfüm duftet nach Orangenblüten, Johannisbeere, Vanille und nach etwas Exotischem, das er nicht genau einordnen kann. Ein sinnliches Aroma. Aber so sollte er nicht über Linas kleine Schwester denken. Er räuspert sich. »Ich war bei einer Obduktion.«

»Geht's um Jonte, den du und Lina gestern am Strand gefunden habt?«, fragt Emma. Trotz des ernsten Themas umspielt ein leichtes Lächeln ihren rosa geschminkten Schmollmund.

»Ja.« Broder fällt es zunehmend schwer, sich auf ihre Unterhaltung zu konzentrieren. »Das ist schon der zweite Todesfall innerhalb einer Woche, bei dem wir auf Föhr ermitteln. Hoffentlich werden es nicht noch mehr.« Er bringt ein wenig mehr Abstand zwischen sich und Emma. »Wie geht's Lina? Steht sie noch unter Schock?«

»Sie kommt schon klar – keine Sorge!« Emma mustert ihn aus graublauen Augen. Der Ausdruck darin lässt sich nicht deuten. »Schließlich hat sie Sönke, der sich um sie kümmert.«

»Tut er das?« So ganz überzeugt ist Broder nicht. Womöglich liegt es auch daran, dass er den Mann nicht mag.

»Ja, er ist gut zu ihr.« Sie zieht die Unterlippe zwischen ihre Zähne. Früher hat sie das manchmal gemacht, wenn sie nervös war. »Was hältst du davon, wenn wir einen Kaffee trinken, bevor ich mich auf den Weg nach Hamburg mache? Du könntest mir ein paar Tipps für die Wohnungssuche geben.«

Broder verlagert das Gewicht von einem Fuß auf den

anderen. Mit Emma auszugehen, ist eine ganz blöde Idee. Ihm fallen auf Anhieb mindestens ein Dutzend Gründe ein, die dagegensprechen. Trotzdem würde ein Teil von ihm gerne Ja sagen. Aber die Vernunft siegt. »Tut mir leid, ich hab keine Zeit. Eigentlich warte ich hier nur darauf, dass mir die Kleidung des Opfers verpackt wird.«

»Schade.« Ein Schatten huscht über Emmas Gesicht und lässt Broder seine Antwort bedauern. Doch gleich darauf lächelt sie wieder. »Aber du kannst es wiedergutmachen. Begleite mich am Freitag zu Linas Hochzeit.«

Ihre Bitte trifft ihn wie ein kalter Guss. Ausgerechnet die Hochzeit von Lina soll er mitansehen? Dagegen sträubt sich alles in ihm. »Ich weiß nicht«, erwidert er schließlich. Er sollte Nein sagen, aber das bringt er nicht übers Herz. Nicht, wenn Emma ihn so hoffnungsvoll ansieht wie jetzt gerade.

»Bitte.« Ihr Blick könnte Eisberge zum Schmelzen bringen. »Ich will da nicht allein hingehen.«

Broder windet sich innerlich. Jeder anderen hätte er bei dieser Frage sofort eine klare Abfuhr erteilt. Aber Emma hat all die Jahre genauso unter Arnes Tod gelitten wie er. Es ist ihm wichtig, dass sie nicht länger glaubt, er würde einen Groll gegen sie hegen und sie absichtlich meiden. »Das verstehe ich ja«, räumt er ein. »Aber wäre es nicht komisch, wenn ausgerechnet ich dort auftauche?« So richtig vorstellen kann er es sich jedenfalls nicht.

»Warum? Du warst doch auch auf ihrem Polterabend. Das mit euch beiden ist so lange her.« Sacht berührt sie ihn am Arm. Der kurze Kontakt genügt, um Broder eine Gänsehaut zu bescheren. So hat er noch nie auf Emmas Nähe reagiert.

Trotzdem zögert er. Lina war seine erste Liebe. Wären

ihre Rollen vertauscht, könnte er sich nicht vorstellen, sie zu seiner Hochzeit einzuladen. »Ich möchte nur nicht, dass Lina sich meinetwegen unwohl fühlt«, gibt er zu bedenken. »Immerhin ist das ihr großer Tag und ...«

Ausgerechnet in diesem Moment tritt Dr. Nele Peters auf den Flur. Kaum hat sie Broder entdeckt, geht sie auch schon auf ihn zu. »Danke, Herr Jacobsen, dass Sie gewartet haben!« Die Rechtsmedizinerin übergibt ihm ein Bündel mit eingeschweißter Kleidung. »Hier sind die Beweisstücke im Fall Roeloffs. Meinen Bericht bekommen Sie vor dem Wochenende und das toxikologische Gutachten ist in Arbeit.«

»Danke!« Broder drückt das Bündel wie einen Schutzschild an sich. Einen Augenblick lang hatte er tatsächlich vergessen, dass er auf diese Beweisstücke gewartet hat. »Ihnen noch einen schönen Tag!«

»Ihnen auch. Bis zum nächsten Mal!« Dr. Peters, die nichts von Broders innerem Zwiespalt zu ahnen scheint, lächelt freundlich. Dann lässt sie ihn mit Emma allein.

Eine Weile herrscht verlegenes Schweigen. Broder weiß nicht so recht, was er sagen soll. Sein Puls flattert vor Nervosität und seine Hände werden feucht.

Im Gegensatz zu ihm wirkt Emma keine Spur nervös. Seelenruhig betrachtet sie die in Folie eingeschweißten Beweisstücke. »Das sind also seine Kleider?«

»Hm.« Mit diesem Gesprächsthema betreten sie sicheres Terrain. »Spurentechnisch dürften sie nach der langen Liegezeit im Wasser nicht mehr viel hergeben. Aber wir versuchen unser Bestes.«

»Was ist das da?« Sie tippt durch die Folie auf das zerschnittene Armband.

»Ein Lederarmband, das der Tote getragen hat.

Warum?« Ihm stockt der Atem. Aus der Nähe sieht dieses Schmuckstück beinahe aus wie ...

»Es kommt mir bekannt vor. Dir nicht?« Emma mustert ihn eindringlich.

»Nein.« Sein Mund fühlt sich plötzlich trocken an. »Ich kannte Jonte Roeloffs nicht persönlich. Andernfalls würde ich diese Ermittlungen auch nicht leiten.«

Sie zieht die Stirn kraus. »Es hat zumindest eine starke Ähnlichkeit mit einem Armband, das du damals für Lina geflochten hast. Sie hat es ständig getragen. Erinnerst du dich?«

Und ob! Broder schluckt. »Das Armband war nicht selbst gemacht«, lügt er. Dabei hat er Stunden damit zugebracht, es perfekt zu flechten. »Ich hab es in Wyk auf dem Fischmarkt gekauft. Vor Lina hab ich das nur behauptet, um Eindruck zu schinden. Die Dinger gibt es zu Hunderten.«

»Verstehe. Ich fand die Geste damals sehr süß.« Emma lächelt ihn an. Es ist ein süßes, offenes Lächeln – so als habe sie ihren Argwohn schon wieder vergessen. »Du schuldest mir übrigens noch eine Antwort.«

»Ja, das ...« Er sollte ablehnen. Schon allein, weil es ihm mit jedem Augenblick in Emmas Gegenwart schwererfällt, sie nur als Linas kleine Schwester zu betrachten. Dabei ist Emma für ihn tabu. Zu hundert Prozent. Aber er bringt es einfach nicht übers Herz, ihr wehzutun. Sie hat schon genug gelitten. »Wenn du wirklich meinst, dass es für Lina in Ordnung ist ...«

Sie strahlt. »Ist es. Ich habe sie gefragt.«

»Also gut. Dann sehen wir uns übermorgen auf der Hochzeit.« Er zwingt sich zu einem Lächeln, dabei drückt ihm die Angst die Luft ab. Ist das Beweisstück im

Fall Roeloffs tatsächlich sein altes Armband oder sieht es ihm nur zum Verwechseln ähnlich? Allein der Gedanke treibt ihm kalten Schweiß auf die Stirn.

Emma, die nichts von seinen heimlichen Qualen ahnen kann, sieht zum ersten Mal nach all den Jahren wieder richtig glücklich aus. »Wunderbar! Ich freu mich.«

## BRODER

Broder bringt die Kleidung des toten Strandkorbwärters zur Kriminalpolizeistelle Flensburg. Bei dieser Gelegenheit klopft er auch gleich an die Tür des Büros von Thies Hansen.

»Herein!«, ruft der Hauptkommissar.

Broder betritt Thies Hansens Reich. Der Hauptkommissar gibt gerade etwas in den Computer ein, hält aber in der Arbeit inne. Auf seinem Schreibtisch stapeln sich die Akten und die beiden einzigen freien Flächen werden von einem gerahmten Familienfoto und einem leeren Kaffeebecher eingenommen.

»Moin, Herr Hansen!«, grüßt Broder. »Haben Sie Neuigkeiten für mich?«

Einladend deutet Hansen auf den Besucherstuhl vor seinem Schreibtisch. »Dat warrt intressant. Das Ergebnis vom DNA-Abgleich zwischen Sönke Matthiesen und dem Fötus der getöteten Pia Kuhn steht zwar noch aus. Aber wir konnten trotzdem eine Verbindung zwischen den beiden nachweisen. Und zwar über einige Mails aus

Frau Kuhns E-Mail-Postfach. Er nennt sie darin *Babe* und sie ihn *Honey*. Die beiden hatten was am Laufen. Von wegen *nur Bekannte*, wie der Matthiesen mir gestern noch weismachen wollte.«

Broder, der inzwischen Platz genommen hat, springt beinahe wieder von seinem Stuhl auf. »Hab ich's doch geahnt! Ich hätte nicht übel Lust, einen Haftbefehl gegen den Mann zu beantragen. Er hat uns schon zweimal belogen.«

Thies Hansen zieht die Augenbrauen hoch. »Sicher, dass das der einzige Grund ist?«

Die Provokation in seiner Frage ignoriert Broder. »Ich möchte nur verhindern, dass Frau Christiansen unwissentlich jemanden heiratet, der womöglich zwei Menschen getötet hat.«

»Zwei? Dann hat die Obduktion von Jonte Roeloffs unseren Verdacht also bestätigt?«

»Das nicht«, räumt Broder ein. »Der Mann scheint tatsächlich ertrunken zu sein. Obwohl ich mir immer noch nicht so recht erklären kann, warum er in T-Shirt und Shorts schwimmen gegangen ist. Aber der toxikologische Bericht steht noch aus. Womöglich hat ja auch jemand beim Ertrinken nachgeholfen.«

Der Hauptkommissar klappt schwungvoll seine Akte zu. Dabei segeln ein paar lose Blätter vom Schreibtisch zu Boden. Eines landet auf Broders linkem Fuß. »Pure Mutmaßungen. Bisher ist die einzige gesicherte Verbindung, die wir zwischen den beiden Toten ausmachen konnten, der Fundort. Pia Kuhn und Jonte Roeloffs haben weder miteinander telefoniert noch sich gegenseitig Mails geschrieben. Womöglich kannten sie einander nicht mal.«

»Wenigstens wissen wir jetzt, dass Sönke Matthiesen in Bezug auf Pia Kuhn gelogen hat.« Broder hebt das Blatt auf – es gehört zum Obduktionsbericht von Pia Kuhn – und legt es zurück auf den Schreibtisch.

»Was nicht bedeuten muss, dass er auch für ihren Tod verantwortlich ist«, wirft Hansen ein. »Welcher Mann gibt schon freiwillig eine Affäre zu? Wenn Sie unter diesen Voraussetzungen bei der Richterin einen Haftbefehl beantragen, dann ...«

»... hole ich mir ein Nein. Schon klar. Die Sache sähe ein wenig anders aus, wenn Matthiesen tatsächlich der Vater von Pia Kuhns Kind sein sollte. Rund zwanzig Jahre Unterhaltszahlungen leisten zu müssen, ist ein starkes Motiv für einen Mord.«

Thies Hansen deutet auf die Beweisstücke, die Broder über dem Arm trägt. »Was haben Sie da eigentlich? Sind das Roeloffs Sachen?«

»Ja.« Wieder erfasst Broder beim Anblick des Armbands eine innere Unruhe. »Geben Sie die bitte ans Kriminaltechnische Institut weiter. Mich interessiert insbesondere die Auswertung dieses Armbands hier.«

»Wird erledigt.« Hansen nimmt die Sachen an sich.

»Danke.«

»Gibt es einen besonderen Grund für Ihr Interesse?«

»Nicht wirklich«, lügt Broder und weicht dabei Hansens Blick aus. »Das ist eher die pure Verzweiflung, weil wir immer noch keine heiße Spur haben. Vielleicht finde ich ja am Freitag auf der Hochzeitsfeier neue Hinweise.«

»Sie gehen zu der Hochzeit Ihrer Ex-Freundin?« Thies Hansen klingt überrascht.

»Ja, warum denn nicht? Lina und ich verstehen uns

noch ganz gut. Und ihr Bräutigam ist derzeit unser Hauptverdächtiger.«

»Wie Sie meinen.« Der Hauptkommissar schmunzelt. »Das klingt nun wirklich nach einer Verzweiflungstat.«

# Kapitel 14

BRODER

Knapp eine Woche, nachdem Pia Kuhn tot im Holzstapel eines Osterfeuers gefunden wurde, wird auf der Insel wieder gefeiert. Lina Christiansen und Sönke Matthiesen lassen sich im kleinen Kreis auf dem Wyker Standesamt trauen. Anschließend zieht das Brautpaar mit seinen Gästen weiter zum Friesendom St. Johannis in Nieblum.

Für die kirchliche Trauung stößt auch Broder dazu. In Begleitung von Linas Schwester Emma sitzt er weit vorn im Kirchenschiff und starrt mit glasigem Blick auf den kunstvoll verzierten Holzaltar aus der Renaissance. Trotzdem muss er ständig zur Braut hinsehen, die ein cremefarbenes Kleid mit langer Schleppe trägt. Ein hauchdünner Schleier bedeckt Linas hochgestecktes Haar und lässt sie seltsam verletzlich erscheinen. Gleichzeitig strahlt sie eine große innere Kraft aus. Obwohl sie an Sönkes

Seite vor dem Pastor steht, blickt sie doch nur ihren Bräutigam an. Sie wirkt glücklich.

Rührung verengt Broder die Kehle. Es gab eine Zeit in seinem Leben, in der er sich da vorne am Altar mit Lina gesehen hat. Wie es wohl gewesen wäre, sie zu heiraten? Wären sie beide für immer zusammen glücklich geworden, wenn Arne nicht ertrunken wäre?

Die Stimme des Pastors, eines Mannes um die vierzig mit kahler Stelle auf dem Hinterkopf, hallt durch die Kirche. »Liebe Lina, lieber Sönke, Gott vertraut euch einander an. Aus der Heiligen Schrift habt ihr gehört, wie er euch in eurer Ehe leiten und segnen will. Bekennt euch nun vor Gott und dieser Gemeinde zueinander.«

Lina zupft einen winzigen Zettel aus ihrer Brauttasche und faltet ihn auseinander. Allerdings scheint sie ihn gar nicht zu brauchen, denn sie lässt die Hand mit dem Papier gleich wieder sinken. »Lieber Sönke, als wir uns kennengelernt haben, ging es mir sehr schlecht. Du hast mir die Freude am Leben und das Vertrauen in die Liebe zurückgegeben. Dafür bin ich dir von ganzem Herzen dankbar. Ich liebe dich. Und ich verspreche, immer an deiner Seite zu bleiben – in guten wie in schlechten Tagen, in Gesundheit und in Krankheit – bis an das Ende unseres Lebens.«

Broder schluckt. Das Vertrauen in die Liebe – das hat Lina seinetwegen verloren. Er hat mit seiner Flucht damals auf ihrer Seele eine Wunde hinterlassen, die ein anderer Mann an seiner Stelle heilen musste. Er sieht zu Emma, die neben ihm sitzt und das Ehegelöbnis mit Tränen in den Augen verfolgt. Auch sie hat er mit seinem Verhalten verletzt. Erst jetzt – zehn Jahre später – wird ihm bewusst, wie egoistisch sein überstürzter Umzug aufs Festland gewesen ist. Und wie feige.

Vorne am Altar ergreift Sönke Linas Hände und spricht sein Gelöbnis völlig frei – das muss Broder ihm lassen. »Liebe Lina, du hast mich zu einem besseren Menschen gemacht und bist die Liebe meines Lebens. Mit dir möchte ich eine Familie gründen und gemeinsam alt werden. Deswegen verspreche ich dir hier und jetzt vor Gott und dieser Gemeinde, dass ich dich für den Rest meines Lebens lieben und dir treu sein werde. Komme, was wolle.«

Sönkes Worte versetzen Broder einen Stich. Er hätte der Mann sein sollen, der diese Worte zu Lina sagt. Aber um seinem Schmerz zu entfliehen, hat er diese mögliche Zukunft verspielt. Nun bleibt ihm nichts anderes übrig, als seine Entscheidung zu bedauern und Lina für ihre Zukunft alles Gute zu wünschen.

Der Pastor hebt die Arme zu einem Segen über das Paar. »Gott, wir erbitten deinen Segen für Lina und Sönke, die sich heute das Eheversprechen gegeben haben. Behüte und beschütze sie. Lass sie einander lieben und ehren und gib ihnen die Kraft, auch die Prüfungen, die das Leben für sie bereithält, gemeinsam zu bewältigen. Halte deine schützenden Hände über sie. Amen.«

Die Orgel erklingt. Ein Fotograf geht vor dem Gestühl in die Hocke und macht Aufnahmen vom Brautpaar. Broder wirft einen Seitenblick zu Linas Eltern, die ihn vorhin freundlich reserviert begrüßt haben. Vermutlich fragen sie sich, was ausgerechnet er auf der Hochzeit ihrer Tochter zu suchen hat – noch dazu in Begleitung von Emma. Er kann es ihnen nicht verdenken.

»Liebe Gemeinde«, fährt der Pastor mit salbungsvoller Stimme fort, »wir ziehen nun mit dem Brautpaar gemeinsam aus der Kirche aus.«

Die Gäste erheben sich zur Orgelmusik von ihren Plätzen. Emma sieht in ihrem zartblauen Chiffonkleid wirklich hübsch aus. Auch wenn dieser mädchenhafte Look nicht so recht zu ihr zu passen scheint. Sie hakt sich bei Broder ein, während sie beide sich in die Gästeschar einreihen und Lina und Sönke auf ihrem Gang durch das Kirchenschiff folgen. Glockengeläut mischt sich unter die Klänge der Orgel. Broders Brust fühlt sich eng an, dabei sollte er sich doch für Lina freuen. Sie hat endlich ihr Glück gefunden.

Falls Sönke Matthiesen sich nicht noch als Mörder entpuppt.

Draußen vor der Kirche stellen Lina und Sönke sich auf, um die Glückwünsche der Gratulanten entgegenzunehmen. Broder braucht einen Moment für sich. Während die übrigen Gäste sich in eine Warteschlange vor dem Brautpaar einreihen, treten Emma und er auf eine Rasenfläche. Von dort aus betrachten sie das Geschehen.

»Bist du okay?«, fragt Emma leise.

»Ja, klar.« Broder fühlt sich ertappt. »Wieso fragst du?«

»Weil du eben in der Kirche so ein ernstes Gesicht gemacht hast.« Sie besitzt eine verblüffend gute Beobachtungsgabe.

Nervös sucht Broder nach einer Ausrede. »Mir geht gerade so einiges durch den Kopf – zu meinen offenen Fällen. Es kommt mir einfach nicht richtig vor, hier zu feiern, während die Schicksale von Jonte Roeloffs und Pia Kuhn ungeklärt sind.«

Ein kleines Lächeln umspielt Emmas Mundwinkel.

»Du hast doch immer offene Fälle auf deinem Schreibtisch. Wenn es danach ginge, dürftest du dir nie freinehmen. Lass uns Lina und Sönke gratulieren und ein paar Stunden einfach nur fröhlich sein. Okay?«

Auch wenn Broder sich am liebsten verdrücken würde, hat er Emma sein Wort gegeben. Allein schon, um ihr nicht die Feier zu verderben, muss er sich am Riemen reißen. »Von mir aus«, brummt er.

Ein wenig widerwillig reiht er sich mit Emma in die Schlange der Gäste ein, die dem Brautpaar ihre Glückwünsche aussprechen wollen. Während sie langsam vorrücken, hört er immer wieder die gleichen Floskeln, die durch die vielen Wiederholungen ihre Bedeutung verlieren. Er hätte sich vorher einen klugen Satz überlegen sollen – vielleicht auch ein passendes Zitat. Doch nun ist es zu spät. Schon stehen Emma und er vor Lina und Sönke. Mit ihren rosigen Wangen und den glänzenden Augen scheint Lina vor Glück zu strahlen. An ihrem rechten Ringfinger glitzert ein goldener Ehering mit einem riesigen Diamanten.

»Nochmals ganz herzlichen Glückwunsch zu eurer Hochzeit! Lass dich umarmen, Schwesterherz!« Emma schlingt die Arme um Lina und zieht sie an sich. »Ich fand schon die Zeremonie im Standesamt toll, aber diese hier war wunderschön. Hab glatt ein paar Tränchen verdrückt.«

»Du und Tränen?« Lina schmunzelt. »Muss ich mir etwa Sorgen um dich machen?«

»Natürlich nicht. Meine rührselige Phase ist hiermit offiziell beendet. Wann gibt es endlich Essen? Ich bin am Verhungern!«

Sönke lächelt Emma an. »Ein wenig musst du dich

noch gedulden. Der Fotograf will ein Gruppenbild vor der Kirche machen, bevor wir ins Restaurant fahren. Mir hängt der Magen übrigens auch in den Kniekehlen.«

Zögernd tritt Broder vor. »Herzlichen Glückwunsch auch von mir!«

»Danke!« Sönke schüttelt ihm die Hand. Sein Blick wirkt offen – so, als habe er nichts zu verbergen. Dabei weiß Broder doch von seinen Eltern ganz genau, dass Sönke und Pia sich mehrfach getroffen haben. Er hat sich schon den Kopf zermartert, ob es dafür eine harmlose Erklärung geben könnte. Bislang ist ihm keine eingefallen, die ihn überzeugt.

Gleich darauf treten die Zweifel an Sönkes Aufrichtigkeit in den Hintergrund. Broder hält Linas zarte Finger zwischen seinen. Einen Herzschlag lang sind sie beide wieder achtzehn und halten am Strand Händchen.

»Lieb von dir, dass du Emma begleitest!«

Broder betrachtete sie etwas zu lange, doch er kann seine Augen nicht von ihr abwenden. »Du siehst glücklich aus. Das Kleid steht dir übrigens gut – ganz hervorragend sogar.«

»Danke schön. Ich mag es auch sehr.« Ihr Blick wirkt zärtlich so wie früher.

Plötzlich hat er einen Kloß im Hals und muss sich räuspern. »Ich freue mich wirklich für dich – für euch. Und ich ...«

Eine Frau im Blümchenkleid drängt sich zwischen Lina und ihn. Sie fällt Lina praktisch um den Hals und scheint Broders Anwesenheit völlig auszublenden. »He, Süße! Alles, alles Gute zur Hochzeit! Lass dich drücken.«

Einen Moment lang ärgert Broder sich über die rücksichtslose Art der Frau. Doch womöglich hat sie ihm sogar einen Gefallen getan. Denn er weiß nicht, ob er sich aus eigener Kraft schnell genug von Lina hätte losreißen können. Gemeinsam mit Emma tritt er beiseite, um den anderen Wartenden Platz zu machen.

Emma hakt sich bei ihm ein. »Hoffentlich dauert das mit dem Foto nicht mehr so lange.«

»Glaube ich nicht«, erwidert Broder – dankbar für die kleine Ablenkung. »Der Fotograf baut schon sein Stativ auf. Siehst du?« Während er dem Mann bei der Arbeit zusieht, taucht ein Einsatzwagen der Polizei in seinem Blickfeld auf. Er kneift die Augen zusammen, kann aber nicht erkennen, wer im Fahrzeug sitzt.

»Sieh mal, wer da kommt.« Emma deutet auf den Wagen und runzelt die Stirn. »Was will denn die Polizei hier?«

Broder hat so eine Ahnung. Hektisch kramt er sein Smartphone hervor und wischt über das Display. »O Shit! Ich hab drei verpasste Anrufe. Wahrscheinlich kommen sie, um mit mir zu sprechen. Ich hatte das Handy in der Kirche auf lautlos gestellt.« Nun ärgert er sich über seine Gedankenlosigkeit. Hätte er doch wenigstens den Vibrationsalarm angelassen!

»Muss ja dringend sein, wenn extra jemand herfährt.« Emma mustert ihn besorgt. »Du lässt mich jetzt aber nicht hängen, oder?«

Broder bleibt ihr die Antwort schuldig. Stattdessen behält er den Wagen im Auge. Das Fahrzeug hält an und zwei Personen steigen aus. Es handelt sich um Thies Hansen und Udo Harksen. Augenblicklich verstummen alle Gespräche ringsum. Mit großen Augen starren die Gäste die beiden Neuankömmlinge an.

Broders Puls beschleunigt sich. Innerhalb weniger

Herzschläge wechselt er vom Freizeit- in den Einsatzmodus. Er berührt Emma am Arm. »Entschuldige mich bitte kurz, ja?« Ohne eine Antwort abzuwarten, geht er den Polizisten entgegen. Je näher er ihnen kommt, desto besser kann er in ihren ernsten Gesichtern lesen. Die beiden bringen schlechte Neuigkeiten.

»Moin, Herr Harksen, Herr Hansen«, grüßt Broder. »Tut mir leid wegen der Umstände. Ich hatte während der Trauung auf stumm geschaltet. Was gibt's denn?«

»De Matthiesen hett mi lücht«, erwidert Thies Hansen mit gesenkter Stimme. »Laut Laborbefund ist er der Vater von Pia Kuhns Kind.«

»Was? Ich hab's doch geahnt!« Vor lauter Frust hätte Broder am liebsten ein paar Kieselsteine vom Weg gekickt. Doch wegen der vielen Zuschauer reißt er sich zusammen. »Hätte das Labor nicht ein bisschen schneller sein können? Der Mann hat heute Vormittag noch geheiratet.«

»Das dürfte eine kurze Ehe werden«, bemerkt Udo Harksen trocken. »Können Sie uns bitte einen Durchsuchungsbeschluss für Matthiesens Maklerbüro in Nieblum und für sein Wohnhaus in Utersum besorgen? Wir nehmen den Mann schon mal vorläufig fest.«

»Ja, natürlich. Ich ruf gleich bei der Richterin an.« Broder sucht die Nummer von Richterin Agnes Breede aus seinen gespeicherten Kontakten heraus. Wahrscheinlich sollte er eine gewisse Genugtuung empfinden, dass Sönke Matthiesen nun endlich die Quittung für seine Taten erhält. Stattdessen bedauert er vor allem Lina. Hilflos muss er mitansehen, wie sich vor seinen Augen ein Drama abspielt, in dem sie die Leidtragende sein wird.

Hansen und Harksen gehen schnurstracks auf das

Brautpaar zu. Die Gäste machen ihnen Platz, sodass der Hauptkommissar freie Bahn hat. »Herr Matthiesen«, verkündet Thies Hansen mit lauter Stimme, »Sie sind vorläufig festgenommen wegen des dringenden Tatverdachts, am Tod von Pia Kuhn beteiligt zu sein. Bitte begleiten Sie uns aufs Revier.«

Sönkes Kopf läuft rot an. Er sieht aus, als würde er gleich auf die beiden Polizeibeamten einschlagen wollen. »Das kann doch wohl nur ein schlechter Scherz sein!«

Lina wirkt fassungslos. Sie ist nicht die Einzige. Aufgeregt tuscheln die Gäste durcheinander. Der Lärmpegel steigt beträchtlich an. Broder, der mittlerweile die Richterin am Handy hat, kann sich kaum auf sein eigenes Gespräch konzentrieren. Stattdessen verfolgt er das Geschehen vor der Kirche.

»Sehe ich aus, als würde ich scherzen?«, fragt Hansen. Er klingt dabei ziemlich selbstzufrieden.

Lina, die kreidebleich geworden ist, wendet sich an ihren Bräutigam. »Sönke, was ist hier los?«

»Nur ein Missverständnis«, behauptet der. »Ich bin sicher, das lässt sich schnell regeln. Fahr du mit den Gästen wie geplant ins Restaurant. Ich rufe meinen Anwalt an und komme dann nach.« Seine Kaltschnäuzigkeit ist wirklich erstaunlich.

»Darauf würde ich nicht zählen«, entgegnet Udo Harksen in gelassenem Tonfall. »Wir dürfen Sie bis zur richterlichen Anhörung festhalten und das werden wir auch tun.«

»Eine Unverschämtheit ist das!« Sönke brüllt den Kommissar regelrecht an. »Wenn Sie unsere Hochzeit ruinieren, verklage ich Sie auf Schadensersatz. Das wird Sie noch teuer zu stehen kommen!«

Er dreht sich zu einem Mann im grauen Anzug um, der sein Smartphone auf ihn richtet. »Und du, Carsten, hör auf zu filmen und nimm das Handy runter! Wehe, jemand lädt hiervon Fotos auf Social Media hoch!« Sein Tonfall klingt drohend.

Die Stimmung unter den Gästen scheint endgültig zu kippen. Die meisten Besucher wirken nicht mehr neugierig, sondern eingeschüchtert. Einige weichen vor Sönke und seinem ausgestreckten Zeigefinger regelrecht zurück.

Thies Hansen hingegen wirkt unbeeindruckt. »Nun beruhigen Sie sich erst mal und kommen Sie mit zum Wagen.« Er hebt die Stimme und wendet sich direkt an die zahlreichen Zuschauer. »Bitte geben Sie den Weg frei. Wir müssen da durch.«

Broder, der wegen des Aufruhrs unter den Gästen seine eigene Gesprächspartnerin kaum noch verstehen kann, hält sich mit der freien Hand ein Ohr zu. »Können Sie das bitte noch mal wiederholen? Es ist hier gerade ziemlich laut.«

»Ich sagte: Das ändert natürlich die Sachlage«, erwidert Agnes Breede. »Unter diesen Umständen sehe ich die Voraussetzungen erfüllt, einen Durchsuchungsbeschluss zu bewilligen.«

»Danke.« Während Broder mit der Richterin die Details klärt, eskortieren Hansen und Harksen einen sichtlich verärgerten Sönke Matthiesen zum Einsatzfahrzeug. Wenige Sekunden später fährt der Wagen mit dem Bräutigam davon.

Lina rafft ihr Hochzeitskleid und stürmt im Stechschritt auf Broder zu. Kies spritzt auf. Emma folgt ihr in einigem Abstand. »Broder, hast du davon gewusst?«, ruft Lina ihm schon von Weitem entgegen.

»Sekunde! Ich telefoniere.« Er dreht sich zur Seite, damit die Richterin nicht alles mitbekommt.

»Soll der Beschluss für das Maklerbüro und das Privathaus gelten?«, fragt diese gerade.

»Ja, genau. Für beide Gebäude. Die Adressen schicke ich Ihnen gleich.« Linas Schritte werden immer lauter. Er sollte diese Unterhaltung rasch beenden.

»Ich nehme an, es ist eilig?«

»Ja. Je schneller, desto besser.« Broders Puls rast und die Hand, mit der er das Smartphone hält, wird feucht.

Lina baut sich mit geballten Fäusten vor ihm auf. »Broder!«

»Tut mir leid«, sagt er – allerdings zu der Richterin am Telefon. »Ich muss hier was regeln.«

»Und der Obduktionsbericht?«, hakt sie nach.

»Sie bekommen die Info sofort. Auf Wiederhören.« Ohne eine Antwort abzuwarten, beendet er das Gespräch. Gerade noch rechtzeitig.

»Ich will wissen, ob du es gewusst hast.« Lina sieht aus, als würde sie sich gleich auf ihn stürzen. So wütend hat er sie noch nie erlebt.

»Was genau?«

»Dass Sönke verhaftet werden soll.«

Emma, die ihre Schwester mittlerweile eingeholt hat, legt warnend einen Zeigefinger an die Lippen. »Nicht so laut! Es können dich alle hören.«

»Ist mir schnuppe!«, entgegnet Lina. Wütend funkelt sie Broder an. »Nun sag schon!«

Er zögert. Die richtigen Worte zu finden, fällt ihm schwer. Besonders, wenn Lina ihn ansieht, als hätte er persönlich ihr Leben zerstört. »Ich wusste natürlich, dass ein Anfangsverdacht gegen deinen Mann besteht«, räumt er ein. »Schließlich leite ich die Ermittlungen. Aber dieser Verdacht hat sich gerade erst erhärtet – und zwar durch einen Laborbefund. Mehr darf ich dir nicht sagen.«

Lina reißt die Augen auf. »Du glaubst also, dass Sönke die Frau am Strand umgebracht hat?« Ihr muss dieser Vorwurf unfassbar erscheinen. Aber sie ahnt ja auch nichts von Sönkes Affäre mit dem Mordopfer.

»Tut mir leid. Es ist noch zu früh, um das zu beurteilen.« Nur zu gern würde Broder ihr mehr erzählen, aber er darf die laufenden Ermittlungen nicht gefährden.

»Zu früh?« Ihre Stimme klingt schrill. »Du hast gerade seelenruhig dabei zugesehen, wie Sönke und ich geheiratet haben. Und nun lässt du ihn verhaften und teilst mir mit, dass ich womöglich die Frau eines Mörders bin?«

»Lina, jetzt wirst du ungerecht«, mischt Emma sich ins Gespräch. »Broder macht schließlich nur seinen Job.«

Lina stößt sie weg. »Halt dich da raus! Du hast ihn doch überhaupt erst angeschleppt.«

»Jetzt ist es also meine Schuld?«

Broder tritt zwischen die streitenden Schwestern. Das Letzte, was sie jetzt gebrauchen können, ist ein weiterer Krach. »Bitte beruhigt euch – alle beide.«

»Ganz sicher nicht!« Linas Stimme bebt. »Ich kenne dich, Broder. Wenn du wirklich glauben würdest, dass Sönke ein Mörder wäre, hättest du unsere Heirat verhindert. Deswegen kaufe ich dir dieses Theater nicht ab.« Fragend zieht sie die Augenbrauen bis zum Haaransatz hoch. »War dieser Auftritt eben etwa dazu gedacht, unsere Feier zu ruinieren?«

»Was?« Er kann nicht fassen, was sie ihm da vorwirft. »Das ist doch Quatsch! Außerdem habe ich sehr wohl versucht, dich zu überzeugen, dass ihr die Hochzeit verschiebt. *Du* wolltest nur nicht auf mich hören.«

Tränen schimmern in ihren Augen. »Weil ich gespürt habe, dass du nicht aufrichtig zu mir warst. Und ich glaube, du machst mir noch immer was vor. Wenn du mein Glück mit Sönke nicht erträgst, dann hättest du hier nicht auftauchen sollen.«

Ihr Vorwurf fühlt sich an wie ein Schlag in die Magengrube. »Lina, das stimmt doch nicht. Ich freue mich für dich. Auch wenn ich glaube, dass du dir ein falsches Bild von Sönke machst. Ich weiß einige Dinge, die sind ...«

»Ich kenne Sönke seit Jahren«, fällt sie ihm ins Wort. »Und du hast – wie oft mit ihm gesprochen? Zweimal?«

Broder scharrt mit den Füßen im Gras. Er würde diese Unterhaltung lieber woanders führen. Hier werden sie von allen Seiten angestarrt. Und der Mann namens Carsten, den Sönke vorhin zur Ordnung gerufen hat, richtet schon eine ganze Weile sein Handy auf sie.

»Die Ermittlungen werfen leider kein gutes Licht auf ihn«, gibt er zu bedenken.

Lina schüttelt den Kopf. »Vor allem werfen sie ein schlechtes Licht auf *dich*. Ich habe wirklich gehofft, wir könnten die Vergangenheit hinter uns lassen und Freunde werden. Aber ich habe mich geirrt. Bitte geh.« Tränen treten ihr in die Augen und rollen ihre Wangen hinab.

»Es tut mir leid«, sagt er leise.

Sie wischt sich mit dem Handrücken über das Gesicht und verengt die Augen zu schmalen Schlitzen. »Verschwinde einfach! Ich will dich nie mehr wiedersehen.«

# Kapitel 15

## BRODER

Broder ist immer noch aufgewühlt und in Gedanken bei Lina, als er nach Utersum fährt. Dort stößt er dazu, als Polizeichefin Greta Jensen und ihr Team das Wohnhaus von Lina und Sönke durchsuchen. Allerdings befindet Broder sich auf seiner eigenen geheimen Mission. Anstatt nach Hinweisen zu forschen, die die Beziehung zwischen Sönke und der getöteten Pia Kuhn belegen, will er das alte Lederarmband finden, das er Lina vor mehr als zehn Jahren geschenkt hat. Er muss sich vergewissern, dass sie das Schmuckstück noch besitzt und dass es nicht als Beweismittel im kriminaltechnischen Institut lagert.

Während er Linas Nachttischschublade durchwühlt, betritt Greta Jensen das Zimmer. »Und? Schon was entdeckt?«

Überrascht zuckt Broder zusammen, setzt aber gleich

wieder seine Pokermiene auf. »Nur, wenn diese Dose Handcreme uns den entscheidenden Hinweis liefert.« Er hält besagte Dose in die Luft.

Die Polizeichefin betrachtet die Creme mit einem Stirnrunzeln. »Das ist doch der Nachttisch von Frau Matthiesen.«

»Ich weiß.«

»Glauben Sie wirklich, ihr Mann ist so leichtsinnig, dort etwas zu verstecken, was auf seine Affäre hinweist?«, fragt sie. Ihr ist deutlich anzusehen, dass sie Broders Verhalten merkwürdig findet.

»Vermutlich nicht. Ich will nur gründlich sein.« Er legt die Dose zurück an ihren Platz und schiebt die Nachttischschublade zu. »Wurde denn schon etwas Interessantes gefunden?«

Die Jensen läuft im Zimmer auf und ab. »Wir haben Matthiesens Computer und ein paar Ordner eingepackt. Aber wer weiß schon, ob uns das weiterbringt? Hoffen wir, dass die Kollegen in seinem Büro mehr Erfolg haben. Ansonsten müssen wir damit rechnen, dass der Mann morgen nach seiner Anhörung wieder auf freien Fuß gesetzt wird.«

Broder öffnet die Türen des Schranks und schiebt einige Kleiderbügel beiseite. Anscheinend befindet sich hier tatsächlich nur Kleidung. »Die Nacht in der Zelle wird ihm auf jeden Fall guttun.«

»Ich hab schon mitbekommen, dass Sie Herrn Matthiesen nicht sonderlich gut leiden können. Den Gerüchten nach liegt es daran, dass …«

»Geben Sie nichts auf Gerüchte. Ich mag den Matthiesen nicht, weil er Pia Kuhn geschwängert und sie dann verleugnet hat.« Er schließt die Schranktür mit Nachdruck.

»Schon klar! Ein sonderlich guter Mensch ist er vermutlich nicht.« Greta Jensen zieht die Augenbrauen hoch. »Aber das muss noch längst nicht heißen, dass er Pia Kuhn getötet hat. Dafür kommen auch andere infrage.«

»Wer denn?« Broder geht in die Hocke zieht eine Schrankschublade auf. Darin liegen Büstenhalter und Frauenhöschen, die den schwachen Duft von Lavendel-Waschmittel verströmen.

Die Polizeichefin hält auf ihrer Wanderung durch das Zimmer inne. »Zum Beispiel seine Braut. Falls sie Wind von der Affäre bekommen hat, könnte sie Pia Kuhn – und ganz besonders deren ungeborenes Kind – als Bedrohung für ihre Ehe betrachtet haben.«

»Das halte ich für vollkommen absurd.« Vorsichtig faltet er die zusammengelegten Schlüpfer auseinander. Sich durch Linas Unterwäsche zu wühlen, fühlt sich falsch an.

Die Jensen blickt ihm bei der Arbeit über die Schulter. »Und trotzdem sehen Sie in jedem ihrer Schrankfächer ganz genau nach, als würden Sie etwas suchen.«

»Das tue ich auch. Wissen Sie, ob Frau Matthiesens Schmuck schon gefunden wurde?«

»Keine Ahnung, ob jemand darauf gestoßen ist. Was wollen Sie damit?«

»Ich will nur was überprüfen.« Broder schließt die oberste Schublade und zieht die darunter auf. Dieses Mal hat er die Sockenschublade erwischt. Mit der Hand tastet er sich durch das Chaos aus zusammengerollten Socken und stößt dabei auf etwas Hartes. Er zieht eine kleine

Schatulle heraus. »Na, sieh mal einer an! Zwischen den Socken.«

»Kein gutes Versteck!«, bemerkt Greta Jensen. »Da würde jeder Einbrecher zuerst nachsehen.«

»Hm.« Broder öffnet den Deckel. Die Schatulle ist in mehrere Fächer unterteilt, in denen Ringe, Ohrringe und Armbänder aus Gold und Silber liegen.

Die Polizeichefin beugt sich über ihn. »Seien Sie vorsichtig, dass Ihnen nichts aus dem Kästchen fällt! Das scheint alles teurer Echtschmuck zu sein.«

Prüfend hält Broder eine Kette mit einem Rubin ins Licht. »Sie haben recht. Nur Gold und Edelsteine. Falls sie auch Modeschmuck besitzt, bewahrt sie ihn woanders auf.«

»Sie klingen enttäuscht. Worauf haben Sie denn gehofft?«

Broder schließt die Schatulle und legt sie zurück in die Schublade. »Ach, es war nur so ein Gedanke. Ich dachte, wenn Sönke Matthiesen gleichzeitig eine Partnerin und eine heimliche Geliebte hatte, hat er es sich womöglich leicht gemacht und beiden den gleichen Schmuck geschenkt. Wenn wir hier etwas finden, das einem Stück aus Frau Kuhns Wohnung entspricht, würde das unseren Verdacht untermauern.«

»Mehr als das Kind es schon tut? Das bezweifle ich.« Greta Jansen klingt skeptisch – und das völlig zu Recht. »Aber, wenn Ihnen dann wohler ist, bitte ich einen Kollegen, die Schmuckstücke abzufotografieren.«

»Nein, danke!«, erwidert Broder und erhebt sich. »Wenn ich es mir so recht überlege, ist das doch zu weit hergeholt. Ich fahre aufs Revier und sehe nach, ob Herr Matthiesen mittlerweile eine Aussage gemacht hat.«

»Jede Wette, dass er sich auf sein Schweigerecht beruft und kein Wort gesagt hat.«

Broder schmunzelt. »Da wette ich nicht dagegen.«

## THIES

Auf der Wyker Polizeiwache sitzt Thies dem Verdächtigen Sönke Matthiesen im Vernehmungszimmer gegenüber. Auf dem Tisch zwischen den beiden Männern liegt ein Aufnahmegerät, dessen rotes Lämpchen blinkt. Eine Fliege saust brummend durchs Zimmer. Der Bräutigam trägt noch immer seinen Hochzeitsanzug, einen Cut bestehend aus einem dunkelgrauen Sakko mit langen Schößen, einer Hose mit Fischgrätmuster, einer Weste, einem weißen Hemd und einer Seidenkrawatte.

Feiner Schweiß tritt Sönke Matthiesen auf die Stirn und er zupft an dem Einstecktuch in seinem Revers, benutzt es aber doch nicht, um sich das Gesicht abzutrocknen. So hat der Mann sich seinen Hochzeitstag bestimmt nicht vorgestellt.

Thies könnte das geschlossene Fenster öffnen, um ihm ein wenig Erleichterung zu verschaffen, tut es aber nicht. Stattdessen mustert er sein Gegenüber mit grimmiger Genugtuung. »Herr Matthiesen, allmählich wird mir langweilig, wenn Sie mich immer nur schweigend anstarren. Dat is rein Tiedverswendung!«

Unruhig rutscht Sönke Matthiesen auf der Sitzfläche seines Stuhls herum, der dabei ein leises Knarren von sich gibt. »Dann lassen Sie mich endlich gehen. Ohne meinen

Anwalt rede ich nicht mit Ihnen. Mich festzuhalten, ist ebenso pure Zeitverschwendung.«

»Ich verstehe ja, dass Sie auf Ihre Hochzeitsfeier wollen, und ich entschuldige mich für die Unannehmlichkeiten. Aber Sie haben sich das Ganze auch ein Stück weit selbst eingebrockt. Hätten Sie von Anfang an mit offenen Karten gespielt, was Ihr Verhältnis zu Pia Kuhn angeht, stünden Sie nun vielleicht nicht unter dringendem Tatverdacht.«

»Sie haben eine blühende Fantasie – weiter nichts.« Die Augen des Maklers verengen sich. »Kann es sein, dass Herr Jacobsen Ihnen diese Idee eingeimpft hat?«

Thies beugt sich über den Tisch. »Was wollen Sie damit andeuten?«

Matthiesen wird laut. »Ich deute nichts an. Ich sag es klar heraus. Der Mann ist als ermittelnder Staatsanwalt mir gegenüber voreingenommen. Kaum habe ich seine Ex-Partnerin geheiratet, werde ich unter einem völlig abstrusen Mordverdacht festgenommen. Das stinkt doch zum Himmel! Und genau das wird auch mein Anwalt zur Sprache bringen, wenn wir morgen vor dem Richter stehen.«

»Das ist natürlich Ihr gutes Recht«, entgegnet Thies trocken. Von einem Hitzkopf wie Matthiesen lässt er sich nicht aus der Ruhe bringen. »Trotzdem wurden Sie nicht vorläufig festgenommen, weil Ihnen jemand Ihre Feier verderben wollte, sondern weil Sie unter dringendem Tatverdacht stehen, Pia Kuhn getötet zu haben.«

»Jetzt auf einmal? Wenn Sie tatsächlich etwas gegen mich in der Hand haben, wieso haben Sie dann bis heute damit gewartet, mich festzunehmen?« Matthiesen schlägt nach der Fliege, die an seinem Ohr vorbeisummt.

»Weil das Ergebnis Ihres DNA-Tests erst vorhin aus dem Labor zurückgekommen ist.« Thies macht eine kurze Pause. »Wie Sie vermutlich längst wissen, war Pia Kuhn zum Zeitpunkt ihres Todes schwanger – und zwar von Ihnen.«

Schützend verschränkt Sönke Matthiesen die Arme vor der Brust. »Dazu sage ich nichts ohne meinen Anwalt.«

»Das brauchen Sie auch nicht. Aber Sie wirken nicht im Geringsten überrascht. Sie wussten es längst, nich wohr?«

Matthiesen seufzt und verdreht dabei die Augen. »Wie oft muss ich mich noch wiederholen? Ich rede nicht mit Ihnen.«

»Dann hören Sie mir wenigstens zu«, sagt Thies. »Wenn Sie – wie Sie behaupten – unschuldig am Tod Ihrer Geliebten und Ihres ungeborenen Kindes sind, dann sollten Sie ein Interesse daran haben, dass der wahre Schuldige gefunden und bestraft wird. Ihre Frau wird ohnehin bald erfahren, dass Sie und Frau Kuhn ein Verhältnis hatten. Wozu uns noch weiter Steine in den Weg legen?«

Die Fliege landet auf dem Tisch, gleich neben dem Aufnahmegerät. Matthiesen holt aus und schlägt mit der flachen Hand auf die Tischplatte. Alles, was zurückbleibt, ist ein schwarzer Fleck. »Diese Vernehmung ist beendet. Schalten Sie endlich das Gerät ab!«

»Wie Sie wollen. Dann bringe ich Sie jetzt zu Ihrer Arrestzelle.« Thies steht auf und beendet die Tonaufnahme. Sönke Matthiesen erhebt sich ebenfalls von seinem Stuhl und funkelt Thies dabei wütend an.

Der öffnet die Tür zum Flur. »Folgen Sie mir bitte.«

»Das hier werden Sie noch bereuen!«, zischt Matthiesen ihm zu und tritt hinaus.

»Vielleicht, Herr Matthiesen. Aber erst mal muss ich Sie bitten, vorne am Empfang Ihre persönlichen Gegenstände abzugeben.«

Thies führt seinen unfreiwilligen Besucher den Flur entlang in Richtung Eingang. Von dort kommt ihnen Staatsanwalt Broder Jacobsen entgegen. »Moin, Herr Hansen!«, grüßt er. »Auf ein Wort!«

Sönke Matthiesen verengt die Augen zu schmalen Schlitzen und ballt die Fäuste. »Dass du mir noch unter die Augen trittst!«

Hastig geht Thies dazwischen. Das Letzte, was er jetzt gebrauchen kann, ist eine Schlägerei auf dem Revier. »Ich muss doch sehr bitten, Herr Matthiesen! Gehen Sie schon mal vor. Den Weg kennen Sie ja. Ich komme gleich nach.«

Matthiesen stapft davon, wirft Thies aber im Weggehen noch einen drohenden Blick über die Schulter zu. »Das hier wird ein Nachspiel haben. Verlassen Sie sich darauf!«

»Was hat er ausgesagt?«, fragt Jacobsen mit gesenkter Stimme.

»Nich de Reed weerd!«, entgegnet Thies. »Der wartet auf seinen Anwalt und der wird ihm raten, den Mund zu halten. Hat die Hausdurchsuchung was ergeben?«

Der Staatsanwalt verlagert das Gewicht von einem Fuß auf den anderen. »Ne. Auf den ersten Blick war das ein Reinfall. Mal abwarten, ob die Techniker was Nützliches auf der Festplatte finden. Gerade ist übrigens noch der toxikologische Bericht zu Jonte Roeloffs reingekommen. In seinem Blut wurden Reste von Gamma-Butyro-lacton gefunden.«

Das ist mal eine überraschende Wendung! »Also hat ihn jemand mit K.o.-Tropfen außer Gefecht gesetzt.«

»Möglich wär's«, erwidert Jacobsen. »Ich find das immer noch so krass, dass man das Zeug völlig legal im Baumarkt als Felgenreiniger für ein paar Cent kaufen kann. Da GBL auch als Partydroge missbraucht wird, wäre es aber genauso denkbar, dass Jonte Roeloffs das Mittel freiwillig konsumiert hat und danach im Drogenrausch zum Schwimmen ins Meer gegangen ist.«

»Beide Ereignisse könnten durchaus zusammenhängen«, stimmt Thies zu. »Was, wenn Jonte Roeloffs und Pia Kuhn gemeinsam was eingeworfen haben? Roeloffs bekommt Halluzinationen und tötet seine Begleiterin. In einem klaren Moment merkt er, was er angerichtet hat, gerät in Panik und versteckt ihre Leiche im Holzstapel für das Osterfeuer. Dann schwimmt er zugedröhnt im Meer – womöglich, um alle Spuren von sich abzuwaschen – und ertrinkt.«

Jacobsen tippt sich gegen das Kinn. »Es tut mir leid, aber das klingt ziemlich weit hergeholt. Zugegeben: Wir haben bei Pia Kuhn kein toxikologisches Gutachten machen lassen, weil sie eindeutig stranguliert wurde. Aber sie war schwanger. Da wirft man doch keine Drogen ein. Und weder bei ihr noch bei Jonte Roeloffs gibt's Hinweise auf vorherigen Drogenkonsum. Im Vergleich dazu erscheint es mir deutlich plausibler, dass Sönke Matthiesen seine schwangere Geliebte aus dem Weg schaffen wollte, dabei von Jonte Roeloffs überrascht wurde, und ihn deshalb ebenfalls getötet hat.«

Thies gefällt es nicht, wie Broder Jacobsen sich in

seine Theorie verbeißt. »Wir sind aber nicht hier, um zu mutmaßen, sondern um allen Hinweisen mit der gleichen gebotenen Sorgfalt nachzugehen. Der Matthiesen hat da drinnen eine Menge Murks von sich gegeben. Aber mit einer Sache hat er Recht: Ihnen fehlt der nötige Abstand. Geben Sie die beiden Fälle ab.«

Jacobsen verschränkt die Arme. »Während der laufenden Ermittlungen? Das halte ich für absolut unklug. Zugegeben, die Situation ist nicht gerade optimal, aber ...«

»Tun Sie's!«, rät Thies. »Spätestens morgen vor der Richterin wird Ihnen der Fall sonst um die Ohren fliegen. Hören Sie auf meine Worte.«

# KAPITEL 16

## LINA

Im Brautkleid und mit tränenverschleiertem Blick spaziert Lina am Utersumer Strand entlang. Sie bahnt sich ihren Weg zwischen Strandkörben, spielenden Kindern und Liegetüchern hindurch. Die Badegäste starren. Kein Wunder. Eine Frau in einer bodenlangen weißen Robe und mit Schleier passt ja auch nicht hierher. Lina rafft zwar die Röcke, aber trotzdem schleift der Saum ihres teuren Kleides über den Sand. Sie wischt sich mit dem Handrücken die Tränen aus dem Gesicht und starrt auf die dunklen Flecken, die auf ihrer Haut zurückbleiben. Nicht nur ihr Make-up ist verschmiert, auch ihre Frisur beginnt, sich aufzulösen. Der Wind spielt mit den losen Haarsträhnen und bläst sie ihr ins Gesicht. Das alles kümmert sie nicht. Sie kann nur an Sönke denken, der vor der Kirche abgeführt wurde wie ein Verbrecher. Das hat er nicht verdient!

Auf einer mit Strandhafer bewachsenen Düne sinkt Lina zu Boden. Sie starrt hinaus aufs Meer. Wie immer empfindet sie dabei diese leichte Beklemmung, die sie seit Arnes Tod nie ganz losgelassen hat. Mit ihrer Hochzeit wollte sie einen echten Neuanfang wagen und das alles vergessen. Doch anscheinend holt der Schmerz sie auch dieses Mal wieder ein.

Eine Gestalt in einem pastellblauen Kleid kommt auf sie zu. Es ist Emma. Sie fällt in einen Laufschritt und bleibt schließlich direkt vor ihr stehen. »Hier steckst du also. Ich hab schon überall nach dir gesucht.«

Lina umschlingt ihre Knie. »Ich möchte allein sein. Kehr bitte zurück zu den anderen ins Restaurant. Es ist ohnehin alles bezahlt. Wäre schade, das Essen verkommen zu lassen.«

Doch so leicht lässt ihre Schwester sich nicht abwimmeln. »Ohne dich und Sönke ist es keine Hochzeit. Willst du nicht wenigstens dein Brautkleid ausziehen? Hier am Strand ruinierst du es dir noch.«

Sie mustert den Saum, an dem bereits Sand und Algenstücke kleben. »Was spielt das für eine Rolle? Ich werde es ohnehin nie wieder tragen.«

»Die Hochzeitsfeier lässt sich doch nachholen, sobald Sönke wieder auf freiem Fuß ist.«

»Glaubst du wirklich, es geht mir um die Feier? Die ist mir mittlerweile total egal.«

»Dann bist du wegen Broder so traurig?«, fragt Emma.

»Nein«, entgegnet Lina. »Enttäuscht und verärgert – das ja. Aber letztlich ist er nur ein Teil meiner Vergangenheit. Sönke hingegen ... Ich kann einfach nicht glauben, dass er Pia Kuhn getötet haben soll. So etwas würde er nie tun. Außerdem hat er doch überhaupt kein Motiv!«

Emma wirkt nachdenklich. »Und wenn sie nun die Frau ist, mit der er ...«

»Er hatte keine Affäre«, fällt Lina ihr rasch ins Wort. Über dieses Thema will sie jetzt auf keinen Fall sprechen. »Das hab ich mir nur eingebildet.«

»Auch wenn du nie herausgefunden hast, wer diese Frau war, kann es sie gegeben haben.«

Lina bohrt die Spitzen ihrer ehemals weißen Schuhe in den Sand. »Ich habe damals überreagiert. Ja, Sönke ist öfter spät nach Hause gekommen und hatte das Handy stundenlang ausgeschaltet. Aber doch nur, weil er so viel Stress im Job hatte. Außerdem bekam er ständig Anrufe von dieser nervigen Kundin, bei der der Hausverkauf so lange gedauert hat. Kein Wunder, dass er nicht mehr erreichbar sein wollte.«

»Bist du sicher, dass diese Frau nur eine Kundin war?«, hakt Emma nach. »Hast du mal mit ihr gesprochen?«

»Das nicht, aber ich glaube Sönke. Bei mir lagen einfach nur die Nerven blank, weil ich die perfekte Hochzeit organisieren wollte. Einen besonderen Tag, an den wir uns ein Leben lang erinnern würden.«

»Zumindest dieser Wunsch dürfte wohl in Erfüllung gehen. Ich werde den heutigen Tag jedenfalls nie vergessen.« Emma räuspert sich. »Falls du heute Nacht nicht allein sein möchtest, kannst du gern bei mir schlafen.«

»Nein, danke. Sobald die Polizei unser Haus freigibt, werde ich dort aufräumen. Ich möchte, dass alles aussieht wie immer, wenn Sönke morgen von der Anhörung zurückkommt.« Lina holt tief Luft. Es gibt noch ein schwieriges Thema, das sie ansprechen muss. »Was Broder angeht ...«

»Ja?« Emma mustert sie eindringlich. Etwas in ihrem Blick gefällt Lina nicht.

»Ich weiß, ich hab dir gesagt, es macht mir nichts aus, wenn du ihn als deinen Begleiter mitbringst. Aber die Lage hat sich geändert. Nach dem heutigen Tag will ich nichts mehr mit ihm zu tun haben. Also halt dich bitte fern von ihm.«

Emmas Augen verengen sich. »Das verlangst du von mir? Ernsthaft?«

Ihr gereizter Tonfall ist mehr, als Lina im Moment ertragen kann. »Der Mann hat gerade meine Hochzeit ruiniert und meinen Ehemann verhaften lassen.«

»Du bist ungerecht! Broder hat nur seinen Job gemacht. Vielleicht gab es ja einen guten Grund, warum die Polizei Sönke mitgenommen hat.«

»Nach allem, was Broder getan hat, nimmst du ihn auch noch in Schutz?« Lina kann es nicht fassen. »Auf wessen Seite stehst du eigentlich?«

»Auf deiner natürlich!«, behauptet Emma. Doch so richtig kauft Lina ihr das nicht ab. »Soll ich noch mal mit Broder sprechen? Vielleicht kann ich ja ...«

»Nein«, fällt sie ihr ins Wort. »Wenn du mir wirklich helfen willst, dann entschuldige mich bei unseren Gästen und lass mich ein wenig allein.«

»In Ordnung«, erwidert Emma. »Ich halte dir den Rücken frei. Das wird schon wieder – irgendwie.«

# KAPITEL 17

## UDO

Kommissar Udo Harksen hat Joris Roeloffs für Samstagmorgen als Zeugen zur Vernehmung auf die Wyker Polizeistation geladen. Der Mann ist der jüngere Bruder von Jonte Roeloffs, dem toten Strandkorbwärter. Er scheint sich in dem Vernehmungszimmer nicht wohlzufühlen. Immer wieder rutscht er auf der Sitzfläche seines Stuhls herum, blickt sich im Raum um und zupft an seinen zahlreichen Ohrringen. Sobald sein Blick das Aufnahmegerät in der Mitte des Tisches streift, runzelt er die Stirn.

Udo beugt sich über den Tisch zu ihm vor. »Herr Roeloffs, zuerst einmal möchte ich Ihnen mein herzliches Beileid zum Tod Ihres Bruders aussprechen. Danke, dass Sie so schnell aus Mexiko hergeflogen sind!«

»Das ist doch selbstverständlich«, entgegnet

Roeloffs. »Schrecklich, was mit Jonte passiert ist. Ich kann es immer noch nicht fassen.«

Udo schlägt die Fallakte auf und blättert darin. »Laut der Telefonnotiz meines Kollegen haben Sie und Ihr Bruder sich eine Wohnung am Sandwall geteilt. Stimmt das?«

Sein Gegenüber wippt mit den Füßen. »Jein. Ich bin dort gemeldet, aber ich schaue nur für ein paar Wochen pro Jahr vorbei, um meine Arztbesuche und anderen Kram zu erledigen. Eigentlich bin ich digitaler Nomade. Derzeit lebe ich in Mexiko.«

»Verstehe. Wann haben Sie Ihren Bruder das letzte Mal gesehen?«

»Kommt drauf an, was Sie damit meinen. Hier war ich zuletzt über Weihnachten und Neujahr. Das letzte Mal gezoomt haben wir vor genau einer Woche.«

»Also am Tag des Osterfeuers.« Udo macht eine Notiz in der Akte. »Um wie viel Uhr war das?«

Roeloffs zieht die Stirn kraus, so als würde er nachdenken. »Nach der Zeitzone von Mexiko Stadt um ein Uhr morgens. Hier in Deutschland war es dann acht Stunden später, also neun Uhr morgens. Ich bin Langschläfer, Jonte war Frühaufsteher. Deshalb war das unsere übliche Zeit.«

»Worüber haben Sie beide gesprochen?«

»Über nichts Besonderes. Jonte wollte an dem Morgen das Holz für das Osterfeuer umschichten. Er hatte es schon ein paar Tage vorher aufgebaut. Aber es war ihm wichtig, die Tiere zu vertreiben, die sich in der Zwischenzeit dort eingenistet hatten. Das wollte er erledigt haben, bevor um elf die Gastronomie an der Strandbar aufmachte. Ich hab ihm von einem Club erzählt, den ich am Vorabend besucht hatte. Danach haben wir noch kurz über unsere Pläne für Ostern geredet.«

Udo notiert schon einmal die wichtigsten Stichpunkte, auch wenn das Gespräch aufgezeichnet und später protokolliert wird. »Was hatte Ihr Bruder vor?«

»Er wollte am Samstagabend zum Osterfeuer«, erwidert Roeloffs. Allmählich scheint er ein wenig aufzutauen. Seine Schultern wirken nicht mehr so verkrampft und er zupft nicht länger an seinen Ohrringen. »Sonntagmorgen sollte er für die Stadt Wyk auf einem Strandstück Schokoladeneier im Sand vergraben. Der Tourismusverband veranstaltet jedes Jahr diese große Ostereiersuche für die Kinder – aber das wissen Sie ja. Ostermontag war Jonte mit Freunden zum Brunchen verabredet, aber dort ist er nie aufgetaucht.«

»Soweit wir wissen, hat ihn seit Freitag niemand mehr gesehen«, gibt Udo zu bedenken.

Roeloffs zieht die Augenbrauen hoch. »Sind Sie sicher? Denn eigentlich war er am Samstagmorgen noch mit Lina Christiansen vom Tourismusbüro verabredet.«

Udo klickt die Mine seines Kugelschreibers auf und zu. Diese Info ist neu für ihn und steht auch nirgends in der Akte. »Lina Christiansen?«, vergewissert er sich.

»Genau die. Außerhalb der Strandkorbsaison hatte Jonte seine meisten Aufträge von ihr bekommen. Auch den für das Osterfeuer.«

»Dann sollte dringend jemand von uns mit ihr sprechen.« Udo schreibt ein dickes Ausrufezeichen neben den Namen von Lina Christiansen, die inzwischen Matthiesen heißt. »Wissen Sie, ob die beiden sich auch privat gut verstanden haben?«

Roeloffs zögert. »Ich hatte immer den Eindruck, dass Jonte Lina ein bisschen mehr mochte, als gut für ihn war. Aber darüber haben wir nie gesprochen.«

»Hatte Ihr Bruder Feinde?«

»Er hat immer gern und viel geflirtet. Schon möglich, dass er damit dem einen oder anderen Mann auf die Zehen getreten ist. Aber soweit ich weiß, war das Schlimmste, was er sich dadurch je eingehandelt hat, ein blaues Auge.«

»Wirkte Ihr Bruder bei Ihrer letzten Unterhaltung anders als sonst? Schien ihn etwas zu belasten?«, fragt Udo.

Nun rutscht Roeloffs doch wieder auf seinem Stuhl herum. »Ja, er wirkte ein wenig bedrückt. Wie gesagt, glaube ich, dass er eine Schwäche für diese Lina hatte. Aber er hat mir vor einiger Zeit erzählt, dass sie verlobt ist.«

»Das stimmt. Inzwischen ist sie sogar verheiratet – mit Sönke Matthiesen, einem Makler aus Nieblum. Kennen Sie den?«

»Nur dem Namen nach. Ich bin in den letzten Jahren ja kaum hier gewesen.« Joris Roeloffs holt hörbar Luft. »Sagen Sie, was geschieht denn nun mit meinem Bruder? Ich würde ihn gern bestatten lassen, solange ich hier bin.«

Udo klappt die Akte zu. »Derzeit befindet sich sein Leichnam noch in der Kieler Rechtsmedizin. Aber da die Obduktion abgeschlossen ist, wird er vermutlich bald freigegeben. Und Sie als sein nächster noch lebender Verwandter können ihn von dort abholen lassen.«

»Danke. Dann werde ich mich darum kümmern. Macht der alte Feddersen immer noch die Bestattungen?«

»Nein, der ist vor einigen Jahren in den Ruhestand

gegangen. Emma Christiansen hat den Betrieb übernommen.«

»Das ist doch die kleine Schwester von Lina, nicht wahr? Verrückt, wie die Zeit vergeht!« Zum ersten Mal, seitdem Joris Roeloffs das Zimmer betreten hat, huscht ein winziges Lächeln über sein Gesicht.

»Allerdings«, sagt Udo. »Vielen Dank, Herr Roeloffs! Das war's für heute. Ich stoppe jetzt die Aufnahme. Bitte halten Sie sich bereit, falls wir noch weitere Fragen an Sie haben.« Er steht auf und schaltet das Gerät ab.

»Natürlich.« Auch Roeloffs erhebt sich. »Sie werden doch herausfinden, was meinem Bruder zugestoßen ist, nicht wahr?«

Sein erwartungsvoller Blick beschwert Udo leichte Magenschmerzen. »Ich kann Ihnen nichts versprechen«, sagt er schließlich. »Aber wir geben unser Bestes.«

# KAPITEL 18

BRODER

Im Flensburger Landgericht, einem altehrwürdigen Gebäude aus Rotklinkersteinen mit weißen Sprossenfenstern und einem Uhrenturm, wird am Samstagmorgen in Saal zwei die Haftprüfung von Sönke Matthiesen verhandelt. Broder hat nach Linas Vorwürfen eine beinahe schlaflose Nacht hinter sich. Trotzdem ist er hellwach und lässt den Beschuldigten und seinen Verteidiger nicht eine Sekunde aus den Augen.

In dem mit Holz vertäfelten Saal, der fast noch genauso aussieht wie vor hundertvierzig Jahren, duftet es nach Bienenwachs. Doch darunter liegt der Geruch von Angstschweiß. Broder atmet tief durch und wischt sich die feuchten Hände an der Hose ab. Er kennt das Verfahren einer richterlichen Anhörung in- und auswendig. Es gibt eigentlichen keinen Grund für ihn, derart nervös zu sein.

Richterin Agnes Breede, eine Frau mit grauem Pagenkopf und strengen Gesichtszügen, eröffnet die Anhörung. »Herr Matthiesen, ich nehme an, Ihr Verteidiger hat es Ihnen schon erklärt. Lassen Sie mich dennoch einige Worte zu dieser Anhörung sagen. Der Zweck unseres heutigen Termins ist es, festzustellen, ob bei Ihnen die Voraussetzungen für die Anordnung einer Untersuchungshaft vorliegen. Im Wesentlichen geht es dabei um die Fragen, ob ein dringender Tatverdacht vorliegt, ob Flucht- oder Verdunkelungsgefahr besteht, um die Schwere der Tat und um eine mögliche Wiederholungsgefahr. Das Wort hat zunächst die Staatsanwaltschaft.« Sie nickt in Broders Richtung.

Broder drückt das Kreuz durch. »Vielen Dank, Frau Vorsitzende! Ich beantrage heute Untersuchungshaft für den Beschuldigten aufgrund des dringenden Tatverdachts eines Tötungsdeliktes zum Nachteil von Pia Kuhn. Wie Sie der Akte entnehmen können, wurde Frau Kuhn am Ostersamstag gegen 21:15 Uhr leblos am Wyker Strand aufgefunden.«

Obwohl die Akte aufgeschlagen vor ihm liegt, wirft Broder keinen Blick darauf. Er hat die Worte in der vergangenen Nacht auswendig gelernt, denn heute darf er sich keinen Fehler erlauben. »Laut Obduktionsbericht liegt der Todeszeitpunkt ungefähr zwischen 8 und 11 Uhr vormittags am selben Tag. Für die Zeit von 8 bis 9 hat der Beschuldigte nur das Alibi seiner Ehefrau. Für die Zeit danach gibt es überhaupt keine Zeugen, die belegen können, wo er sich aufgehalten hat.«

Broder macht eine kurze Pause. »Herr Matthiesen hat seine Beziehung zu Frau Kuhn in den Vernehmungen durch Hauptkommissar Thies Hansen zunächst verheimlicht und später heruntergespielt. Inzwischen wissen wir, dass Frau Kuhn im vierten Monat von ihm schwanger war. Dies musste Herrn Matthiesen, der unmittelbar vor seiner Hochzeit mit Lina Christiansen stand, sehr ungelegen kommen.«

Richterin Breede blättert durch ihre Akte und wendet sich dann an den Verteidiger, einen Mittdreißiger mit gegeltem Haar und einer goldenen Rolex am Handgelenk. »Möchte Ihr Mandant sich dazu äußern?«

Der Anwalt lächelt – ziemlich selbstgefällig, wie Broder findet. »Es trifft zu, dass mein Mandant eine Beziehung mit Frau Kuhn unterhalten hat. Dies stellt ihn allerdings noch lange nicht unter den dringenden Tatverdacht, sie getötet zu haben. Vielmehr bedauert Herr Matthiesen ihren Tod und den ihres ungeborenen Kindes sehr.«

»Was ist mit seinem Alibi?«, fragt Richterin Breede.

»Mein Mandant hatte sich mit Kaufinteressenten für ein Haus in Oevenum verabredet. Das Paar hat ihn versetzt. Deswegen gibt es bedauerlicherweise keine Zeugen, die ihn zum Tatzeitpunkt in Oevenum gesehen haben.«

»Kann das Paar den Termin bestätigen?«

»Leider nicht.« Dieses Mal antwortet Sönke Matthiesen selbst. »Die Frau hat mich damals mit unterdrückter Rufnummer angerufen. Das tun viele Interessenten, die Angst haben, ich könnte ihre Nummer speichern und sie danach ständig behelligen.«

»Trotzdem kann mein Mandant seinen Aufenthalt in Oevenum belegen«, fährt der Anwalt fort. »Er hatte die ganze Zeit über sein Handy eingeschaltet, war also in einen Mobilfunkmast eingewählt. Sie können die Daten von seinem Telefonanbieter abfragen.«

»Das haben wir ohnehin schon getan«, entgegnet Broder. »Die Ergebnisse sollten Anfang der Woche kommen.«

Der Verteidiger richtet sich zu voller Größe auf und reckt das Kinn. »Jedenfalls gibt es keinen triftigen Grund, für meinen Mandanten Untersuchungshaft anzuordnen. Er ist auf Föhr fest verwurzelt, hat gerade erst geheiratet. Es besteht also keine Fluchtgefahr. Auch eine Verdunkelungsgefahr sehe ich nicht – vor allem vor dem Hintergrund, dass sein Privathaus und sein Büro bereits durchsucht wurden.«

»In diesen Punkten stimme ich Ihnen zu«, bemerkt Richterin Breede.

Broder sieht seine Felle davonschwimmen. »Frau Vorsitzende, bitte bedenken Sie auch die Schwere des Tatvorwurfs. Es geht hier immerhin um ein Tötungsdelikt.«

»Dieser Argumentation kann ich nicht folgen«, grätscht der Verteidiger dazwischen. Allmählich geht der Mann Broder auf die Nerven. »Die Untersuchungshaft erfordert einen dringenden Tatverdacht und den gibt es nicht. Das Einzige, was die Staatsanwaltschaft meinem Mandanten nachweisen kann, ist eine Beziehung zu der Getöteten. Es gibt keinerlei Hinweise darauf, dass Herr Matthiesen Frau Kuhn in der Vergangenheit jemals bedroht oder Gewalt gegen sie ausgeübt hat. Am Tattag haben die beiden einander nicht einmal gesehen.«

Richtern Breede wendet sich an Broder. »Das ist wirklich sehr wenig für einen Antrag auf Untersuchungshaft. Herr Jacobsen, haben die Ermittlungen in den

Räumlichkeiten von Herrn Matthiesen neue Beweismittel zutage gefördert, die den Anfangsverdacht gegen ihn erhärten?«

»Nein, bisher noch nicht«, räumt er widerwillig ein. »Aber wir arbeiten mit Hochdruck daran, die Daten auf Herrn Matthiesens Festplatte auszuwerten.«

»Nichts hindert sie daran, dies auch weiterhin zu tun, während Herr Matthiesen sich auf freiem Fuß befindet.«

Natürlich lässt sich der Verteidiger diese Steilvorlage nicht entgehen. »An dieser Stelle würde ich gern einhaken, Frau Vorsitzende. Aus meiner Sicht ist es sehr bedenklich, dass Herr Jacobsen in diesem Fall die Ermittlungen leitet. Er ist der Ex-Partner von Herrn Matthiesens Ehefrau und dürfte deshalb gegenüber meinem Mandanten persönliche Vorbehalte hegen.«

Die Richterin notiert etwas in ihrer Akte und sieht dann auf. »Zwar gibt es bei einem Staatsanwalt keine persönliche Befangenheit, aber diese Umstände erscheinen mir trotzdem etwas ungünstig. Herr Jacobsen, was sagen Sie dazu?«

Broder schluckt. Diese Anhörung läuft ganz und gar nicht wie erhofft. »Als ich den Fall vor einer Woche übernommen habe, ging es um den Tod einer nicht identifizierten jungen Frau. Es war zu dem Zeitpunkt nicht absehbar, in welche Richtung sich die Ermittlungen entwickeln würden.«

»Aber jetzt wissen Sie es.« Der Tonfall von Richterin Breede klingt streng. »Ich kann Ihnen nicht vorschreiben, was Sie zu tun haben. Aber ich rate Ihnen dringend, diesen Fall abzugeben.«

»Ich bin durchaus in der Lage, Persönliches von Privatem zu trennen.«

»Den Eindruck erwecken Sie hier und heute leider nicht. Sie konnten mir bisher keinen plausiblen Grund nennen, aus dem ich Herrn Matthiesen in U-Haft nehmen sollte. Deshalb ergeht folgender Beschluss. Der Antrag der Staatsanwaltschaft, über Herrn Sönke Matthiesen eine Untersuchungshaft zu verhängen, wird zurückgewiesen. Zur Begründung ist Folgendes zu sagen: Es besteht dafür kein Anlass gemäß Paragraph 112 II Nummer 2 der Strafprozessordnung. Die Sitzung ist hiermit geschlossen.« Richterin Breede erhebt sich.

Enttäuscht presst Broder die Lippen zusammen. Schlimmer hätte diese Anhörung gar nicht enden können. Er packt seine Sachen zusammen und folgt Sönke Matthiesen und dessen Verteidiger nach draußen auf den Flur und die Treppe hinunter. Die beiden Männer stecken die Köpfe zusammen und tuscheln im Gehen.

»Meinen Glückwunsch, Herr Matthiesen!«, sagt der Verteidiger. »Ich hab Ihnen ja gesagt, dass wir das schaffen.«

Sönke klopft ihm auf die Schulter. »Vielen Dank, dass Sie mich da rausgeholt haben!«

»Sehr gern geschehen. Was der Staatsanwalt sich da geleistet hat, ist schon ein starkes Stück. Sollte der Ihnen noch mal komisch kommen, rufen Sie mich an.«

Verärgert knirscht Broder mit den Zähnen. Er hat etwas gegen diese Star-Verteidiger, die für horrendes Geld jeden noch so üblen Verbrecher vertreten, solange die Kasse stimmt. Dass ausgerechnet ein solcher Mann Broders eigenes Verhalten als moralisch fragwürdig darstellt, ist ein echter Tiefschlag.

Sönke und sein Verteidiger treten hinaus in den

144

Regen. Broder bleibt stehen, um die Tür für Richterin Breede aufzuhalten – und um Lina nicht zu begegnen. Sie wartet draußen unter einem roten Regenschirm. Sobald sie Sönke erblickt, eilt sie ihm entgegen. Dabei läuft sie auf ihren hohen Schuhen sogar durch eine Pfütze und scheint es nicht einmal zu bemerken. Mit einem Schluchzen fällt sie Sönke um den Hals.

»Lina!« Sönke zieht sie an sich, hält sie ganz fest.

»Gott sei Dank bist du frei! Ich hab mir solche Sorgen um dich gemacht.« Ihre Stimme bricht weg.

Linas Kummer versetzt Broder, der noch immer im offenen Türrahmen wartet, einen Stich. Allein um ihretwillen hofft er, dass Sönke Matthiesen tatsächlich unschuldig ist.

Sönkes Verteidiger, der ebenfalls einen Schirm aufgespannt hat, reicht Lina die Hand. »Es ist alles in Ordnung, Frau Matthiesen. Sie beide können wieder nach Hause fahren. Halten Sie mich bitte auf dem Laufenden.«

»Das machen wir«, erwidert Lina. »Herzlichen Dank!«

»Auf Wiedersehen! Und gute Heimreise!« Der Verteidiger schüttelt Sönke zum Abschied die Hand und geht dann davon.

»Danke fürs Türaufhalten.« Richterin Breede schlüpft an Broder vorbei in den Regen und spannt ihren Schirm auf. Broder, der selbst keinen Schirm mitgenommen hat, klappt den Kragen seiner Jacke hoch. Viel hilft das allerdings nicht bei diesem Wetter. Die Regentropfen laufen ihm das Gesicht hinab.

Die Richterin winkt ihn zu sich unter den Schirm. »Sie parken doch eh direkt neben mir.«

»Danke.« Da Broder anderthalb Köpfe größer ist, übernimmt er den Regenschirm und hält ihn schützend über sie beide.

Auch Lina und Sönke gehen in Richtung Parkplatz. »Es tut mir so leid wegen der Hochzeit«, sagt Sönke – laut genug, dass auch Broder ihn versteht.

»Das ist jetzt unwichtig.« Lina hakt sich bei ihm unter. »Hauptsache, dir geht's gut.«

Agnes Breede beugt sich zu Broder vor und senkt die Stimme. »Seine Frau hat keine Ahnung, nicht wahr?«

»Nein«, entgegnet er leise. »Sie weiß weder von der Affäre noch von dem Kind.«

»Sie wird es bald erfahren. Dann möchte ich nicht in seiner Haut stecken.«

# Kapitel 19

### BRODER

Auch wenn Broder immer noch überzeugt ist, richtig gehandelt zu haben, gehen ihm die Worte der Richterin nicht aus dem Kopf. Nach reiflicher Überlegung gibt er schweren Herzens die Föhrer Fälle ab. Er tröstet sich mit dem Gedanken, dass Thies Hansen ein mehr als fähiger Hauptkommissar ist und garantiert nicht lockerlässt, bis die beiden Verbrechen aufgeklärt sind.

Gleichermaßen erleichtert und enttäuscht kehrt Broder zurück auf seine Heimatinsel. In Wyk besucht er seine Eltern in ihrem Café am Sandwall. Es ist warm für Ende April und die meisten Tische im Freien sind belegt. Nebenan in der Eisdiele herrscht hingegen gähnende Leere. An der Ladentür hängt ein Schild mit der Aufschrift *Vorübergehend geschlossen*.

Broder setzt sich an einen Tisch, den seine Eltern mit einem *Reserviert*-Schild extra freigehalten haben. Maren und Leif versorgen ihn mit Kaffee und Friesentorte und gesellen sich – trotz der vielen Gäste – für ein paar Minuten zu ihm.

Maren gießt flüssige Sahne in ihre Kaffeetasse. »Schön, dass du wieder hier bist. Wieso eigentlich? Ich will mich ja nicht beschweren, aber die letzten Jahre hast du dich so rar gemacht und nun besuchst du uns schon zum zweiten Mal innerhalb eines Monats.«

Broder rührt seinen Kaffee um. »Es tut mir leid, dass ich letztes Mal so überstürzt mit Giorgio aufgebrochen bin. Und dann habe ich unsere Verabredung für heute Vormittag platzen lassen.«

»Weil du für die Anhörung aufs Festland musstest«, erwidert Leif. »Das ist dein Job.«

»Jetzt nicht mehr.« Broder holt tief Luft. »Ich hab die Fälle Pia Kuhn und Jonte Roeloffs an einen Kollegen abgegeben, weil ich persönlich einfach zu sehr darin verstrickt war.«

»As was beeder so. Du hättest dir damit nur Ärger eingehandelt.«

»Trotzdem wurmt es mich. Ich hätte den Täter gern selbst vor Gericht gebracht. Aber so habe ich zumindest ein freies Wochenende.«

Maren trinkt einen Schluck und stellt ihre Tasse mit einem leisen Klirren zurück auf die Untertasse. »Was willst du damit anstellen?«

Nun wird es heikel. »Ich habe Emma versprochen, dass wir heute Abend ausgehen. Immerhin habe ich sie als Begleiter auf Linas Hochzeit versetzt.«

»Emma also? Das passt irgendwie.« Etwas an Marens Tonfall sorgt dafür, dass sich Broders Nackenhaare aufstellen. Seine Mutter versteht das völlig falsch.

»Da läuft nichts«, stellt er klar. »Leute, das Date ist rein freundschaftlich.«

Der Blick, den seine Eltern wechseln, wirkt nicht so, als würden sie ihm glauben.

»Bist du dir da sicher?«, fragt Leif prompt. »Emma ist eine hübsche Frau geworden. Wat'n smok wüf! Und sie hat ihren eigenen Kopf. Genau wie du.«

Broder hackt mit der Gabel auf sein Tortenstück ein. »Sie ist Linas Schwester. Das ist doch Quatsch! Ich würde nie was mit der anfangen. Außerdem war sie es damals, die ...« Er zerquetscht den Teig unter seiner Gabel. Wieder sieht er Arnes zurückgelassene Sneakers am Strand vor sich, spürt die blinde Panik, mit der er das Meer nach ihm abgesucht hat. »Nein, das könnte ich nicht.«

Maren schiebt ihre Tasse von sich weg und ergreift über den Tisch hinweg seine Hand. »Arnes Tod war ein schrecklicher Unfall. Er fehlt uns an jedem Tag. Er hatte so ein großes Herz und würde nicht wollen, dass du Emma seinetwegen Vorwürfe machst.«

»Ich weiß.« Broder starrt auf ihre verschlungenen Finger, um seiner Mutter nicht in die Augen sehen zu müssen. »Sie war damals noch ein halbes Kind. Deshalb trifft sie keine Schuld. Aber Lina und ich, wir hätten es wirklich besser wissen müssen.«

Leif rückt mit seinem Stuhl näher an Broder heran und berührt ihn am Arm. »Du gibst *dir* die Schuld?« Er klingt fassungslos. »Das hast du nie gesagt.«

Hilflos zuckt Broder mit den Schultern. Zehn Jahre

hat er sich vor diesem Gespräch gedrückt, aber nun ist die Zeit wohl reif dafür. »Wieso soll ich das Offensichtliche aussprechen? Hätten Lina und ich an jenem Abend weniger herumgeknutscht und mehr auf Emma geachtet, würde Arne heute noch leben.«

Broders Mutter drückt seine Finger so fest, als würde sie ihn an einer Flucht hindern wollen. »Hätte, wäre, könnte. Es bringt doch nichts, sich damit verrückt zu machen. Arne würde auch noch leben, wenn er die Seenotrettung informiert hätte, anstatt selbst ins Wasser zu gehen. Oder wenn der Wellengang und die Strömung an diesem Abend schwächer gewesen wären. Oder, oder … Du machst dich kaputt, wenn du solche Gedanken zulässt. Ich spreche da aus eigener Erfahrung.«

»Die Polizei hat damals schnell die Ermittlungen eingestellt«, fügt Leif hinzu. »Das hätte sie nicht getan, wenn es einen Schuldigen gegeben hätte.«

Das weiß Broder alles, aber es überzeugt ihn nicht. Er starrt auf seine zermatschte Torte, auf die ihm der Appetit vergangen ist. »Es besteht ein großer Unterschied zwischen juristischer und moralischer Schuld. Seit Arnes Tod habe ich mich bemüht, das, was ich getan habe, wiedergutzumachen. Natürlich nicht bei Arne, aber indem ich anderen zur Gerechtigkeit verholfen habe.«

Maren seufzt leise. »Ich habe immer geahnt, dass du aus den falschen Gründen von hier fortgegangen bist. Aber es ging dir damals so schlecht, da wollte ich dich nicht festhalten. Hast du Lina etwa auch wegen deiner Schuldgefühle verlassen?«

»Zum Teil ja.« Ein bitterer Geschmack breitet sich auf seiner Zunge aus und er entzieht Maren seine Hand. »Außerdem wollte sie nicht mit und so 'ne Fernbeziehung auf Jahre hätten wir beide nicht gewollt. Das, was wir hatten, war nach dem Abend unwiederbringlich verloren. Ich konnte sie nicht mal mehr küssen, ohne dabei an Arne zu denken.« Erleichtert atmet er durch. Nach zehn Jahren voller Selbstvorwürfe hat er sich diese Dinge endlich von der Seele geredet.

»Dann wollen wir hoffen, dass du dich täuschst, und sie mit diesem Sönke einen guten Mann gefunden hat«, sagt Maren. »Und du solltest über deinen Schatten springen und Emma eine Chance geben.«

Soll er das? Ein Teil von ihm möchte es gern, doch die Skepsis überwiegt. »Mama, ich bezweifle, dass das klug wäre. Selbst wenn Lina irgendwann wieder mit mir spricht – und danach sieht es nicht aus – wird es ihr sicher nicht gefallen, wenn ich ihre Schwester date.«

Leif schnaubt leise. »Na, Hauptsache, es gefällt Emma. Ich wünsche dir für heute Abend jedenfalls alles Gute.« Aufmunternd klopft er ihm auf die Schulter.

Zwar ist Broder erleichtert, dass er endlich mit seinen Eltern reinen Tisch gemacht hat, aber diese Unterhaltung möchte er wirklich nicht vertiefen. Stattdessen verdreht er die Augen. »O Mann, Papa!«

Sein Vater lässt sich davon nicht beirren und schmunzelt nur. »Du hast ein wenig Glück verdient.«

THIES

Am Samstagabend sitzt Thies schon wieder im Vernehmungsraum der Wyker Polizeistation. Dieses Mal befragt er nicht Sönke Matthiesen, sondern dessen Frau Lina. Langsam blättert er sich durch die dicke Akte, die vor ihm auf dem Tisch liegt. Dabei lässt er die Matthiesen keinen Moment lang aus den Augen. Sie ist eine hübsche Frau mit warmen braunen Augen und kastanienfarbenem Haar. Aber verweint sieht sie aus – und sehr schlecht gelaunt. Sie reibt sich die Schläfen, so als habe sie Kopfschmerzen.

»Hätte das nicht bis morgen warten können?«, fragt Lina Matthiesen in weinerlichem Tonfall. »Mein Mann und ich hatten einen anstrengenden Tag, dazu noch die lange Rückreise. Wir sind völlig fertig und ich möchte einfach nur noch nach Hause.«

Thies hört auf zu blättern und klickt die Mine seines Kugelschreibers auf. »Ich verstehe Ihren Unmut, Frau Matthiesen. Vull un ganz. Aber ich hab zwei ungeklärte Todesfälle auf meinem Schreibtisch. Die Angelegenheit ist also dringend. Und Sie sind nun mal das verbindende Glied. Trifft es zu, dass Sie mit Herrn Roeloffs am vergangenen Samstag verabredet waren?«

Sie reißt die Augen auf. »Woher wissen Sie davon?«

»Beantworten Sie einfach meine Frage.«

»Ja, das ist richtig.«

Thies notiert einen Vermerk in der Akte. Der Jacobsen mag eine Schwäche für die Matthiesen haben, aber deswegen wird er die Frau trotzdem nicht so leicht vom Haken lassen. »Wieso haben Sie das nicht längst zu Protokoll gegeben?«

»Weil es mir nicht wichtig erschien«, antwortet Lina Matthiesen. »Unsere Unterhaltung hat maximal zehn Minuten gedauert. Es ging nur um ein paar organisatorische Dinge für die Ostereiersuche am Strand.«

»Wann und wo fand dieses Treffen statt?«

»Um zehn am Südstrand auf Höhe des späteren Osterfeuers. Jonte hatte dort zu tun, deswegen war es so für ihn am praktischsten.«

»Wirkte Herr Roeloffs bei diesem Gespräch auf Sie besorgt oder wütend?«, fragt Thies, »Oder zumindest anders als sonst?«

Lina Matthiesen schlägt die Beine übereinander. »Nein, gar nicht. Allerdings fiel unsere Unterhaltung recht knapp aus, weil ich wegen der Osteraktionen im Stress war. Wir haben nur das Nötigste geklärt. Danach hat mich Jonte noch zu meinem Wagen begleitet, um die Schokoladeneier mitzunehmen, die ich im Kofferraum hatte und die er verbuddeln wollte.«

Ihre Antwort klingt plausibel, aber auch ein wenig einstudiert. »Ist Ihnen sonst jemand an dem Strandabschnitt aufgefallen?«

»Nein. Wir waren die ganze Zeit unter uns. Die Strandbar öffnet ja erst um elf. Es ist auch niemand auf der Promenade vorbeigelaufen.«

Also gibt es niemanden, der diese Aussage bezeugen kann. Thies macht sich einen entsprechenden Vermerk. »Wie weit standen Sie eigentlich von dem Feuerholzstapel entfernt?«

Lina Matthiesen bläst die Backen auf. »Puh! Darauf habe ich nicht geachtet. Aber es waren mit Sicherheit nicht mehr als zehn, fünfzehn Meter.«

»Auf diese Entfernung konnten Sie den Stapel doch sicher gut erkennen. Hatten Sie freie Sicht auf die Stelle, an der Frau Kuhn später gefunden wurde?«

»Ich glaube ja. Aber ich kann Ihnen beim besten Willen nicht sagen, ob sie zu diesem Zeitpunkt schon dort gelegen hat oder nicht. Wäre die Tote auf den ersten Blick zu erkennen gewesen, hätte schließlich niemand das Feuer entzündet. Sie muss ursprünglich gut verborgen worden sein – bis die Flammen sie wieder preisgegeben haben.«

»Damit haben Sie vermutlich recht«, stimmt Thies zu, auch wenn es ihm anders lieber gewesen wäre. »Wie würden Sie Ihr Verhältnis zu Herrn Roeloffs beschreiben?«

»Wir haben uns gut verstanden – auf rein professioneller Ebene. Ich habe ihn gern mit kleineren Aufgaben für das Tourismusbüro betraut. Über sein Privatleben weiß ich so gut wie nichts. Nur, dass er einen Bruder hatte, der die meiste Zeit über um die Welt reist.«

»Mit ebendiesem Bruder hat sich ein Kollege von mir heute Morgen unterhalten. Er sagte mir, dass Herr Roeloffs wohl eine kleine Schwäche für Sie hatte. Stimmen Sie ihm da zu?«

»Davon weiß ich nichts«, entgegnet Lina Matthiesen. »Falls das so gewesen sein sollte, ist es mir nicht aufgefallen. Ich bin in einer glücklichen Beziehung – inzwischen ja sogar Ehe – mit meinem Mann.« Ihr Tonfall klingt jetzt ein wenig schnippisch. Wahrscheinlich nimmt sie es Thies persönlich übel, dass ihre Hochzeitsfeier ins Wasser gefallen ist.

»Auf Herrn Matthiesen wollte ich ohnehin noch zu sprechen kommen«, bemerkt er ungerührt. »Sie sagen also, Ihre Beziehung sei glücklich. Gibt es keine Probleme oder Eifersüchteleien?«

»Diese Frage finde ich ziemlich daneben.« Von Lina Matthiesens angeblicher Müdigkeit ist nichts mehr zu merken. Stattdessen funkeln ihre Augen vor unterdrückter Wut.

Vielleicht gelingt es Thies ja tatsächlich, die Frau aus der Reserve zu locken. Und er weiß auch schon genau, wie ... »Dann lassen Sie mich direkter werden. Wussten Sie, dass Ihr Mann und Frau Kuhn eine Beziehung hatten?«

»Wie bitte?« Ihre Stimme überschlägt sich beinahe.

»Sie wirken überrascht. Allerdings muss ich darauf bestehen, dass Sie mir fürs Protokoll eine klare Antwort geben.« Thies klopft mit seinem Stift demonstrativ gegen das Papier. »Hatten Sie Kenntnis von der Beziehung oder nicht?«

»Mein Mann hatte keine Beziehung zu dieser Frau. Wie kommen Sie nur darauf?« Ihre Augen werden schmal. »Hat Herr Jacobsen das etwa behauptet?«

»Nein. Wieso sollte er?«

»Weil ... ist ja auch egal, wenn er es nicht war. Jedenfalls hat Sie da jemand belogen.« Sie stutzt. »War das etwa der Grund, warum Sönke gestern festgenommen wurde? Unsere Hochzeitsfeier ist wegen dieser Lüge ins Wasser gefallen? Ich will wissen, wer dafür verantwortlich ist!«

»Jetzt beruhigen Sie sich erst mal, Frau Matthiesen«, sagt er. »Die *Schuld*, wenn Sie es so nennen wollen, liegt in erster Linie bei Ihrem Mann. Hätte er von Anfang an zugegeben, in welchem Verhältnis er zu Frau Kuhn stand, hätte es nicht so weit kommen brauchen.«

Die Matthiesen ballt die Fäuste. »Darum geht es doch gerade. Die beiden hatten nichts miteinander. Das ist üble Nachrede. Ich möchte Anzeige erstatten gegen wen auch immer, der das behauptet hat.«

Trotz der ernsten Lage muss Thies ein wenig schmunzeln. Auf ihre Art ist Lina Matthiesen genauso aufbrausend wie ihr Mann. »In diesem Fall wäre das unser Labor.«

»Wieso ...?« Sie starrt ihn an.

Endlich lässt er die Bombe platzen. »Frau Kuhn war zum Zeitpunkt ihres Todes schwanger. Und der DNA-Abgleich hat eindeutig ergeben, dass Ihr Mann der Vater des Kindes ist.«

Frau Matthiesen wird weiß wie eine Muschelschale und klammert sich an der Tischkante fest. »Nein! Das kann nicht sein.«

»Sie sind ganz blass geworden. Soll ich Ihnen ein Glas Wasser bringen?«

»Danke, es geht schon.« Ihre Wut scheint plötzlich verflogen zu sein. Stattdessen sinkt sie in sich zusammen und zittert am ganzen Körper. Ist gerade ihre ganze Welt zusammengebrochen oder kann die Frau einfach nur gut schauspielern?

Thies wird jedenfalls erst einmal so tun, als würde er ihr glauben – und sie trotzdem weiterhin genau im Auge behalten. »Das muss ein Schock für Sie sein«, sagt er und beugt sich zu ihr vor. »Aber hoffentlich verstehen Sie jetzt, warum Ihr Mann ein Tatmotiv hatte. Gerade auch vor dem Hintergrund, dass Sie beide heiraten wollten. Ein Kind von einer anderen Frau musste ihm da mehr als ungelegen kommen.«

Lina Matthiesen schüttelt den Kopf. »Sönke würde so etwas niemals tun. Ich kenne ihn anscheinend nicht so gut, wie ich geglaubt habe, aber das weiß ich.«

»Dann hoffen wir mal, dass Sie recht behalten. Ich brauche von Ihnen noch die Information, was Sie am vergangenen Samstag gemacht haben.«

»Bin ich jetzt etwa auch verdächtig?« Sie klingt

empört, dabei sollte sie sich doch eigentlich darüber im Klaren sein, dass sie neben ihrem Mann das stärkste Tatmotiv hat.

»Das ist reine Routine«, behauptet Thies. »Fangen Sie mit dem Aufstehen an und lassen Sie bitte nichts aus.«

# KAPITEL 20

## LINA

Samstagabend gegen zehn Uhr in Utersum: Anstatt gemütlich im Wohnzimmer auf der Couch zu sitzen, steht Lina mit verschränkten Armen in der Mitte des Raumes, während Sönke unruhig vor ihr auf und ab läuft. Innerlich bebt sie vor Wut. Sie muss ihn zur Rede stellen – jetzt sofort. Denn mit jeder Minute, die verstreicht, wird ihr Zorn nur noch größer.

Sönke scheint von ihren Gefühlen nichts zu ahnen und spielt den Unschuldigen. Er tut so, als habe er keinen blassen Schimmer, warum Broder und Hauptkommissar Hansen ihn überhaupt verdächtigen.

»Es ist wirklich eine Zumutung«, bemerkt er, »dass die Polizei dich so kurzfristig aufs Revier bestellt hat – und noch dazu am Wochenende! Wie ist die Vernehmung denn gelaufen?« Sein Tonfall klingt beiläufig, doch Lina kann er damit nicht mehr täuschen.

»Sie war sehr aufschlussreich«, entgegnet sie und behält ihn dabei genau im Auge. »Bisher habe ich mir den Kopf zerbrochen, wieso die Ermittler sich so auf dich als Verdächtigen versteifen. Ich meine: Warum solltest ausgerechnet du Pia Kuhn etwas angetan haben? Ich habe Broder sogar unterstellt, dass er seine Position als ermittelnder Staatsanwalt ausnutzt und sich aus Eifersucht dir gegenüber so ungerecht verhält.«

»Zuzutrauen wär's ihm. Kann doch ein Blinder sehen, dass er noch Gefühle für dich hat.« Sein Tonfall klingt verächtlich. Dabei hat er nun wirklich keinen Grund, sich Broder gegenüber überlegen zu fühlen.

Lina verpasst ihm einen Dämpfer. »Aber dann hat mir Hauptkommissar Hansen etwas sehr Interessantes über dich erzählt. Und auf einmal sehe ich den Fall mit völlig anderen Augen.«

Sönke unterbricht seine Wanderung durchs Zimmer und runzelt die Stirn. »Du darfst dem nicht alles glauben. Das gibt's in jedem zweiten Krimi, dass die Polizei blufft, um den Verdächtigen zu einem Geständnis zu bewegen. Selbst, wenn er unschuldig ist.«

Sie zieht die Augenbrauen hoch. »Willst du etwa behaupten, das Labor der Kriminaltechnik hätte seine Ergebnisse gefälscht?«

»Das nicht gerade.« Auf einmal klingt er beinahe kleinlaut.

»Also stimmt der DNA-Abgleich dann wohl doch?«

»Lina, ich …«

Sie baut sich vor ihm auf und ballt die Fäuste. »Pia Kuhn war schwanger bei ihrem Tod. Und laut Hansen bist du der Vater des Kindes. Ja oder nein?«

Seine Haut wird blass wie die Schale einer Herzmuschel. »Ich kann das erklären …«

Allmählich verliert sie die Geduld mit ihm. »Ja oder nein?«

Sönke weicht vor ihr zurück und kreuzt schützend die Arme. Auf einmal wirkt er sehr viel kleiner, so als wäre er geschrumpft. »Ja, aber reg dich jetzt bitte nicht auf. Das mit Pia war ein einmaliger Ausrutscher und es ist schon ewig her.«

Falls er geglaubt hat, sie mit seinen Worten zu beschwichtigen, täuscht er sich gewaltig. Stattdessen entflammt ihr Zorn nur aufs Neue. »Vier Monate! Also um Weihnachten rum. Da haben wir uns verlobt.«

»Genau. Danach habe ich sofort mit ihr Schluss gemacht.«

»Also war es doch mehr als ein Ausrutscher?«, hakt sie nach.

»Leg bitte nicht jedes Wort auf die Goldwaage! Die Sache war schnell vorbei und hat mir nichts bedeutet. Ich konnte doch nicht ahnen, dass Pia Monate später wieder auftaucht und verkündet, dass sie schwanger ist.«

Sie kann es nicht fassen. Selbst jetzt noch weigert er sich, die Verantwortung für seine Taten zu übernehmen. »Hast du auch mal darüber nachgedacht, was du *mir* damit antust?«

Sönke rauft sich die Haare. Auf seinem Hals erscheinen rote Flecken. »Die ganze Zeit über. Genau aus diesem Grund wollte ich die Angelegenheit mit Pia bereinigen, ohne dich mit reinzuziehen. Ich hab ihr zwanzigtausend Euro angeboten, wenn sie abtreibt.«

Sie wippt auf dem rechten Fuß. Für Sönkes Ausreden

und Beschwichtigungen fehlt ihr die Geduld. »Lass mich raten: Sie wollte nicht und da hast du sie getötet?«

Er reißt die Augen auf. »Natürlich nicht! Ich bin doch kein Mörder. Ich hab mein Angebot noch mal erhöht, aber Pia hat sich stur gestellt. Für sie war ich ein Goldesel. Sie wollte so viel wie möglich rausschlagen.«

»Oder sie wollte einfach nur ihr Kind behalten.« Lina wird laut. Auch wenn sie bezweifelt, dass sie damit endlich zu Sönke durchdringen kann. »Wieso hast du mir das überhaupt angetan? Wenn ich dir nicht genüge und du fremdgehen musst, wozu dann noch heiraten?«

»Weil ich dich liebe.« Der Schmerz in seinen Augen wirkt so echt, dass sie ihm beinahe glaubt. »Ich will das mit uns. Das werfe ich doch nicht einfach weg wegen eines blöden Fehlers.«

»Ein blöder Fehler? Wie kannst du nur so kaltschnäuzig sein! Wir reden hier von einem Kind. Hast du deinen Fehler korrigiert? Vielleicht mit deiner Magnum 44?«

»Du glaubst, ich hätte Pia erschossen?«, fragt er.

»Allmählich ja«, erwidert sie. »Anders lässt sich doch nicht erklären, wie du bei ihrem Tod so gleichgültig bleiben konntest. Spätestens, nachdem ich mit eigenen Augen ihre Leiche gesehen habe, hättest du mir alles erzählen müssen. Zusammen mit Pia ist immerhin auch dein Kind ums Leben gekommen.«

»Ein Embryo ist noch kein richtiges Kind.« Seine Stimme klingt kalt.

Drohend hebt Lina den Zeigefinger. »Komm mir nicht auf diese Tour!« Nun ist sie es, die beginnt, im Wohnzimmer auf und ab zu laufen, weil sie einfach nicht weiß, wohin mit ihrer Wut. »In fünf Monaten wärst du

Vater geworden. Das kann dich doch nicht völlig kaltlassen. Oder bist du ein Psychopath? Allmählich fange ich an, das zu glauben. So, wie du dich verhältst, das ist nicht mehr normal. Ich frage mich, was für einen Mann ich da überhaupt geheiratet habe.«

»Jetzt reicht's aber!« Sönke brüllt beinahe vor Wut. Er stapft auf die Wand mit dem Tresor zu und bleibt davor stehen. Mit ruppigen Bewegungen tippt er die Zahlenkombination ein. Als ein Piepen erklingt, greift er hinein und wühlt darin herum.

Lina reckt den Hals, kann aber trotzdem nichts erkennen. »Was machst du da?«

»Ich hole meine Magnum. Siehst du doch.« Er hält die Hand mit dem Revolver in die Höhe. Es klackt leise, als er die Waffe entsichert. Das Geräusch ist ihr vertraut, auch wenn sie Sönke nie auf seine Jagdausflüge begleitet. Doch zum ersten Mal klingt es bedrohlich.

»Entsichert.« Der Ausdruck in Sönkes Augen lässt sich nicht deuten.

Linas Herz rast. »Spinnst du? Leg sofort die Waffe weg!«

Doch Sönke hört nicht auf sie. Ganz im Gegenteil: Er richtet seine Magnum 44 direkt auf Lina und nähert sich ihr mit langsamen Schritten. »Denkst du, dass ich es so gemacht habe? Dass ich die Waffe auf Pias Kopf gerichtet und ihr in die Stirn geschossen habe?«

»Ich weiß es nicht.« Ihre Stimme zittert. Sie weicht vor ihm zurück, bis sie mit dem Rücken gegen das Bücherregal stößt. So heftig, dass mehrere Bücher zu Boden purzeln. »Bitte nimm den Revolver runter!«, fleht sie.

»Wenn Pia tatsächlich erschossen worden wäre, wieso

ist meine Magnum dann noch hier?« Er wedelt mit der Waffe vor ihrem Gesicht herum. »Warum wurde sie nicht kriminaltechnisch untersucht?«

»Keine Ahnung! Du machst mir Angst.«

»Das ist doch lächerlich! Du hast mich gerade erst geheiratet. Du weißt doch, dass ich kein Mörder bin. Los, sag es!«

Er greift mit der freien Hand nach ihrer Schulter, doch sie schüttelt ihn ab. »Fass mich nicht an! Wenn du mich hier und jetzt erschießt, wird Broder es herausfinden. Du hast keine Chance, das zu vertuschen.«

»Dich erschießen?« Sönke verzieht das Gesicht. »Jetzt drehst du wohl völlig durch. Wenn du das wirklich glaubst, dann nimm du die Waffe und töte mich!« Er hält ihr die Magnum wie eine Opfergabe hin.

Sie will nur noch weg von hier. »Hör auf damit!«

»Na, los!« Sönke umklammert Linas Handgelenk und versucht, ihr die Magnum in die Hand zu drücken. Als sie Widerstand leistet, beginnt er damit, ihre Finger gewaltsam auseinanderzubiegen und um den Schaft zu legen. Es tut weh, aber sie kämpft trotzdem gegen ihn an.

»Nimm sie und drück ab!«, verlangt er.

»Du bist ja wahnsinnig.« Ihre Stimme zittert vor Angst. »Das ist gefähr...«

Ein Schuss löst sich aus der Waffe.

# KAPITEL 21

UDO

Wenige Minuten später fahren Udo und seine Chefin Greta Jensen mit Blaulicht und Sirene von Wyk aus nach Utersum zum Haus von Lina und Sönke Matthiesen. Auch ein Rettungswagen ist angefordert. Doch als Udo in die Zielstraße abbiegt, ist von den Sanitätern noch nichts zu sehen. Die meisten Bewohner des kleinen Dorfes scheinen schon zu schlafen – es ist kurz vor zehn –, aber das Haus der Matthiesens ist voll beleuchtet.

Udo hält ein Stück die Straße runter, um Platz für den Rettungswagen zu lassen. Sein Puls rast und die Hände, mit denen er das Lenkrad umklammert, sind schweißnass. Er kann sich nicht erinnern, wann er das letzte Mal bei einem Einsatz so nervös gewesen ist.

Wortlos steigen er und Greta aus. Auch die Fahrt über haben sie die meiste Zeit geschwiegen. Im Gehen greift seine Chefin nach dem Funkgerät. »Einheit an Zentrale. Wir sind jetzt vor Ort und machen uns ein Bild der Lage.«

»Verstanden«, schallt es aus dem Funkgerät. »Wir halten das Rettungsteam auf Standby.«

Greta beendet das Gespräch. Vorsichtig nähert sie sich dem Haus. Udo folgt ihr. Vor der Haustür bleiben sie beide stehen. Greta zieht ihre Dienstwaffe.

Udos Zeigefinger verharrt über dem Klingelknopf. »Ich klingle, wenn du bereit bist.«

»Bereit.« Gretas Stimme hört sich gepresst an. Sie sieht Udo nicht an, sondern blickt zur Tür.

Er läutet und hält angespannt den Atem an.

»Warst du schon mal bei einer Schießerei?«, fragt sie mit gesenkter Stimme.

»Ja, aber das ist ewig her.«

»Bei mir auch. Hier passiert so was ja eigentlich nicht.« Greta versteift sich. »Achtung! Da kommt jemand.«

Nun hört Udo es auch. Leise Schritte aus dem Inneren des Hauses. Dann das Geräusch eines Schlüssels, der im Schloss herumgedreht wird. Gleich darauf wird die Tür geöffnet. Im Türrahmen steht eine Frau. Erst auf den zweiten Blick erkennt Udo in ihr Lina. Sie ist kreidebleich und hat Blutspritzer im Gesicht.

»Bitte!« Flehend sieht sie Greta in die Augen. »Sie müssen meinem Mann helfen! Ich glaube, er stirbt.«

Greta steckt ihre Waffe, mit der sie Udo gesichert hat, wieder ein. »Ganz ruhig, Frau Matthiesen. Sie haben den Notruf gewählt, nicht wahr? Ist das da Blut auf Ihrer Kleidung? Sind Sie verletzt?«

Lina blickt an sich herunter, so als würde sie die roten

Spritzer erst jetzt bemerken. »Nein, das ist nicht mein Blut. Es ist von meinem Mann. Er liegt angeschossen im Wohnzimmer. Er verblutet noch, wenn wir uns nicht beeilen.«

»Befindet sich außer dir noch jemand im Haus?«, fragt Udo.

»Nein, niemand. Wir haben keine Zeit für diese Fragen. Wir müssen ...« Linas Stimme versagt und sie wischt sich mit dem Handrücken über die feucht glänzende Wange.

»Was ist mit der Waffe?«, will Greta wissen.

»Ich hab sie in die Küche gebracht. Sie liegt auf der Arbeitsplatte.«

»Sind Sie selbst unbewaffnet?«

»Ja, natürlich«, erwidert Lina. Sie wirkt völlig aufgelöst und scheint keine Geduld mehr für weitere Fragen zu haben.

»Und Ihr Mann?«, hakt die Polizeichefin nach.

»Der auch.« Linas Stimme bebt. »Er ist keine Gefahr mehr. Bitte kommen Sie schnell.«

Udo tritt an ihr vorbei in den Flur. »In Ordnung. Zeig uns den Weg.«

Greta aktiviert die Verbindung ihres Funkgerätes mit einem Klick. »Einheit an Zentrale. Wir gehen jetzt ins Haus.«

»Verstanden«, erklingt es aus dem Lautsprecher. »Die Sanitäter bleiben auf Standby.«

Udo und Greta werden von Lina zum Wohnzimmer geführt. Die Tür ist nur angelehnt. Bevor sie den Raum betreten, atmet Udo noch einmal tief durch. Dann stößt er die Tür auf und geht voraus.

Auf den ersten Blick sieht alles ganz normal aus: ein

antiker Kachelofen mit blauweißen Fliesen, ein riesiger Flachbildfernseher, eine cremefarbene Couch und ein deckenhohes Bücherregal. Doch als Udo den Blick senkt, bietet sich ihm ein schauriger Anblick. Sönke Matthiesen liegt rücklings auf dem Fußboden. Er hat die Augen geschlossen und rührt sich nicht. Ein großer Blutfleck durchtränkt den unteren Teil seines blauen Kaschmirpullovers. Sieht nach einem Bauchschuss aus.

Udo geht vor dem Verletzten in die Hocke und berührt ihn am Arm. »Herr Matthiesen, können Sie mich hören?«

Keine Reaktion.

Vorsichtig umfasst er Matthiesens linkes Handgelenk, doch er spürt nichts. Er wendet sich zu Greta um, die sich über ihn beugt. »Er hat keinen Puls mehr.«

»Ist er tot?« Lina steht direkt neben Greta und mustert ihn aus verweinten Augen.

Udo bleibt ihr die Antwort schuldig. Stattdessen blickt er zum Fenster hinaus. Hoffentlich kommen die Sanitäter bald und lösen ihn ab. Doch vorher muss seine Chefin offiziell Entwarnung geben. Solange hier noch Gefahr drohen könnte, dürfen die Rettungskräfte das Haus nicht betreten.

Greta folgt Udos Blick. »Ich sehe nach der Waffe in der Küche. Mach du die Herzdruckmassage.«

»In Ordnung.« Während Greta das Zimmer verlässt, sinkt Udo auf die Knie. Sein letzter Erste-Hilfe-Kurs ist noch nicht lange her und theoretisch weiß er genau, was er tun muss. Allerdings wäre ihm bedeutend wohler, wenn Lina ihm nicht bei jeder Bewegung über die Schulter schauen würde.

»Wo bleibt denn nur der Krankenwagen?«, fragt sie.

»Der kommt gleich.« Wenigstens hofft Udo das.

»Wieso dauert das so lange?« Lina klingt völlig aufgelöst.

»Bitte bleib ruhig. Ich muss mich konzentrieren.« Er beginnt mit der Herzdruckmassage und zählt dabei leise mit. »Eins. Zwei. Drei. Vier. Fünf. Sechs. Sieben. Acht. Neun. Zehn. Elf. Zwölf. Dreizehn. Vierzehn. Fünfzehn. Sechzehn. Siebzehn ...«

Aus Richtung Küche ruft Greta ihm zu: »Die Waffe ist gesichert. Ich gebe jetzt dem Rettungsdienst Bescheid. Hilfe kommt gleich.«

Na endlich! Udo beißt die Zähne zusammen und macht weiter. Bis die Sanis ihn ablösen, muss er Matthiesen am Leben halten. »Fünfundzwanzig. Sechsundzwanzig. Siebenundzwanzig. Achtundzwanzig. Neunundzwanzig. Dreißig.« Er unterbricht die Massage und beatmet den Bewusstlosen zweimal mit dem Mund. Noch immer gibt es keinen Herzschlag. »Komm schon! Atme!« Mit wachsender Verzweiflung setzt Udo die Herzdruckmassage fort.

»Kann ich irgendwas tun?«, fragt Lina atemlos.

Er überlegt. Jede Aufgabe wäre gut, wenn sie dafür sorgt, dass Lina das Wohnzimmer verlässt. »Such die Versichertenkarte deines Mannes und seine Medikamente raus. Dann geh an die Straße und weis den Rettungswagen ein.«

»Ja, das ... natürlich!« Sie stürmt aus dem Zimmer.

Udo presst weiterhin seine Hände rhythmisch auf Matthiesens Brust. Wahrscheinlich hat er dem Mann mit seiner Behandlung längst ein paar Rippen gebrochen. »Eins. Zwei. Drei. Vier. Fünf. Sechs. Sieben. Acht.«

Draußen erklingt endlich ein Martinshorn. Udo seufzt vor Erleichterung auf. Aber er muss sich weiter auf seine Aufgabe konzentrieren. Sönke Matthiesens Leben hängt davon ab. Vor dem Fenster schlagen Autotüren zu. Udo zählt bis dreißig und beatmet erneut. Der Schweiß rinnt ihm in den Nacken und seine Arme beginnen von der Anstrengung zu zittern. Trotzdem fängt er wieder von vorne an.

Vom Flur her erklingen Stimmen. Zwei Sanitäter betreten den Raum mit einer Trage. Lina folgt ihnen. »Hallo!«, grüßen die Männer.

Udo unterbricht die Herzdruckmassage. »Gut, dass Sie hier sind. Er atmet nicht und hat auch keinen Puls.«

»Danke. Wir übernehmen jetzt«, erwidert der Kleinere der beiden. Die Sanitäter stellen ihre Trage auf dem Holzfußboden ab.

»Können Sie meinen Mann retten?« Linas Stimme klingt schrill vor Angst.

»Es wäre gut, wenn Sie kurz nach nebenan gehen«, sagt der Sanitäter. Mit gesenkter Stimme wendet er sich an seinen Kollegen: »Stefan, wir brauchen den Defi.«

»Was tun Sie da?«, fragt Lina. Ihre Augen weiten sich. »Was ist das für ein Gerät?«

Es wird Zeit für Udo, einzugreifen. Mit steifen Knien erhebt er sich, geht zu Lina und schiebt sie sanft aus dem Zimmer hinaus auf den Flur. »Bitte komm mit, Lina. Die Männer brauchen etwas Ruhe und ich habe noch ein paar dringende Fragen an dich.«

Ihr treten frische Tränen in die Augen. »Aber was, wenn Sönke stirbt, und ich bin nicht bei ihm?«

»Du kannst im Moment rein gar nichts für deinen

Mann tun. Gehen wir in die Küche. Da wartet meine Chefin.« Wenigstens hofft Udo das. Obwohl er und Lina sich eigentlich gut verstehen, möchte er gerade nicht mit ihr allein sein. Ihre Angst überfordert ihn.

Als Lina und er die Küche betreten, lehnt Greta entspannt gegen die Arbeitsplatte. Im Gegensatz zu Udo besitzt sie Nerven aus Stahl. Ohne Zögern geht sie auf Lina zu und berührt sie sacht am Arm. »Sie sehen fix und fertig aus. Bitte setzen Sie sich.« Greta deutet auf den Küchentisch und die darumstehenden Stühle.

Lina sieht Greta dankbar an. »Meine Beine zittern auch wie verrückt. Das alles kommt mir vor wie ein Albtraum.« Mit einem Plumps lässt sie sich auf einen Stuhl fallen.

Udo nimmt ebenfalls Platz. Dabei ist er eigentlich viel zu aufgekratzt, um zu sitzen. Er wendet sich an Lina. »Wie genau ist es denn überhaupt zu der Schussverletzung deines Mannes gekommen?«

»Der Schuss hat sich plötzlich gelöst. Es war ein Unfall.« Sie bricht erneut in Tränen aus.

Vergeblich kramt Udo in seiner Hosentasche nach einem Taschentuch. »Und wer von euch hielt die Waffe in der Hand?«

»Wir beide. Sönke und ich haben uns ganz fürchterlich gestritten. Mittendrin hat er die Magnum aus seinem Safe geholt und mich aufgefordert, ihn zu erschießen. Das wollte ich natürlich nicht. Er hat versucht, mir die Waffe in die Hand zu drücken und ich hab mich dagegen gewehrt.« Lina schnieft und wischt sich mit dem Handrücken über die Augen. »Wir haben beide an dem Revolver herumgezerrt. Dann gab es einen lauten Knall und ich hab einen starken Schmerz in der Hand gespürt –

wohl vom Rückstoß. Aber erwischt hat es Sönke. Er hat sich stöhnend an den Bauch gefasst und ist zusammengesackt.«

Greta läuft in der Küche auf und ab, so als würde sie dort Wache halten. »Ist die Magnum auf Ihren Mann registriert?«

»Ja«, erwidert Lina. »Er ist Jäger und hat einen Jagdschein.«

»Besitzt er weitere Waffen?«

»Er hat noch ein paar Messer und natürlich ein Gewehr.«

»Den Revolver habe ich sichergestellt«, sagt Greta. »Das Gewehr suchen wir später.« Sie unterbricht ihre Wanderung durchs Zimmer und blickt Lina fest in die Augen. »Frau Matthiesen, ich muss Sie leider bitten, uns aufs Revier zu begleiten.«

Lina, die eben noch völlig zusammengesunken auf ihrem Stuhl hing, richtet sich auf. »Aber das geht doch nicht! Ich muss mit meinem Mann in die Klinik fahren. Kann ich nicht später auf die Wache kommen?«

Der kleinere Sanitäter von vorhin betritt die Küche. »Frau Matthiesen?«

»Wie geht es meinem Mann?«

Der Sanitäter macht ein ernstes Gesicht. »Es tut mir sehr leid, aber unsere Reanimationsversuche waren nicht erfolgreich. Ihr Mann ist verstorben.«

Lina schluchzt auf. »Nein!« Sie vergräbt das Gesicht in den Armen auf dem Küchentisch.

Udo spürt einen dicken Kloß im Hals. Gerade mal zwei Tage ist es her, dass er Lina in ihrem Brautkleid gesehen hat. Damals hat eine glückliche Zukunft vor ihr gelegen. Doch nun sind all ihre Träume zerstört.

»Mein herzliches Beileid, Lina.« Er geht zur Küchen-
rolle, reißt ein Stück ab und legt es vor ihr auf dem Tisch
ab. Es kommt ihm unzureichend vor. Er möchte gern
mehr für sie tun, aber er weiß nicht, was. »Gibt es jemanden, den wir für dich anrufen sollen?«, fragt er leise.

# Kapitel 22

## BRODER

**B**roder und Emma besuchen ein kleines Fischrestaurant in Wyk Boldixum. Anfangs fühlt Broder sich noch befangen, doch während des Essens taut er auf. Die Unterhaltung plätschert angenehm dahin und beide meiden heikle Themen – insbesondere alles, was mit Lina und Arne zusammenhängt. Ehe Broder sich versieht, wird es Zeit für ihn, die Rechnung zu bezahlen. Gemeinsam mit Emma verlässt er das Restaurant und tritt hinaus in die kühle Abendluft. Eigentlich wäre nun der Augenblick gekommen, sich zu verabschieden. Doch er zögert. Warum, kann er sich selbst nicht ganz erklären.

Emma, die in ihrer hautengen Jeans und der kurzen Lederjacke wie eine coole Bikerbraut wirkt, sieht ihn lange an. »Das war ein wirklich schöner Abend und das Essen hat fantastisch geschmeckt. Danke für die Einladung.«

»Gern geschehen. Nach dem Desaster auf der Hochzeit hatte ich was gutzumachen.«

»Das stimmt. Aber lassen wir dieses Thema lieber. Gehen wir noch ein Stück durch Boldixum spazieren?«

Ihre Bitte kommt überraschend, aber er freut sich darüber. »Klar, wenn du willst«, erwidert er möglichst lässig.

Sie lächelt. »Das tue ich.«

Ihre Offenheit und dieses Selbstbewusstsein erstaunen ihn. War sie früher auch schon so? Wieso ist ihm das nie aufgefallen? Eine Weile geht er schweigend neben ihr her. Es ist lange her, dass er sich in der Gegenwart einer Frau so wohlgefühlt hat. Zehn Jahre vermutlich. Doch er will jetzt nicht an Lina denken.

»Was machen eigentlich deine Umzugspläne?«, fragt er schließlich.

»Sie nehmen Gestalt an. In Flensburg gibt es einen Bestatter, der einen Mitarbeiter sucht. Ich könnte mich dort bewerben.« Emma zögert. »Vorausgesetzt, du hast nichts dagegen.«

»Natürlich nicht. Warum sollte ich?«

»Na ja, weil ...« Sie beißt sich auf die Lippe und sagt nichts mehr.

Vor ihnen taucht die aus roten Backsteinen errichtete Nicolaikirche mit ihrem hohen Glockenturm auf. »Wieso hast du mich ausgerechnet zur Nicolaikirche geführt?«, fragt Broder überrascht.

»Weil wir reden müssen.« Sie klingt ungewohnt ernst. »Und das hier ist der passende Ort dafür.«

»Die Kirche ist doch bestimmt zu.«

»Dahin will ich auch gar nicht. Komm mit.«

Emma führt Broder auf den Friedhof, der die alte

Kirche umgibt. Dort stehen historische Grabsteine mit jahrhundertealten Inschriften, die von den Taten längst verblichener Walfänger erzählen. Aber es gibt auch neue Gräber. Der Kies knirscht unter ihren Füßen und der Duft von frisch gemähtem Gras mischt sich mit dem Zirpen der Grillen.

Trotz ihrer Umgebung schmunzelt Broder. »Du bist ganz schön morbide. Hat dir das schon mal jemand gesagt?«

»Ich mag Friedhöfe«, erwidert sie. »Und dieser hier ist besonders schön.« Sie deutet auf einen Grabstein aus dem achtzehnten Jahrhundert mit vielen Verzierungen. »Hast du dir je die Zeit genommen, die Inschriften auf den sprechenden Steinen zu lesen? Da kannst du ganze Lebensgeschichten entdecken.«

»Die willst du mir aber nicht zeigen, oder? Das hier ist der neue Teil des Friedhofs.«

»Ja, das stimmt. Wir sind gleich da.«

Broder beschleicht ein mulmiges Gefühl. Es verstärkt sich noch, als Emma den Kiesweg verlässt und auf einen schlichten Grabstein neueren Datums zugeht, den er nur allzu gut kennt. Am liebsten würde er kehrtmachen. Stattdessen zwingt er sich, weiterzugehen, setzt einen Fuß vor den anderen. Als er neben Emma vor dem Grab stehen bleibt, spürt er wieder die vertraute Enge in seiner Brust.

»Arne Jacobsen. Geliebter Sohn und Bruder. Verschollen auf See, aber unvergessen.« Er hätte die Inschrift gar nicht abzulesen brauchen, denn jedes einzelne Wort hat sich tief in seine Seele gebrannt. »Ich war seit Jahren nicht mehr an seinem Grab«, gesteht er mit leiser Stimme.

»Ich komme jeden Tag hierher.«

Noch etwas, das er über Emma nicht gewusst hat. Nachdenklich betrachtet er die gelben Osterglocken, die in voller Blüte stehen. »Sind die Blumen von dir?«

»Nein«, erwidert sie. »Die haben deine Eltern gepflanzt. Ich gieße sie nur und zupfe das Unkraut.«

»Das muss doch sehr belastend für dich sein, oder?« Er mag sich gar nicht vorstellen, wie Emma sich all die Jahre gefühlt haben muss.

»Anfangs schon, aber inzwischen finde ich es tröstlich. Ich konnte mich nie bei Arne für seine Hilfe bedanken oder mich entschuldigen, weil er meinetwegen sein Leben verloren hat. Sein Grab zu pflegen, ist das Einzige, was ich noch für ihn tun kann.«

»Er liegt nicht einmal darin.«

»Ich weiß. Das Meer hat ihn zu sich geholt.« Emmas Augen schimmern feucht.

Broder kann den Blick nicht von ihr abwenden. Dabei hat er all die Jahre weggesehen. Hat versucht, Arnes Tod zu verdrängen, und dabei Lina, seine Eltern und auch Emma schmählich im Stich gelassen. Gerade an Emma hat er kaum einen Gedanken verschwendet. Hat sich nie gefragt, wie sie damit klarkommt, dass Arne gestorben ist, weil er sie retten wollte. Dabei hätte er für sie da sein müssen. Damit hat er womöglich viel mehr Schuld auf sich geladen als durch die Fehler, die er an Arnes Todestag begangen hat.

Ihm steckt ein dicker Kloß im Hals, aber die Worte müssen trotzdem heraus. »Weißt du, Emma? Ich glaub, Arne würde überhaupt nicht wollen, dass du seinetwegen solche Schuldgefühle hast. Ich bin mir sicher, wo immer er jetzt auch sein mag, er hat dir längst verziehen.«

»Aber du nicht.« Ihr Tonfall klingt resigniert und in ihren Augen liegt ein tiefer Schmerz.

»Was? Das stimmt doch überhaupt nicht.«

»Du hast mich zehn Jahre lang gemieden. Aber nicht nur mich – auch diese wunderschöne Insel und das Meer.« Eine Träne löst sich aus ihrem Augenwinkel und rollt ihr die Wange hinab. Emma unternimmt nicht einmal den Versuch, sie wegzuwischen. Wie sie es schafft, gleichzeitig so stark und so verletzlich zu sein, ringt ihm Bewunderung ab.

»Sind wir deswegen hier?«, fragt er beklommen.

»Ja.« Emma dreht sich zu ihm um und sieht ihm offen ins Gesicht. »Ich möchte dir sagen, wie unglaublich leid es mir tut, dass du meinetwegen deinen Bruder verloren hast. Ich hätte das schon viel früher sagen sollen, aber damals hatte ich nicht den Mut dazu. Wenn ich es getan hätte, wärst du vielleicht geblieben.«

»Du glaubst, ich wäre *deinetwegen* weggegangen?« Broder muss sie falsch verstanden haben. Das kann Emma doch unmöglich ernst meinen!

»Etwa nicht?«

»Nein.« Er ist entsetzt, dass sie sich auch noch diese Schuld aufgebürdet hat. »Es waren meine eigenen Schuldgefühle, die mich von hier weggetrieben haben. Lina und ich hätten in jener Nacht besser auf dich achtgeben sollen, anstatt im Strandkorb wild rumzuknutschen. Du warst schließlich noch ein halbes Kind.«

Emma scharrt mit ihren Schuhen im Gras und verschränkt schützend die Arme vor der Brust. In diesem Moment erinnert sie ihn wieder an das vierzehnjährige Mädchen von damals. »Sag das nicht. Ich war alt genug, um in dich verliebt zu sein.«

»Was?« Broder fällt aus allen Wolken.

»Hast du das wirklich nicht gewusst?«

Fassungslos starrt er sie an. »Nein, ich hatte keine Ahnung.« Konnte ihm das tatsächlich entgangen sein?

Emma zuckt mit den Schultern. »War vermutlich besser so. Ist ganz schön armselig, in den Freund der großen Schwester verliebt zu sein.« Ihr Tonfall wird ernst. »Jedenfalls wollte ich an diesem Abend am Strand deine Aufmerksamkeit. Dich zum Schwimmen im Meer aufzufordern, war mein Versuch, mit dir zu flirten.«

Sie hebt die Hand und sieht ihn dabei an. »Bitte sag jetzt nichts! Hör mir einfach zu. Okay? Ich wusste natürlich, dass du nur Augen für Lina hattest und dass meine Gefühle falsch waren. Aber ich hatte mir am Osterfeuer ein wenig Mut angetrunken – ja, es gibt tatsächlich Leute, die so unvernünftig sind, einer Vierzehnjährigen Bier zu besorgen – und ich war aufgedreht und albern. Normalerweise wäre ich nie auf eine so bescheuerte Idee gekommen, wie nachts bei Sturm im Meer zu schwimmen. Aber für einen kurzen Moment fühlte ich mich unverletzbar. Völlig idiotisch – ich weiß.«

Ihre Selbstanklage tut ihm körperlich weh. »Emma, bitte! Ich hab in dem Alter doch auch total viel Quatsch gemacht. Ich hatte bloß einfach Glück, dass nichts davon so ernste Konsequenzen hatte.«

»Ich würde gern sagen, dass ich heute ein völlig anderer Mensch und über dich hinweg bin. Aber das wäre gelogen.« Sie atmet tief durch. »Ein Teil von mir will dich immer noch – trotz der Schmerzen, die ich dir und deiner Familie zugefügt habe. Und obwohl ich weiß, wie aussichtslos das ist.«

Plötzlich ist es auf dem Friedhof viel zu still. Nur die

Grillen zirpen noch. Broders Herz wummert wie verrückt. Er hat keine Ahnung, was er darauf erwidern soll, bis die Worte wie von selbst aus ihm heraussprudeln. »Ist es das?«

Emma starrt ihn mit großen Augen an. Sie wirkt so traurig und verloren, dass er sie am liebsten in den Arm nehmen würde. »Für dich hat es immer nur Lina gegeben. Selbst auf ihrem Polterabend musstest du sie ständig ansehen, obwohl du doch ganz genau wusstest, dass sie Sönke heiraten wird. Du konntest eben nicht anders.«

Emma ist eine verdammt gute Beobachterin und sie hat recht. »Vielleicht war ich genauso in der Vergangenheit gefangen wie du«, gibt Broder zu. »Ich hab mich da total in was verrannt, Emma. Das ist mir heute bei Sönkes Anhörung klar geworden. Aber damit ist nun Schluss. Ich hab den Fall abgegeben und ich werde Lina in Zukunft auch in Ruhe lassen. Wenigstens das bin ich ihr schuldig.«

»Glaubst du wirklich, dass du das schaffst?« Ihr Tonfall klingt skeptisch.

»Ja.« Er räuspert sich und fährt sich mit der Hand durchs Haar. Dabei war er in Emmas Gegenwart doch früher nie nervös. Inzwischen kann er nicht länger leugnen, dass er sie äußerst attraktiv findet. »Du hast mich da gerade kalt erwischt und …«

»Schon gut.« Ihr Lächeln wirkt traurig. »Du musst dazu nichts sagen.«

»Ich will das aber.« Wenn sie ihm gegenüber so offen ist, schuldet er ihr auch eine ehrliche Antwort. Selbst wenn es ihm schwerfällt, die Dinge, die ihm gerade durch den Kopf gehen, in Worte zu fassen. »Ich hab all die Jahre in dir immer nur Linas kleine Schwester gesehen. Aber die letzten Tage haben mir gezeigt, dass du so viel mehr bist als das.« Er nimmt seinen Mut zusammen und blickt ihr ins Gesicht. »Ich möchte dich gern besser kennenlernen und sehen, wohin das führt.«

Emmas trauriges Lächeln verwandelt sich in ein Strahlen, das sein Innerstes wärmt. Nie hat sie schöner ausgesehen als in diesem Augenblick. »Hört sich gut an. Darf ich dich küssen?«, fragt sie beinahe schüchtern.

Er schluckt. Es geht alles so schnell und kommt so überraschend. Kurz ertappt er sich bei der Frage, was Lina wohl davon halten würde. Doch das sollte ihn nicht länger kümmern. Wenn er tatsächlich mit der Vergangenheit abschließen will, braucht er sich nur zu fragen, was er selbst möchte. Die süße Sehnsucht, die er verspürt, lässt eigentlich keinen Zweifel zu.

»Ja. Unbedingt.« Ganz langsam kommt er Emma ein Stück entgegen. Zuerst berühren sich ihre Lippen beinahe keusch, doch schon bald vertiefen sie ihren Kuss. Broders Bauch kribbelt, als würde ein Schwarm winziger Fische darin herumschwimmen. Zärtlich greift er in Emmas Haar und spielt mit den blonden Strähnen.

Sie kichert leise und streicht mit dem Zeigefinger über sein Kinn. »Dein Dreitagebart kitzelt.« Diese einfache Berührung genügt, um Broder eine Gänsehaut zu bescheren.

»Soll ich mich rasieren?«

»Auf gar keinen Fall! Alles ist perfekt so, wie es ist.« Wie zum Beweis ihrer Worte küsst Emma ihn erneut. Broder spürt ihr Lächeln auf seinen Lippen. Ein warmes Glücksgefühl durchströmt ihn. So hat er schon ewig nicht mehr empfunden.

Das Rauschen des Windes wird von einem Handyklingeln durchbrochen. Mit einem leisen Seufzen löst Emma sich von ihm und kramt ihr Smartphone aus der Handtasche. »Meine Mutter. Ganz mieses Timing, wie immer!«

Broder tritt einen Schritt zurück. »Geh ruhig ran.«

»Also schön. Ich wimmle sie ab, okay?« Sie nimmt den Anruf an und schaltet die Freisprechfunktion an. »Hallo Mama. Du, es ist gerade schlecht. Ich bin unterwegs und ...«

Durch den Handylautsprecher ist ein Schluchzen zu hören, das Broder durch Mark und Bein geht. »Emma, bitte komm nach Hause!«, presst ihre Mutter hervor. »Es ist was Schreckliches passiert.«

Emma runzelt die Stirn. »Mama, beruhig dich erst mal. Was ist denn überhaupt los?«

»Sönke ist tot.«

»Was?« Emmas Augen weiten sich. Sie tauscht einen Blick mit Broder aus, der regungslos neben Arnes Grabstein wartet.

»Deine Schwester wurde festgenommen«, fährt ihre Mutter fort. »Lina schwört, dass es ein Unfall mit Sönkes Revolver war. Aber es gab vorher einen Streit und sie hat Schmauchspuren an den Händen, deshalb hält die Polizei sie für ...« Sie bricht schluchzend ab. »Sönke hat sie wohl mit einer anderen Frau betrogen, die jetzt schwanger ist – oder war. Ich hab das nicht so genau verstanden.«

»Das ist ja grauenvoll«, erwidert Emma mit zittriger Stimme. »Ich mach mich sofort auf den Weg. Gib mir noch fünf Minuten, okay? Bis gleich!« Sie beendet das Telefonat und verstaut ihr Smartphone wieder in der Handtasche.

»Du hast ja gehört, was gerade bei uns los ist. Ich

würde so gern noch bleiben, aber das Schicksal hat sich wohl gegen uns verschworen.«

Broder verstummt, weil ihm die Worte fehlen. Gerade erst hat er sich innerlich von Lina losgesagt. Doch dass diese ihren Mann erschossen haben soll, geht ihm an die Nieren. Binnen weniger Augenblicke ist die Euphorie seiner Küsse mit Emma verflogen und die grausame Realität hat ihn wieder eingeholt.

Trotzdem spürt er immer noch ein leichtes Flattern in seiner Brust – und das dringende Bedürfnis, Emma zu beschützen. Endlich weiß er, was er sagen will. »Ich glaube nicht an Schicksal und so kurz nach dieser Nachricht solltest du kein Auto fahren. Ich bringe dich zu deinen Eltern.«

»Bist du sicher, dass du das willst?«, fragt sie zögernd.

Ihre Unsicherheit versetzt ihm einen Stich. Aber er hat ja selbst Schuld, nachdem er Emma jahrelang die kalte Schulter gezeigt hat. Da gibt es einiges wiedergutzumachen. »Ja, absolut. Wo steht dein Wagen?«

»Komm mit. Ich zeig es dir.«

Gemeinsam verlassen sie den nächtlichen Friedhof. Emma läuft dicht neben ihm und streift im Gehen seine Hand. Die Berührung hinterlässt ein warmes Prickeln auf seiner Haut. Die Straßen sind leer und es wird empfindlich kühl. Broder klappt den Kragen seiner Jacke hoch. »Ich kann mir nicht vorstellen, dass Lina Sönke erschossen hat. Das muss ein Unfall gewesen sein. Selbst im Streit wäre sie zu so etwas gar nicht fähig.«

»Hoffen wir, dass du recht behältst«, erwidert Emma düster.

Er gerät vor Überraschung ins Straucheln, fängt sich aber wieder. »Was meinst du damit?«

Sie weicht seinem prüfenden Blick aus. »Ach, gar nichts! Vergiss es!«

Mit dieser Bemerkung erreicht sie natürlich nur, dass er jetzt erst recht wissen will, was sie meint. »Nun spuck's schon aus!«

»Du ermittelst nicht mehr im Fall Pia Kuhn, oder?«

»Richtig. Aber was hat das damit zu tun?«

Emma zögert. »Was ich dir jetzt verrate, muss unter uns bleiben. Etwa zwei Wochen vor der Hochzeit hat mich Pia Kuhn aufgesucht.«

»Wieso hast du das denn nicht gesagt?«, fragt Broder, »Das musst du der Polizei melden.«

»Muss ich nicht, wenn ich damit eine nahe Verwandte belaste«, entgegnet sie. »Jedenfalls hat Pia Kuhn sich an mich gewandt, weil wir uns flüchtig von der Beerdigung ihrer Nachbarin kennen, die ich als Bestatterin begleitet habe. Sie wirkte völlig verzweifelt. Sönke hat sie wohl zu einer Abtreibung gedrängt und ihr verboten, sich wieder bei ihm zu melden.«

Obwohl der Mann ihm eigentlich leidtun sollte, nachdem er gerade erschossen wurde, ist Broder entsetzt. »Aber das darf er gar nicht.«

Emma beschleunigt ihre Schritte und zieht die Schultern hoch. »Natürlich nicht. Trotzdem hat er ihr gedroht, dass er sie wegen Rufschädigung verklagt, wenn sie öffentlich macht, dass das Baby von ihm stammt. Er wollte es auf keinen Fall in seinem Leben haben. Angeblich, weil er damit Linas Gefühle verletzen würde.«

»Was für ein ...! Nein, so rede ich nicht über einen Toten.«

»Trotzdem hast du recht«, kommentiert sie. »Wir sind da.« Emma bleibt vor einem am Straßenrand geparkten Leichenwagen stehen und kramt ihren Auto-schlüssel aus der Handtasche. Es piept leise, als sie per Funk das Auto aufschließt. Danach drückt sie Broder den Schlüssel in die Hand, wobei ihre Finger sich kurz berühren. »Hier, der Schlüssel.«

Wieder spürt Broder ein leichtes Kribbeln in den Händen. »Danke! Cooler Wagen. So was bin ich noch nie gefahren.«

Emma schmunzelt. »Meine Mutter liegt mir ständig in den Ohren, ich soll mir privat ein zweites Auto kaufen. Aber wozu? Der Leichenwagen tut es doch auch.«

»Stimmt.« Emma ist wirklich etwas speziell – aber auf die gute Art. Broder hält ihr die Beifahrertür auf, dann nimmt er auf dem Fahrersitz Platz, macht sich mit der Armatur vertraut und startet den Motor.

Emma schnallt sich an. »Den Weg zu meinen Eltern kennst du noch, oder?«

»Ja, klar.« Er blinkt und fährt los. »Den bin ich oft genug mit dem Rad gefahren, damals als ... Irgendwie ist die ganze Situation schon schräg.«

»Du meinst, weil Lina meine Schwester ist?«

»Ja, das auch. Und dass ich dich schon gekannt habe, als du noch ein kleines Mädchen warst. Aber ist ja auch egal. Du hast also mit Pia Kuhn geredet – und dann?«

»Sie war völlig verzweifelt. Hat damit gedroht, sich das Leben zu nehmen. Ich musste sie beruhigen. Also habe ich ihr gesagt, dass ich noch mal mit Sönke reden und ihn zur Vernunft bringen würde.«

Broder knirscht mit den Zähnen. »Lass mich raten: Er hat nicht auf dich gehört?«

»Ich hatte nie vor, mit ihm zu sprechen«, erwidert

Emma. »Stattdessen bin ich zu Lina gegangen und habe ihr alles erzählt, damit sie Sönke ins Gewissen redet.«

»Du hast Pia Kuhn belogen?« Wie auf Autopilot setzt Broder den Blinker und biegt ab.

»Zu ihrem eigenen Besten. Außerdem ist Lina meine Schwester. Ich war es ihr schuldig, dass sie die Wahrheit erfährt – für den Fall, dass sie Sönke danach nicht mehr heiraten will.«

So viele Gedanken zischen Broder gleichzeitig durch den Kopf, dass er große Mühe hat, sich aufs Fahren zu konzentrieren. »Und? Wie hat sie reagiert?«

»Erstaunlich gefasst. Deswegen hat es mich auch nicht überrascht, dass Sönke und sie sich ausgesprochen und trotz allem geheiratet haben. Wenigstens bin ich bis eben davon ausgegangen.«

»Aber das hätte sie doch niemals gemacht. Nie im Leben hätte Lina das Thema totgeschwiegen und wäre Sönkes Frau geworden, nur um dann zu ... Das ergibt doch überhaupt keinen Sinn. Es sei denn ...« Er zögert, diesen absurden Gedanken überhaupt auszusprechen. »Hast du eine Ahnung, wie Sönke sein Erbe geregelt hat?«

»Soweit ich weiß, besaß er kein Testament.«

Broder starrt durch die Windschutzscheibe hinaus in die schwarze Nacht. Eigentlich will er diesen Gedankengang nicht weiter verfolgen, aber es lässt ihm keine Ruhe. »Dann wäre die Hälfte seines Eigentums an seine Frau gegangen, die andere Hälfte an sein Kind. Er war ziemlich reich, oder?«

»Vermutlich ja«, räumt Emma ein. »Ihm gehörten das Haus in Nieblum, in dem er sein Büro hatte, und noch zwei weitere Immobilien. Allein die müssten schon einige Millionen wert sein.«

»Und das Haus in Utersum?«

Sie rutscht auf dem Beifahrersitz herum. Fast wirkt es so, als wolle sie am liebsten auf freier Strecke aussteigen, um dieser Unterhaltung auszuweichen. Aber schließlich spricht sie doch noch: »Da sind er und Lina zu gleichen Teilen im Grundbuch eingetragen. Aber es ist noch nicht abbezahlt. Das könnte Lina sich allein auch gar nicht leisten mit ihrem Gehalt.«

Ein kalter Schauder jagt ihm über den Rücken und er umklammert das Lenkrad wie einen Rettungsanker. »Dir ist klar, was das bedeutet, nicht wahr? Deine Schwester hatte ein starkes Motiv, Pia Kuhn zu töten, um Sönkes Erbe nicht teilen zu müssen.« Er riskiert einen kurzen Seitenblick zu Emma, die ganz blass geworden ist.

»Deswegen habe ich den Ermittlern ja auch nichts erzählt«, sagt sie leise.

»War vermutlich besser so, obwohl ich das eigentlich nicht sagen sollte.« Er atmet tief durch und geht vom Gas. Sie haben ihr Ziel fast erreicht. »Hast du Jonte Roeloffs eigentlich gekannt?«

»Den toten Strandkorbwächter?«, fragt sie. »Nein, *ich* nicht. Aber Lina war mit ihm befreundet, soweit ich weiß. Vergiss nicht, da vorne links abzubiegen.«

»Sorry. Jetzt war ich doch abgelenkt.« Er bremst ein wenig zu scharf und betätigt den Blinker. Gerade noch rechtzeitig bekommt er die Kurve und biegt in die Zielstraße ein. Vor einem Walmdachhaus mit grünen Sprossenfenstern, dessen Anblick ihm beinahe so vertraut ist wie der seines Elternhauses, parkt er den Wagen. »So, da wären wir. Soll ich dich noch zur Tür bringen?«

»Heute lieber nicht. Meine Mutter klang fix und fertig. Sie will bestimmt niemanden sehen.«

»Schon klar. Blöde Frage!« Broder steigt aus, umrundet das Fahrzeug und hält Emma die Tür auf.

Sie bedankt sich bei ihm mit einem Lächeln, sieht dabei aber traurig aus. »War es nicht. Sehen wir uns morgen?«

»Klar. Wenn du willst.« Die Antwort kommt ihm über die Lippen, ohne dass er darüber nachdenken muss.

»Natürlich will ich. Und ich möchte einen Gute-Nacht-Kuss.« Sie beugt sich zu ihm vor und küsst ihn zärtlich auf die Lippen. Dieser keusche Kuss fühlt sich sogar noch intimer an als die Küsse, die sie vorhin auf dem Friedhof ausgetauscht haben. Emma streicht Broder durch das Haar. »Jetzt geht's mir gleich viel besser.«

Er zieht sie an sich und möchte sie am liebsten gar nicht mehr loslassen. »Mir tut das alles so leid. Wenn du nachher noch reden willst, ruf an – egal, wie spät es ist.«

»Wir reden morgen.« Sanft löst sie sich aus seinem Griff. »Komm gut nach Hause!«

»Danke. Bis dann!« Er sieht Emma nach, wie sie die wenigen Meter bis zur Haustür zurücklegt, um ihre Mutter zu trösten. Sie wirkt so unglaublich tapfer. Nur zu gern würde er den Schmerz von ihr fernhalten, doch das kann er nicht. Aber für sie da sein, das will er ab jetzt. Auch wenn er keine Ahnung hat, wie er das Lina beibringen soll.

# KAPITEL 23

## THIES

Sonntagvormittag in der Kieler Rechtsmedizin: Thies sieht Dr. Nele Peters und Dr. Martin Schmidt bei einer Obduktion zu. Auf dem Tisch liegt das Schussopfer Sönke Matthiesen. Die beiden Ärzte haben bereits die Organe entnommen, sie gewogen, Proben gesichert und alles zurück in den Körper gelegt. Nun nähen sie die Schnitte zu, um den Leichnam für die Bestattung vorzubereiten.

Thies sitzt auf einem Zuschauerstuhl und gähnt verstohlen hinter vorgehaltener Hand. Ein Anruf der Staatsanwaltschaft hat ihn viel zu früh aus dem Schlaf gerissen. Wenigstens musste er dieses Mal nicht die erste Fähre nach Föhr nehmen, sondern brauchte nur bis nach Kiel zu fahren.

Dr. Peters diktiert bei der Arbeit: »Abschließendes Fazit der Obduktion: Verantwortlich für den Tod des einundvierzigjährigen Sönke Matthiesen ist eine Perforation des Bauchraums durch Eindringen einer Revolverkugel, Kaliber 44. Dabei wurde – neben Verletzungen des Fett- und Muskelgewebes – der Magen perforiert. Die Folgen waren ein Austritt von Mageninhalt und eine Einblutung in die Bauchhöhle.«

Thies hält das Wichtigste auf seinem Block fest. »Genau wie wir es uns gedacht haben. Bitte machen Sie zur Sicherheit trotzdem ein toxikologisches Gutachten.«

»Ist notiert. Sonst noch was?«

»Können Sie anhand der von Ihnen beschriebenen Schmauchspuren und der leichten Verletzungen an den Fingern des Toten nun sagen, ob es Sönke Matthiesen war, der den Abzug der Magnum 44 heruntergedrückt hat?«

»Leider nicht«, antwortet die Rechtsmedizinerin. »Wie schon erwähnt, haben beide Eheleute Schmauchspuren und Hautverletzungen durch den Rückstoß davongetragen. Die Spurenlage weist darauf hin, dass sowohl Lina Matthiesen als auch Sönke Matthiesen die Waffe angefasst haben, während diese abgefeuert wurde. Doch wer von beiden für den Schuss verantwortlich ist, lässt sich nicht abschließend klären. Meinen Bericht bekommt die Staatsanwaltschaft Dienstag – spätestens Mittwoch – auf den Tisch. Ich beeile mich, aber schneller geht's leider nicht.«

»Schon in Ordnung.« Thies lehnt sich in seinem Stuhl zurück. »Der Jacobsen wäre selbst hergekommen und hätt sich das Ganze angesehen – auch am Sonntag. Aber er ist halt nicht zuständig.«

Dr. Peters legt Nadel und Garn zur Seite. »Er hat ja auch schon zwei offene Tötungsdelikte auf Föhr.«

189

»Nicht mehr. Die hat Jacobsen abgegeben, nachdem die Ermittlungen in sein privates Umfeld geführt haben. Und den neuen Fall konnte er auch nicht übernehmen, weil der Tote der Ehemann seiner verflossenen Jugendliebe ist.«

Dr. Schmidt, der gerade die Instrumente zusammenräumt, macht große Augen, sagt aber nichts dazu. Seine Kollegin Dr. Peters ist da weniger zurückhaltend. »Ach nee! Das müssen Sie mir genauer erzählen. Hier in der Rechtsmedizin verpassen wir immer den spannenden Kram. Lassen Sie uns die Tage mal wieder einen Kaffee trinken gehen.«

»Gern.« Thies steht auf und streckt die müden Glieder. »Aber jetzt muss ich nach Hause zu Frau und Kindern. Ihnen noch einen schönen Restsonntag!«

BRODER

Am Sonntagvormittag spaziert Broder mit seinen Eltern den neuen Bohlenweg entlang, der von Nieblum aus über die Dünen in Richtung Wyk führt. Zu Broders Linken wiegt sich der Strandhafer sanft im Wind, zu seiner Rechten funkelt die Sonne auf den Meereswellen. Doch er kann die Aussicht nicht genießen. Immer wieder schweifen seine Gedanken zu dem gestrigen Abend ab. Zu Emmas Küssen, aber auch zu der Schießerei und der bangen Frage, wie es Lina geht.

Als seine Mutter und sein Vater auf einer Holzbank am Wegrand eine Pause einlegen, hält Broder es nicht mehr aus. Er zückt sein Smartphone und ruft Thies Hansen an. Doch der Hauptkommissar stellt sich stur. »Kommen Sie, Herr Hansen. Irgendwas werden Sie mir doch wohl sagen dürfen.«

»Sie sind kein Teil der Ermittlungen mehr, also nein«, sagt Thies Hansen. »Tut mir leid. Dor kann ik nix moken.«

Broder rauft sich die Haare. »Ich möchte doch nur wissen, ob die Staatsanwaltschaft für Lina Matthiesen Untersuchungshaft beantragen wird.«

»Warum warten Sie nicht einfach ab? Bis heute Abend haben Sie Ihre Antwort doch ohnehin. Entweder wird Frau Matthiesen nach der richterlichen Anhörung auf freien Fuß gesetzt oder eben nicht.«

Die Gelassenheit ins Hansens Tonfall beruhigt Broder leider kein bisschen. Nervös tigert er auf dem Bohlenweg auf und ab. »Und der Fall Roeloffs? Gibt's dabei Fortschritte?«

»Auch dazu darf ich nichts sagen«, erwidert der Hauptkommissar. »Warum genießen Sie nicht einfach Ihren freien Sonntag und das schöne Wetter, solange es noch anhält? Schon morgen soll es stürmisch werden und Gewitter geben. Ich mache jetzt auch Feierabend.«

»Sie lassen sich wirklich nicht weichkochen, was?« Broder ahnt, dass er Hansen nicht mehr umstimmen kann. »Na, dann noch einen schönen Sonntag!« Frustriert beendet er das Telefonat und kehrt zurück zu der Bank, auf der seine Eltern sitzen.

»Wurt uk tidj!«, bemerkt Leif. »Können wir weiter?«

»Ja, ich bin fertig mit Telefonieren. Und ihr?« Broder mustert seine Mutter und seinen Vater, die sich gemächlich von ihrem Sitzplatz erheben. »Seid ihr euch sicher, dass ihr nicht ins Friesenstübchen zurückmüsst? Es ist Traumwetter und Wochenende.«

»Die Moni hält für uns die Stellung«, sagt Maren. »Hauptsache, wir sind vor dem großen Ansturm am Nachmittag wieder da. Wer weiß schon, wann du uns das nächste Mal besuchen kommst. Das müssen wir ausnutzen.«

Zu dritt setzen sie ihren Spaziergang über den Holzbohlenweg fort. Broder spürt die Wärme der Frühlingssonne in seinem Nacken und die sanfte Brise in seinem Haar. Auf einmal wünscht er sich, Emma wäre hier. »Es könnte sein, dass ich in Zukunft etwas öfter vorbeigucke«, bemerkt er.

Maren klopft ihm im Gehen auf die Schulter. »Dann ist dein Date mit Emma wohl gut gelaufen? Hat as rocht woor smok!«

»Bis zum Anruf ihrer Mutter, ja. Aber dass Lina festgenommen wurde, war natürlich ein großer Schock für uns beide.«

Leif zieht die Augenbrauen hoch. »Das hat dich schockiert? Nicht die Tatsache, dass Linas Mann erschossen wurde?«

Broders Wangen erhitzen sich. »Das natürlich auch. Es gab im Todesfall Pia Kuhn ein paar Verdachtsmomente gegen ihn – die Einzelheiten darf ich euch nicht erzählen. Aber Lina hab ich immer für unschuldig gehalten.«

»Weil du sie früher mal geliebt hast«, sagt Maren.

»Weil Jonte Roeloffs ein Armband von ihr trug, als er gefunden wurde.«

»O mein Gott!« Maren schlägt sich die Hand vors Gesicht.

Halb bereut er bereits, dass er das Thema überhaupt zur Sprache gebracht hat. »Das muss unbedingt unter uns bleiben. Außer mir weiß niemand davon.«

»Du hast das für dich behalten?« Leif klingt fassungslos.

Verlegen weicht Broder seinem Blick aus. Er weiß ja selbst, dass er Mist gebaut hat. »Es war ein Lederarmband, das ich Lina vor einer halben Ewigkeit geschenkt habe.«

Maren zieht die Stirn kraus. »Jetzt erinnere ich mich. Du hast das Ding damals selbst geflochten.«

Broder vergräbt die Hände in den Taschen seiner Sommerjacke. »Ja, genau das. Dass Jonte Roeloffs es in seinem Besitz hatte, ergab erst mal keinen Sinn. Später habe ich es mir dann so erklärt, dass der Mörder es ihm post mortem umgebunden haben könnte, um Lina zu belasten. Wäre sie selbst die Täterin gewesen, hätte sie es doch auf jeden Fall entfernt. Aber dann ist mir noch ein weiterer Gedanke gekommen: Was, wenn die Tat gar nicht *ihr* angehängt werden sollte, sondern *mir*?«

Leif schüttelt den Kopf. »Dazu hatte niemand einen Grund. Du warst in den letzten zehn Jahren kaum hier.«

»Womöglich hat Sönke mich trotzdem als Bedrohung empfunden. Es kam mir gleich komisch vor, dass er mich als Linas Ex-Partner auf seinen Polterabend und sogar auf die Hochzeit eingeladen hat.«

Maren wirkt nicht überzeugt. »Ich glaube, du wirst ein wenig paranoid. Du warst doch noch auf dem Festland, als dieser arme Mann getötet wurde – oder nicht?«

Broder zuckt mit den Schultern. »So genau lässt sich der Todeszeitpunkt nicht mehr eingrenzen, nachdem die Leiche schon mehrere Tage im Wasser gelegen hat.« Er holt tief Luft. »Es gibt auch noch eine dritte Option.«

»Und die wäre?«, fragt Leif.

»Nach dem, was Udo Harksen vom Bruder des Opfers erfahren hat, war Jonte Roeloffs wohl mehr oder weniger heimlich in Lina verliebt. Er könnte ihr das Armband also auch gestohlen haben.«

»Ist das nicht etwas weit hergeholt?«

»Vielleicht nicht gestohlen«, räumt Broder ein. »Lina könnte das Armband auch verloren haben und Jonte Roeloffs hat's gefunden und behalten.«

Sein Vater schmunzelt. »Ich meinte: Ist es nicht etwas weit hergeholt, zu glauben, dass Lina dein Armband all die Jahre getragen hat?«

Broder stutzt. »Vermutlich schon.« Nur weil er Lina nie ganz vergessen konnte, muss es ihr ja nicht genauso gegangen sein.

Leif schüttelt den Kopf. »Von deinen Überlegungen bekomme ich einen Knoten im Gehirn.«

Maren schmunzelt. »Wahrscheinlich ist es ganz gut, dass jemand anderes die Fälle nun bearbeitet. Du steigerst dich da in was rein.« Sie hakt sich bei Broder ein. »Erzähl uns lieber noch ein wenig von deinem Date mit Emma.«

# KAPITEL 24

## LINA

Am Sonntagnachmittag kehrt Lina mit der Uthlande, einer Fähre der Wyker Dampfschiffreederei, zurück nach Föhr. Bei ihrer Ankunft im Hafen von Wyk fühlt sie sich vollkommen ausgelaugt. Ihr Kopf schmerzt und ihre Augen brennen von den vielen Tränen, die sie vergossen hat. Als sie über die gläserne Fußgängerbrücke von Bord geht, entdeckt sie ihre Schwester, die am Anleger auf sie gewartet zu haben scheint.

Emma eilt auf sie zu und schließt sie fest in die Arme. So fest, dass Lina kaum noch Luft bekommt. »Gott sei Dank haben sie dich gehen gelassen!«

»Das war alles so fürchterlich!« Allein die Erinnerung treibt Lina frische Tränen in die Augen. »Und Sönke – wie er da auf dem Boden lag, so voller Blut ... Diesen Anblick werde ich niemals vergessen.«

»Wenigstens hast du das Schlimmste jetzt über-
standen.«

»Vielleicht auch nicht.« Lina wischt sich mit dem
Handrücken über die feuchten Wangen. »Ich kann
immer noch angeklagt werden.« Im Schneckentempo
folgt sie Emma in Richtung Parkplatz. Vermutlich ist es
ganz gut, dass sie kein Gepäck dabeihat, denn ihre Arme
und Beine fühlen sich so wabbelig an wie eine gestrandete
Qualle.

»Fürchtest du dich?«, fragt Emma – so leise, dass ihre
Worte beinahe im Rauschen des Windes und dem
Geschrei der Möwen untergehen.

Lina horcht in sich hinein und schüttelt dann den
Kopf. »Vor allem verspüre ich eine große Leere in mir. Ich
kann es immer noch nicht richtig fassen, dass Sönke tot
ist. Erst vorgestern haben wir uns versprochen, den Rest
unseres Lebens miteinander zu verbringen. Ich hab mich
auf unsere Flitterwochen gefreut und mir ausgemalt, wie
wir eine Familie gründen und zusammen alt werden.
Diese ganze Zukunft ist auf einmal weg – von einer
Sekunde auf die andere.«

»Es tut mir so leid. Ich wünschte, ich könnte dir
helfen.«

»Das tust du doch schon, indem du mich bei dir über-
nachten lässt, solange unser Haus versiegelt ist.« Schon von
Weitem fällt Lina Emmas schwarzer Leichenwagen auf, der
auf dem Parkplatz für Kurzparker direkt am Anleger steht.
Sie findet das Fahrzeug furchtbar, hat es aber nie übers
Herz gebracht, ihre Meinung offen auszusprechen. Der
Gedanke, dass Sönke womöglich darin abtransportiert
wurde, lässt sie erschaudern. »Ich könnte es gerade sowieso

nicht ertragen, nach Hause zurückzukehren. Und zu unseren Eltern will ich auch nicht. Das Mitleid und die vielen Fragen würden mich wahnsinnig machen.«

»Das verstehe ich gut«, erwidert Emma. »Bleib, solange du willst. Ich hab reichlich Platz. Eines solltest du allerdings wissen.«

»Was denn?«, fragt Lina.

Emma zückt ihren Schlüssel und schließt das Auto per Funk auf. »Ich treffe mich mit Broder.« Ohne eine Antwort abzuwarten, steigt sie in den Wagen und schließt schwungvoll die Fahrertür.

Lina nimmt auf dem Beifahrersitz Platz. Mit zittrigen Fingern versucht sie, sich anzuschnallen, doch es gelingt ihr nicht. »Was? Ich dachte, ich hatte mich klar ausgedrückt.«

»Das hast du auch.« Ihre Schwester startet den Motor und fährt los, obwohl Lina immer noch nicht angeschnallt ist. »Ich finde es schade, dass du ein Problem mit uns hast. Aber deswegen werde ich Broder nicht aufgeben. Davon abgesehen finde ich es unfair, dass du ihm an deiner ruinierten Hochzeit die Schuld gibst. Und für alles, was danach passiert ist, kann er erst recht nichts.«

Endlich gelingt es Lina, den Sicherheitsgurt einrasten zu lassen. »Ich weiß. Aber es ist nicht nur das. Ein Teil von mir hängt immer noch an Broder. Ich sollte längst über ihn hinweg sein und ich liebe ja auch Sönke. Aber trotzdem macht es mir was aus, euch beide zusammen zu sehen.« Sie mustert Emma von der Seite. »Kannst du dir nicht jemand anderen suchen?«

»Warum sollte ich? Früher, als unsere Rollen

vertauscht waren, hat es dich doch auch nicht gekümmert.« Emmas Tonfall klingt vorwurfsvoll.

»Du warst noch ein halbes Kind und Broder war viel zu alt für dich. Deine Schwärmerei für ihn konnte ich nie ganz ernst nehmen. Aber Broder und ich, wir hatten damals eine richtige Beziehung. Wenn Arne nicht ums Leben gekommen wäre ...«

Emmas Augen werden schmal und sie umklammert das Lenkrad so fest, dass ihre Handknöchel deutlich hervortreten. »Darum geht es also in Wahrheit! Du gibst mir die Schuld daran, dass Broder dich damals verlassen hat und aufs Festland gezogen ist.«

»Tue ich nicht.« Allein, dass Emma ihr das unterstellt, schockiert sie. »Das war ein schrecklicher Unglücksfall – genauso wie jetzt die Sache mit Sönke. Niemand kann etwas dafür.«

»Hat er dich mit der Waffe bedroht?«, fragt Emma.

»Nein.« Linas Stimme zittert. »Aber er wollte, dass ich ihn erschieße.«

»Was!« Emma verreißt das Lenkrad und das Auto schlingert über die Fahrbahn. Zum Glück kommt ihnen gerade kein anderes Fahrzeug entgegen.

Lina, die vor Schreck die Luft angehalten hat, atmet tief durch. »Nicht wirklich«, stellt sie klar. »Er hat mich zwar dazu aufgefordert, doch im Grunde sollte es nur eine Provokation sein. Hätte ich doch bloß den Revolver genommen, anstatt mich dagegen zu wehren! Dann wäre er nicht im Handgemenge losgegangen und Sönke würde noch leben.«

»Sicher, dass du ihn nicht doch umgebracht hättest?«

»Emma! Über so was macht man keine Scherze!«

Ihre Schwester zieht eine Grimasse. »Du hast recht.

Das war geschmacklos. Tut mir leid. Aber mal im Ernst: Bist du denn überhaupt nicht wütend auf ihn?«

»Doch, natürlich!« Sie sieht aus dem Beifahrerfenster, doch die seit ihrer Kindheit vertrauten Häuser ziehen unbeachtet an ihr vorbei. »Was er getan hat, ist unverzeihlich. Ich frage mich schon die ganze Zeit, ob ich ihn überhaupt richtig gekannt habe. Kann ein Mensch sich jahrelang so verstellen?«

»Diese Gedanken führen doch zu nichts. Hör auf, dich deswegen zu quälen!«

»Du bist viel netter zu mir, als ich es verdiene.« Lina rutscht auf dem Beifahrersitz herum. Die Polsterung knarzt – ein wenig wie bei Broders erstem Auto, auf dessen Rückbank sie so oft herumgeknutscht haben. Die Erinnerung schmeckt süß und bitter zugleich. Doch das ist ihr Problem und nicht Emmas. »Also schön. Von mir aus triff dich mit Broder, wenn es dir so wichtig ist. Er und ich werden uns schon zusammenraufen.«

»Das hätte ich ohnehin gemacht. Trotzdem danke!« Emma hält an und schaltet den Motor aus. »So, da wären wir. Fühl dich ganz wie zu Hause.«

»Hoffentlich nicht!«, erwidert Lina düster. »Das ist der letzte Ort, an dem ich gerade sein möchte.«

## THIES

Thies ist am Montagmorgen extra für eine Lagebesprechung mit Polizeichefin Greta Jensen und Kommissar Udo Harksen vom Festland angereist. Zu dritt sitzen sie im Konferenzraum um den großen Tisch und tauschen sich bei einer Tasse Tee über die aktuellen Ermittlungsstände in den Fällen Jonte Roeloffs, Sönke Matthiesen und Pia Kuhn aus. Versonnen betrachtet Thies den freien Stuhl, auf dem sonst Staatsanwalt Broder Jacobsen gesessen hat. Der Mann kann zwar eine Nervensäge sein, doch insgeheim vermisst er ihn ein wenig.

Thies liest von seinem Notizblock ab, was er sich bei seinem letzten Besuch in der Kieler Rechtsmedizin aufgeschrieben hat. Schließlich klappt er den Block zu und legt ihn neben seiner Tasse ab. »So weit die bisherigen Ergebnisse von Sönke Matthiesens Obduktion. Der vollständige Bericht folgt in zwei bis drei Tagen. Gibt es dazu noch Fragen?«

Greta Jensen beugt sich zu ihm vor. »Wir arbeiten ja unter anderem mit der Hypothese, dass die Tode von Pia Kuhn, Jonte Roeloffs und Sönke Matthiesen zusammenhängen könnten. Lässt sich das inzwischen untermauern?«

»Nicht so richtig«, räumt Thies widerwillig ein. »Bei Kuhn und Roeloffs liegen Auffindeort und der Todeszeitpunkt recht nahe beieinander, aber die Todesursachen sind völlig unterschiedlich. Pia Kuhn wurde stranguliert und ihre Leiche sollte im Osterfeuer verbrannt werden. Jonte Roeloffs hingegen wurde unter Drogen gesetzt und dann entweder ins Wasser gelockt oder gewaltsam hineingeworfen.«

»Was machen die DNA-Abgleiche?«, fragt Udo Harksen.

»Da habe ich gute Neuigkeiten. Es gibt eine Übereinstimmung an beiden Leichen – leider niemand aus unserer Datenbank.«

Der junge Kommissar seufzt leise. »Das wäre ja auch zu schön gewesen.«

»Aber – und das ist die eigentliche Überraschung – die DNA stammt von einer Frau«, verkündet Thies.

Greta Jensen zieht die Augenbrauen bis zum Haaransatz hoch. »Ach nee! Also könnte es doch die betrogene Verlobte gewesen sein.«

»Keine voreiligen Schlüsse bitte. Der DNA-Treffer besagt nur, dass dieselbe Frau zu beiden Personen Kontakt hatte. Dies kann aber auch vor deren Tod passiert sein und völlig harmlose Gründe gehabt haben. Also theoretisch.«

»Sehr theoretisch.« Ihr Tonfall klingt ironisch.

Udo Harksen rührt seinen Tee um. »Falls es sich um die DNA von Lina Matthiesen handelt, sollten wir das in den nächsten Tagen erfahren. Nach dem tödlichen Schuss auf ihren Mann haben wir eine Probe zum Abgleich eingeschickt.«

Greta Jensen mustert Thies. »Eine Frage habe ich noch. Wie kommt es, Herr Hansen, dass Sie heute allein angereist sind?«

Er räuspert sich. »Wie Sie ja wissen, hat Herr Jacobsen die Fälle Kuhn und Roeloffs abgegeben. Sein Nachfolger bleibt lieber im Flensburger Büro und organisiert die Ermittlungen von dort aus.«

»Na, das nenne ich Einsatz«, bemerkt Udo Harksen trocken.

Thies schmunzelt. »Keen Kommentar!«

# Kapitel 25

BRODER

Montagnachmittag am Wyker Strand: Broder und Lina spazieren barfuß am Wasser entlang. Von links schwappt ihnen mit jeder Welle die Nordsee über die Füße. Von rechts tönen die Stimmen der anderen Strandbesucher zu ihnen herüber. Einige Badegäste lesen und sonnen sich. Andere spielen auf ihren Smartphones herum, während ihre Kinder fleißig Muscheln sammeln. Im Gegensatz zu den fröhlich wirkenden Touristen ist die Stimmung bei Lina und Broder getrübt. Broders Magen fühlt sich flau an und ihm steckt ein Kloß im Hals. Trotzdem wird er sagen, was ausgesprochen werden muss. »Danke, dass du jetzt doch wieder mit mir redest. Das bedeutet mir wirklich viel.«

»Es war kindisch von mir, dir an allem, was passiert ist, die Schuld zu geben«, erwidert Lina. »Ich wollte wohl unbedingt jemanden haben, auf den ich wütend sein konnte. Es ist nun mal einfacher, wütend zu sein, als meine anderen Gefühle zuzulassen.«

»Was Sönke getan hat, ist schlimm, aber sein Tod tut mir trotzdem sehr leid. Wenn ich etwas für dich tun kann, dann ...«

»Nein, danke. Du meinst es sicher gut, aber ich brauche erst mal Abstand. Sönke hat mich betrogen und mir dann auch noch Monate lang etwas vorgemacht. Ich wünschte, wir hätten vernünftig darüber reden können, anstatt uns zu streiten. Nun ist er tot und ich werde niemals meine Antworten erhalten.« Sie starrt hinaus auf das Meer. »Das ist beinahe das Schlimmste daran. Verrückt, oder?«

»Nein, das finde gar nicht«, antwortet Broder. »Ich erlebe es immer wieder in Strafprozessen, dass die Opfer und ihre Angehörigen in erster Linie erfahren wollen, warum die Täter so gehandelt haben. Sie werden allerdings meistens enttäuscht. Die Strafverteidiger raten ihren Mandanten für gewöhnlich, die Aussage zu verweigern. So werden die Schuldigen dann verurteilt, ohne sich je erklären zu müssen. Auch wenn die Angeklagten das Recht haben zu schweigen, finde ich das grausam den Opfern und ihren Familien gegenüber.«

»Das ist es«, stimmt Lina zu. »Ich hoffe aus tiefster Seele, dass Sönke – bei all den Fehlern, die er gemacht hat – wenigstens kein Mörder gewesen ist.«

»Ich bin aus den Ermittlungen raus und könnte dir nicht mal etwas sagen, wenn ich wollte.«

Der Wind bläst Lina eine Haarsträhne ins Gesicht und sie schiebt sie sich zurück hinters Ohr. »Schon klar. Ich möchte dich auch nicht in Schwierigkeiten bringen.

Im Gegenteil: Ich bin hier, damit wir unsere Probleme aus dem Weg räumen – Emma zuliebe.«

Ihre versöhnlichen Worte stimmen Broder optimistisch. »Dann habt ihr also über mich gesprochen?«

»Ja. Emma hat mir erzählt, dass ihr euch geküsst habt. Im ersten Moment war ich verletzt deswegen. Aber dann ist mir klar geworden, dass ich dazu schon lange kein Recht mehr habe. Unser beider Leben ist weitergegangen. Ich hab mich in Sönke verliebt und du eben in Emma.«

»So ganz lässt sich das nicht miteinander vergleichen. Emma ist ja immerhin deine Schwester. Und falls das mit ihr und mir wirklich etwas Ernstes werden sollte – was ich nach der kurzen Zeit unmöglich sagen kann –, dann würde ich damit auch ein Stück weit in dein Leben zurückkehren.«

Lina sieht ihn lange an. »Ich hab dich nie gebeten, aus meinem Leben zu verschwinden. Das war allein deine Entscheidung.«

»Damals hat es sich für mich so angefühlt, als hätte ich keine andere Wahl.« Er bleibt stehen. Dieses Stück Strand hat sich für immer in seine Seele gebrannt. »Genau hier ist es passiert. Dort lagen Emmas Kleider und daneben die Sneakers von Arne. Ich sehe sie noch deutlich vor mir. Diese Schuhe waren das Einzige, was wir begraben konnten.«

Auch Lina senkt den Blick. »Mir geht es genauso. Ich erinnere mich, als wäre es gestern gewesen. Selbst nach all den Jahren rast mein Herz jedes Mal, wenn ich in der Zeitung lese, dass ein Ertrunkener aus dem Meer gefischt wurde. Auch wenn ich inzwischen nicht mehr daran glaube, dass die Nordsee Arne je wieder hergeben wird.«

Broder bohrt die Zehen in den Sand. »Nein, er hat

dort wohl sein endgültiges Grab gefunden. Ich frage mich oft, was für ein Mensch aus ihm geworden wäre. Mittlerweile hätte er seine Ausbildung abgeschlossen und einen Beruf ergriffen. Keine Ahnung, wofür er sich entschieden hätte.«

»Mir hat er erzählt, dass er Surflehrer werden wollte. Er liebte die See – genau wie du.«

»Das war früher mal.« Broder hat einen Kloß im Hals und räuspert sich. »Jedenfalls war es falsch, wie ich mich damals verhalten habe. Ich hatte solche Schuldgefühle und wollte einfach nur weg von hier. Dabei hab ich viel zu wenig darüber nachgedacht, was ich dir damit antue. Es tut mir leid.«

»Ich habe dir längst verziehen«, erwidert Lina. »Wenn Emma in jener Nacht ertrunken wäre, hätte ich womöglich das Gleiche getan. Aber sie hat überlebt und ich wollte für sie da sein. Deshalb konnte ich dich nicht begleiten, als du gegangen bist.«

»Das habe ich auch nie von dir erwartet.« Die alte Wunde von damals ist zwar vernarbt, schmerzt aber trotzdem noch. Am schlimmsten ist das Bedauern darüber, dass er in seiner Feigheit nie offen mit Lina über alles geredet hat.

»Vermutlich ist am Ende alles so gekommen, wie es sollte.« Linas Stimme klingt ein wenig wehmütig. »Emma war schließlich schon damals heimlich in dich verliebt.«

»Das hat sie mir vorgestern erzählt. Ich hatte ja keine Ahnung.« Bisher ist er davon ausgegangen, dass Lina genauso unwissend war wie er selbst.

»Ich schon«, erwidert sie. »Anders lässt sich auch nicht erklären, dass Emma jeden Mann abblitzen lässt, der sich für sie interessiert. Frauen genauso. Sie hatte noch nie eine feste Beziehung.«

»Wirklich?« Broder zieht die Augenbrauen hoch. »Das klingt ziemlich krass.«

»Ist aber die Wahrheit.« Lina zupft an ihrem Jacken-ärmel. »Erinnerst du dich noch an das selbstgeknüpfte Lederarmband, das du mir damals geschenkt hast?«

»Ja, natürlich.« Das verfluchte Ding bereitet ihm einiges Kopfzerbrechen, aber das wird er Lina nicht verraten.

»Eines Tages war es einfach so aus meiner Schmuck-schachtel verschwunden«, fährt sie fort und zieht dabei die Schultern hoch. »Ich hatte seinerzeit gleich Emma im Verdacht, dass sie es gemopst hat. Aber ich wollte sie auch nicht bloßstellen, indem ich ihre Sachen durchsuche. Es war schließlich nur ein Armband.«

Ein kalter Schauder läuft Broder das Rückgrat hinun-ter. Lina muss sich einfach irren! »Bist du dir da auch ganz sicher?«, hakt er nach.

»Ziemlich zumindest.« Sie zuckt mit den Schultern. »Aber was spielt das nach all den Jahren für eine Rolle?«

»Im Grunde keine«, lügt er. Dabei herrscht in seinem Kopf gerade Chaos. »Ich hab mich nur gewundert.«

Lina, die nicht zu ahnen scheint, welchen Schock ihre Worte bei ihm ausgelöst haben, lächelt traurig. »Jedenfalls bin ich froh, dass wir uns ausgesprochen haben. Mein Leben steht zwar gerade Kopf und ...«

»Tut mir leid, Lina, aber ich muss ganz dringend los.« Broder schwitzt trotz der frischen Brise und sein Herz rast. Er muss etwas klären. Jetzt sofort!

»So plötzlich?« Sie klingt enttäuscht.

»Ja, ist was Berufliches. Ein Telefonat, das ich völlig

vergessen habe.« Er zwingt sich zu einem Lächeln, das hoffentlich überzeugend wirkt. »Bis bald!«

»Tschüss, Broder!«

Er hastet über den Strand und bringt möglichst viel Abstand zwischen sich und Lina. Im Laufschritt nimmt er die Stufen zur Uferpromenade hinauf und geht den Sandwall entlang. Ohne anzuhalten, zückt er sein Smartphone und wählt mit zittrigen Fingern die Nummer von Hauptkommissar Thies Hansen. Dieser Anruf duldet keinen Aufschub.

»Moin, Herr Jacobsen«, meldet sich Hansen. »Was kann ich für Sie tun?«

Broder wappnet sich innerlich. Diese Unterhaltung wird heikel – und sehr unangenehm für ihn. »Es geht um ein Beweisstück im Fall Jonte Roeloffs.«

»Sie wissen doch, dass Sie für den Fall nicht mehr zuständig sind.« Die Stimme des Hauptkommissars klingt ein wenig tadelnd.

»Schon, aber ich muss Ihnen was mitteilen.« Broder holt tief Luft. »Das Lederarmband, das das Opfer um sein Handgelenk trug, könnte ursprünglich mir gehört haben.«

»Wie bitte? Wenn dat en Spaaß is ...«

»Leider nicht.« Broder rauft sich die Haare. »Ich hab ein solches Armband vor mehr als zehn Jahren verschenkt und zwar an Lina Matthiesen. Diese sagte mir nun, dass das Armband sich mittlerweile im Besitz ihrer Schwester befinden könnte. Sie hat es jedenfalls nicht mehr. Ich glaube ihr. Andernfalls hätten wir es bei der Hausdurchsuchung auch entdecken müssen.«

»Haben wir denn überhaupt danach gesucht?«, fragt Thies Hansen.

»Ich schon«, gibt Broder zu. Obwohl er längst weit genug von Lina entfernt ist, geht er immer noch im Stechschritt, um sich abzureagieren.

»Du meine Güte! So lange wissen Sie schon davon?«

»Ich *weiß* gar nichts.« An den Blicken der anderen Passanten merkt Broder, dass er zu laut gesprochen hat, und senkt die Stimme. »Ich hatte lediglich eine vage Vermutung. Selbst jetzt kann ich nicht mit Bestimmtheit sagen, ob es sich bei dem Beweisstück überhaupt um mein altes Armband handelt. Falls aber doch, könnte es meine DNA und die von Frau Matthiesen enthalten – möglicherweise auch die von Frau Christiansen. Je nachdem, ob Lina Matthiesen recht hat mit ihrer Vermutung oder nicht. Das muss aber noch längst nicht bedeuten, dass eine der beiden auch die Täterin ist.«

Eine Weile sagt Thies Hansen gar nichts, dann brummt er: »Mir brauchen Sie nicht zu erklären, wie saubere Kriminalarbeit funktioniert. Aber was Sie sich da geleistet haben ...«

»... kann mich in große Schwierigkeiten bringen. Das weiß ich.«

»Wenn ich Ihre Aussage zu Protokoll nehme, dann schon. Aber das ist zum Glück nicht notwendig. Schließlich haben wir im Zuge der Ermittlungen zum Tod von Sönke Matthiesen eine DNA-Probe seiner Frau entnommen. Im Abgleich ließe sich damit auch eine Verwandte wie eine Schwester bestimmen. Falls eine der beiden Frauen Spuren an Pia Kuhn und Jonte Roeloffs hinterlassen hat, finden wir das auch so heraus.«

Broder kann es kaum fassen. Der sture Hauptkommissar, der ihn zu Beginn der Ermittlungen noch als Störenfried betrachtet hat, will ihm nun die Haut retten.

»Danke!« Seine Stimme ist belegt. »Das ist wirklich groß von Ihnen. Sie haben was gut bei mir.«

»Dann löse ich Ihre Schuld sofort ein«, entgegnet Hansen. »Vergessen Sie diese Unterhaltung gleich wieder und halten Sie sich um Himmels willen aus unseren Ermittlungen raus. Versprochen?«

»Keine Sorge, Herr Hansen!« Broder fällt ein Stein vom Herzen. »Sie kennen mich doch.«

»Gerade drum!«

# Kapitel 26

BRODER

Auch wenn Broder Hauptkommissar Thies Hansen versprochen hat, sich aus den laufenden Ermittlungen herauszuhalten, kann er nicht völlig untätig bleiben. Er muss einfach mit Emma reden. Die beiden verabreden sich noch für denselben Abend am Wyker Strand.

Es herrscht Ebbe. Obwohl sich am Horizont dunkle Wolken sammeln, streifen Broder und Emma ihre Schuhe ab, lassen sie am Strand zurück und wandern barfuß durch das Watt. Broder wäre es lieber, sie würden parallel zum Ufer laufen. Doch er folgt Emma, die zielstrebig auf den Horizont zugeht. Der Wind spielt mit ihren Haaren. Sie lächelt Broder an und ergreift seine Hand.

Er schwitzt vor Nervosität. Trotzdem zwingt er sich zu einem Lächeln. Hoffentlich ahnt Emma nicht, was gerade in ihm vorgeht. »Schön, dass du doch noch Zeit für einen Spaziergang hast.«

»Tut mir leid, aber früher ging es wirklich nicht. Die Arbeit.« Sie streichelt mit dem Daumen über seinen Handrücken.

»Kein Problem«, behauptet er. »Bei Abendstimmung ist es hier im Watt ohnehin romantischer.«

»Wie lange kannst du dieses Mal bleiben?«

»Leider nur bis morgen. Mittwoch habe ich einen Gerichtstermin.«

»Schade. Dann komme ich dich eben schnellstmöglich in Flensburg besuchen. Und wenn das mit dem Umzug aufs Festland klappt, können wir uns in Zukunft sowieso öfter sehen.« Emma lächelt ihn an.

»Ich hab vorhin noch mal mit Lina gesprochen«, bemerkt Broder möglichst beiläufig.

»Sie hat mir davon erzählt. Ich bin wirklich erleichtert, dass eure Unterhaltung so gut gelaufen ist. Jetzt gibt es nichts mehr, worüber du dir Sorgen machen brauchst.« Der Wind pfeift immer lauter und spielt mit Emmas blonden Haaren. Im Gegensatz zu Lina streicht sie die Strähnen nicht zurück hinters Ohr, sondern lässt sie vor ihrem Gesicht herumwirbeln. Mit ihren graublauen Augen erinnert Emma Broder an die Nordsee selbst. Sie wirkt genauso stürmisch und unergründlich.

»Eine Sache wäre da noch.« Er wählt seine nächsten Worte mit Bedacht. »Als Lina und ich Jonte Roeloffs tot am Strand gefunden haben, hat er ein Armband ums Handgelenk getragen. Du hast das Beweisstück ja selbst gesehen, als wir uns auf dem Flur der Rechtsmedizin begegnet sind. Weißt du noch?«

»Ja, ich erinnere mich. Ich dachte, es wäre das

Armband, das du Lina geschenkt hast. Aber du hast gesagt, dass ich mich täusche.« Emmas Tonfall klingt leicht, so als wäre sie sich der Bedeutung seiner Frage nicht bewusst. Doch er könnte sich auch täuschen.

Er verstärkt beim Gehen den Druck um Emmas Finger. »Ich wollte es einfach nicht wahrhaben. Ich hab dich sogar angelogen und behauptet, dass das Armband kein selbst gemachtes Einzelstück sei. Dabei hab ich es damals extra für Lina geflochten. Aber nun muss ich der Wahrheit ins Gesicht sehen. Gerade läuft ein DNA-Abgleich mit einer Probe von mir. Und in wenigen Tagen wird die Polizei genau wissen, wer das Armband sonst noch angefasst hat.«

Sie waten durch einen Priel. Das Wasser ist kühler als sonst um diese Jahreszeit. Aber das mag daran liegen, dass die untergehende Sonne fast vollständig von dunklen Wolken verdeckt wird.

»Das klingt alles ziemlich schräg«, sagt Emma. »Du glaubst also, Lina hat Jonte dein Armband gegeben? Aber wieso hätte sie das tun sollen?«

»Das habe ich mich auch gefragt. Mir fällt keine plausible Antwort darauf ein. Dir vielleicht?« Broders Herz klopft bis zum Hals. Erwartungsvoll sieht er sie an.

Doch Emma schüttelt nur den Kopf. »Nicht auf Anhieb, nein.«

»Lina hat mir allerdings erzählt, dass das Armband schon länger in *deinem* Besitz ist. Stimmt das?« Vor Anspannung hält er den Atem an. Er hofft so sehr darauf, dass seine Befürchtung, Emma könnte in die Angelegenheit verwickelt sein, sich als falsch erweist.

»Nein. Natürlich nicht«, erwidert sie. »Warum

behauptet Lina so was? Will sie mir etwa einen Mord unterschieben?«

»Nein, das kann ich mir nicht vorstellen. Aber das ist schon merkwürdig, oder?« Er zieht sacht an ihrer Hand. »Emma, bitte, sieh mich an. Hast du dir das Armband von Lina geliehen oder nicht?«

Sie wendet sich im Gehen zu ihm um. »Nein. Das sagte ich doch schon.« Ihr Tonfall klingt leicht genervt. »Ich hab dein Lederarmband nicht angerührt. Aber ich erinnere mich noch gut an das Teil. Lina hat mit ihrem Handgelenk vor den Nasen anderer Leute herumgewedelt, damit es auch ja jeder sieht. Sie hat mit deinem Geschenk fürchterlich angegeben. Mit Sönkes Verlobungsring hat sie es dann genauso gemacht.«

»Klingt beinahe so, als wärest du eifersüchtig auf sie gewesen.«

»Wegen Sönke? Von dem hab ich nie viel gehalten.« Tief holt sie Atem. »Ich wollte immer nur dich.«

Broder starrt nach oben in den düsteren Wolkenhimmel. Ihre Worte jagen ihm Angst ein. »So sehr, dass du nachts ins Meer gesprungen bist, um meine Aufmerksamkeit zu erregen?«

»Dich und Lina küssen zu sehen, hat mir wehgetan. Ich wollte nur, dass ihr damit aufhört.« Nun klingt sie beinahe wie ein kleines Mädchen und nicht wie eine erwachsene Frau.

»Genug, um deswegen dein Leben zu riskieren? Und das von Arne?« Broder lässt Emmas Hand los und bringt etwas Abstand zwischen sie beide. Er kann sich selbst nicht genau erklären, warum, aber Emma wird ihm unheimlich.

»Wie oft muss ich es dir noch sagen?« Ihre Augen

glänzen feucht. »Ich hab nie gewollt, dass ihm etwas zustößt. Dafür liebe ich dich viel zu sehr.«

»Ist das wirklich noch Liebe oder schon Besessenheit?« Er weiß nicht mehr, was er glauben soll. »Lina hat mir erzählt, dass du noch nie einen festen Freund hattest – und zwar meinetwegen. Stimmt das?«

Emma reckt das Kinn und stapft stur geradeaus weiter. »Und wenn es so wäre? Was geht Lina das an? Sie hat sich für Sönke entschieden. Dabei hätte sie dir einfach nur zum Studieren aufs Festland folgen brauchen.«

»Sie wollte eben ihr Leben hier nicht aufgeben.« Broder wirft einen Blick zurück über die Schulter. Der Strand ist kaum noch zu erkennen. Weiterzugehen, wäre eine Dummheit. Aber umzukehren, kommt auch nicht infrage – nicht, bevor Emma seine drängendste Frage beantwortet hat.

»Ich hätte alles für dich aufgegeben«, erwidert sie. »Aber was hätte das genützt? Du hast mich wegen Arne gemieden. Selbst, wenn du mal für einen kurzen Besuch auf die Insel gekommen bist, bist du mir aus dem Weg gegangen. Ich war für dich gestorben. Ohne den Mord an Pia Kuhn würdest du doch heute noch nicht mit mir reden.«

»Damit hast du vermutlich recht.« Er zögert. Die Frage, die ihm durch den Kopf geht, klingt geradezu absurd. Aber trotzdem hat er das Gefühl, sie stellen zu müssen. »Das ist im Grunde ein Motiv. Hast du die Frau getötet, damit ich hier ermittle und wir uns wiedersehen?«

»Natürlich nicht!« Emmas Antwort geht beinahe im Donnergrollen unter. »Ich wusste doch nicht einmal, ob du die Ermittlungen leiten würdest. Das hätte auch jemand anderes übernehmen können. Nein, ich wollte nach Linas Hochzeit aufs Festland ziehen in der Hoffnung, dass du mir vielleicht doch noch eine Chance geben würdest, wenn du Lina nicht mehr haben kannst.«

Broder fröstelt. Er vergräbt die Hände tief in seinen Jackentaschen. »Aber dann ist Pia Kuhn auf dich zugekommen und hat dir von ihrer Schwangerschaft erzählt. Du wusstest, dass Lina Sönke nicht mehr heiraten würde, wenn sie von seiner Affäre erfährt. Damit wäre deine Schwester weiterhin eine Bedrohung für deine Pläne gewesen.«

»Ich habe dir doch gesagt, dass ich Lina selbst von Pia erzählt habe.«

»Und genau das glaube ich dir nicht. Das war eine reine Schutzbehauptung von dir. Du möchtest Lina die Schuld an Sönkes Tod in die Schuhe schieben, damit sie angeklagt wird. Und wenn sie schon Sönke getötet hat, warum dann nicht auch Pia Kuhn und Jonte Roeloffs?«

Emma lächelt schief. »Du hast eine blühende Fantasie.« Sie wirkt nicht im Geringsten schockiert oder wütend. Gerade dieser Umstand bestätigt Broders schlimmste Befürchtungen.

»Aber so einfallsreich wie du bin ich nicht«, fährt er fort. »Auf den ersten Blick gibt es keine Verbindung zwischen dir und den beiden Toten. Und ich wette, deine DNA ist auch nicht in unserer Datenbank hinterlegt. Wäre es nicht zu der Schießerei gekommen, hätten wir womöglich nie rausgefunden, wer hinter den beiden Verbrechen steckt. Aber nun gibt es einen DNA-Abgleich mit Lina und dabei würde zwangsläufig auch eine Verbindung zur DNA-Spur einer nahen Blutsverwandten entdeckt werden. Du bist also geliefert. Es ist nur noch eine Frage der Zeit.« Erwartungsvoll sieht er sie an.

Noch immer wirkt Emma äußerlich völlig ruhig. Dabei hat er ihr gerade mehrere Morde unterstellt. »Wenn es tatsächlich so einfach wäre, wieso sind wir dann hier und du erzählst mir das alles?«, fragt sie. »Die Wahrheit ist doch wohl eher, dass du mich provozieren willst, damit ich etwas sage, was man als eine Art Geständnis auffassen könnte. Du willst mich reinreiten, um Lina zu schützen. Darum geht es doch in Wirklichkeit.«

»Nein.« Er weicht einer toten Strandkrabbe aus, deren große Scheren immer noch schmerzhaft aussehen. »Das hier hat nichts mit Lina zu tun. Ich will von dir einfach nur die Wahrheit erfahren.«

»Dann zeig mir dein Handy.« Emma bleibt direkt vor einem Priel stehen und streckt auffordernd die Hand aus. »Ich will sichergehen, dass du dieses Gespräch nicht heimlich aufzeichnest.«

Broder kramt sein Smartphone aus der Jackentasche und reicht es ihr. »Hier. Guck. Es nimmt nichts auf.«

Emma blickt nur kurz auf das Handydisplay, dann wirft sie das Smartphone in hohem Bogen in den Priel.

Fassungslos starrt Broder auf die Stelle, an der eben sein Handy in der trüben Brühe versunken ist. Ein paar kreisförmige Wellen sind alles, was noch zu sehen ist. »Spinnst du? Das ist nicht wasserfest.«

»Ich weiß. Lass es liegen, wenn du wirklich mit mir reden willst.«

»Du bist ja völlig durchgeknallt.« Ein Teil von ihm möchte Emma an den Schultern packen und kräftig durchschütteln, aber noch hat er sich im Griff.

»Du traust mir zwei Morde zu, regst dich aber wegen

eines Smartphones auf?« Scheinbar ungerührt geht Emma weiter. Sie durchquert den Priel, ohne sich noch einmal nach Broder umzusehen. Ihm bleibt nichts anderes übrig, als seine Hosenbeine hochzukrempeln und ihr zu folgen, wenn er nicht abgehängt werden will.

»Ja, okay«, bemerkt er, während er durch das beinahe knietiefe Wasser watet. »Im Vergleich dazu ist es nicht so dramatisch, aber es war trotzdem völlig unnötig und ...« Besorgt blickt er zum Himmel. »Guck dir mal die dunklen Wolken an. Da kommt ein Gewitter. Und der Strand ist ewig weit weg. Wir sollten umkehren.«

»Fürchtest du dich etwa?« Emmas Tonfall klingt neckend. Ein wenig wie damals, als sie ihn zum nächtlichen Schwimmen herausgefordert hat.

Die Erinnerung lässt Broder erschaudern. »Nein, ich fürchte mich nicht. Ich find's nur unvernünftig, noch weiter in Richtung Meer zu laufen. Wenn die Flut kommt, könnten wir eingekesselt werden.«

»Es gibt Schlimmeres, als zu ertrinken. Das ist mir in jener Nacht vor zehn Jahren klar geworden, nachdem ich gerettet wurde. Ein Blick in dein Gesicht und ich habe mir gewünscht, dass ich wie Arne auf den Grund des Meeres gesunken wäre.«

»Sag so was nicht! Er hat sein Leben für dich geopfert. Das darf doch nicht umsonst gewesen sein.«

»Willst du seinetwegen wissen, ob ich eine Mörderin bin?«, fragt Emma.

»Zum Teil ja, aber auch um meinetwillen.« Auf seinen nackten Waden bildet sich eine Gänsehaut. Und zu allem Übel fängt es auch noch an zu regnen. »Ich will wissen, wozu du fähig bist.«

Sie dreht sich im Gehen zu ihm um. Ihr Blick ist halb

217

liebevoll, halb traurig. »Ich sagte es dir ja bereits. Für dich tue ich alles.«

Einen Moment lang bleibt Broder die Luft weg. Er kennt Emma fast ihr ganzes Leben lang, doch gerade kommt sie ihm vor wie eine Fremde. »Dann hast du Pia tatsächlich umgebracht?«

»Sie hat mir gar keine andere Wahl gelassen. Mit Engelszungen hab ich auf sie eingeredet, Sönkes Angebot zu akzeptieren und im Gegenzug Stillschweigen zu bewahren. Aber sie wollte unbedingt mit Lina reden. Es war ihr völlig egal, ob sie damit die Hochzeit zum Platzen bringt.« Der Nieselregen weitet sich zu einem Schauer aus. Die Tropfen fließen an Emmas Wangen hinab wie falsche Tränen.

»Wie genau hast du sie getötet?«, presst er hervor.

»Ich werde dir gegenüber nichts preisgeben. Wozu auch? Du kennst doch den Obduktionsbericht.« Emma mustert ihn beinahe liebevoll. »Sie zum Strand zu locken war übrigens ganz einfach. Ich brauchte ihr nur weiszumachen, dass ich dort für sie ein Treffen mit Lina arrangiert hatte.«

Dicke, kalte Tropfen landen auf Broders Nacken. Er zieht seine Kapuze über. »Und wieso musste Jonte Roeloffs sterben?«

»Schlechtes Timing.« Im Gegensatz zu Broder scheint Emma den Regen zu genießen. Sie legt den Kopf in den Nacken und hält ihr Gesicht den herabfallenden Tropfen entgegen, so als würde sie eine Dusche nehmen. »Er hat mich überrascht, als ich mich am Feuerholzstapel zu schaffen machte. Die Leiche hat er natürlich nicht bemerkt. Aber ich konnte nicht riskieren, dass er sich später an mich erinnern würde. Also habe ich ein bisschen mit ihm geflirtet und bin auf Tuchfühlung gegangen. Die Spritze mit den K.o.-Tropfen war eigentlich nur mein Backup-Plan für Pia, deswegen hatte ich sie in der Tasche. Jonte hätte durch sie nur das Bewusstsein verlieren und die letzten Stunden vergessen sollen. Stattdessen wollte dieser Idiot unbedingt eine Runde im Meer schwimmen. Es kam, wie es kommen musste.«

Jedes ihrer Worte fühlt sich an wie ein Stich in Broders Herz. »Du hättest ihn davon abhalten können. Und wozu hast du ihm das Armband umgebunden? Wolltest du damit tatsächlich den Verdacht auf Lina lenken?«

Emma schüttelt den Kopf, wobei ihr nasse Haarsträhnen vor den Augen hängen. Auch ihre Jacke hat eine Kapuze, doch die benutzt sie nicht. »Er fand es schön und da habe ich's ihm geschenkt. Umgebunden hat er es sich selbst. Ich hatte zu diesem Zeitpunkt gar nicht vor, Jonte in den Tod zu schicken. Das Armband hab ich ihm überlassen, weil ich es leid war, ein gestohlenes Erinnerungsstück von dir zu tragen. Ich wollte einen echten Neuanfang und meine eigenen Erinnerungen mit dir schaffen.« Sie mustert ihn von der Seite. »Das ist auch immer noch der Plan.«

Er kann nicht fassen, dass sie das sagt, und bleibt stehen. »Daraus wird jetzt nichts mehr. Für das, was du getan hast, gehst du sehr lange in Haft. Mein Gott, Emma, du hast zwei Menschenleben auf dem Gewissen!«

»Drei. Vergiss Arne nicht.« Trotz all der schrecklichen Dinge, die Emma getan hat, wirkt sie in diesem Moment verloren. Eine zarte, durchnässte Gestalt, in deren Augen ein tiefer Schmerz zutage tritt.

»Nein«, entgegnet er, »seinen Tod laste ich dir nicht

an. Aber dass du Pia erwürgt hast, das ist einfach grauenvoll!«

Wieder grollt der Donner – dieses Mal deutlich lauter. Das Gewitter nähert sich. Und der Regen verwandelt den weichen Wattboden in eine Pfützenlandschaft.

»Sieh mich an.« Emma tritt direkt vor ihn und blickt Broder in die Augen. Ihr Tonfall klingt flehend. »Ich bin immer noch derselbe Mensch wie vorhin. Du hast mich geküsst und noch eben hast du meine Hand gehalten.«

»Emma, es ist vorbei.« Er bemüht sich, seiner Stimme möglichst viel Festigkeit und Autorität zu verleihen. »Gib mir dein Handy! Ich rufe jetzt die Polizei.«

»Ich hab's nicht dabei.«

Panik macht sich in seiner Brust breit. Er kann nur hoffen, dass Emma nichts davon merkt. »Was? Das ist doch Quatsch!«

»Das war Absicht«, sagt sie. »So kann uns niemand orten und du bekommst auch keine Gelegenheit, etwas Unüberlegtes zu tun.«

Sie hat das Ganze also geplant und er ist ihr wie ein blutiger Anfänger in die Falle getappt. Broder könnte sich ohrfeigen. Stattdessen packt er Emma grob am Handgelenk. »Du kommst jetzt mit zurück. Wir hätten ohnehin längst umkehren sollen.«

»Nein. Das kannst du vergessen. Ich begleite dich höchstens, wenn du mir versprichst, niemandem auch nur ein Wort über das hier zu verraten.«

Ist Emma nur unglaublich stur oder schon wahnsinnig? Broder weiß es nicht. Doch er muss handeln – ihm läuft die Zeit davon. »Das kannst du doch unmöglich ernst meinen! Notfalls schleife ich dich den ganzen Weg hinter mir her.«

Der nächste Blitz schlägt ganz in der Nähe ein. Der Donnerhall ist so laut, dass Broder erschrocken zusammenzuckt. Trotzdem lässt er Emmas Handgelenk nicht los. Er zieht mit aller Kraft an ihrem Arm.

Doch Emma scheint das nicht zu beeindrucken. Sie rammt die nackten Füße tief in den aufgeweichten Wattboden und stemmt sich dagegen. Falls sie Schmerzen hat, lässt sie sich das nicht anmerken. »Das schaffst du nicht. Versuch's erst gar nicht. Lass uns nicht streiten. Ich will immer noch mit dir zusammen sein.«

»Vergiss es!« Er ächzt vor Anstrengung, kommt aber kein Stück voran.

»Entweder, wir gehen als Paar nach Hause, oder wir bleiben hier.«

»Dann sterben wir.« Das muss Emma doch einsehen. »Die Flut kommt. Und das Gewitter nähert sich auch. Wir werden entweder vom Blitz erschlagen oder wir ertrinken.« Er zerrt nun mit aller Kraft an ihr, auch auf die Gefahr hin, dass er sie oder sich dadurch verletzt. »Los, komm jetzt!«

»Ich weiß.« Emma gibt keinen Millimeter nach. »Lieber sterbe ich gemeinsam mit dir, als dass ich ohne dich weiterlebe. Und auf keinen Fall gehe ich ins Gefängnis.«

»Vielleicht brauchst du das gar nicht.« Broder reicht es endgültig. »So, wie du klingst, könntest du in der Psychiatrie landen. Aber das entscheidet der Richter, nicht wir.« Er umfasst ihr Handgelenk und zieht an ihr. »Jetzt mach dich doch nicht so schwer!«

»Du schaffst es nie, mich ans Ufer zu zerren. Gib lieber auf.«

»Ganz bestimmt nicht.« Er stöhnt. »Jetzt komm

schon!« Seine Arme brennen und selbst seine Beinmuskeln zittern. Wie kann Emma nur so stark sein? Er lehnt sich mit aller Kraft nach hinten und umklammert ihr Handgelenk wie ein Schraubstock.

Auf einmal gibt Emma nach. Broder verliert das Gleichgewicht und kippt hintenüber. Der weiche Wattboden polstert seinen Aufprall, doch dafür landet Emmas Gewicht auf ihm. Für ein paar Sekunden bleibt ihm die Luft weg. Seine mit Watt und Wasser durchtränkte Hose klebt ihm kalt an den Beinen und sein Schädel brummt. Aber nichts davon ist so unerträglich wie Emmas warmer Atem in seinem Gesicht. »Mann, scheiße! War es echt nötig, uns umzureißen? Emma, jetzt geh runter von mir!«

Sie schiebt seine Kapuze zurück und streichelt ihm übers Gesicht. »Gib mir einen letzten Kuss. Dann lass ich dich gehen.«

»Glaubst du ernsthaft, ich würde dich jetzt noch küssen? Würde ich um nichts in der Welt!« Mit aller Kraft stößt Broder Emma von sich und richtet sich hastig auf. Er ist von oben bis unten mit Matsch besudelt, aber zum Glück unverletzt.

Emma bleibt auf dem Wattboden sitzen und umschlingt ihre angezogenen Knie. Sie wirkt nicht so, als habe sie vor, freiwillig aufzustehen.

Broder packt erneut ihr Handgelenk. »Komm hoch!«, presst er hervor. »Oder soll ich dich durch diese Pampe schleifen?«

»Wir sterben hier zusammen«, erwidert sie. »Dann kannst du auch wieder mit Arne vereint sein.«

»Heute stirbt niemand. Es gab schon genug Tote.« Er ächzt. »Du bist echt die Pest, aber ich lass dich hier nicht zurück.« Mit der Kraft der Verzweiflung gelingt es

Broder schließlich, Emma hochzuzerren. Tief bohren sich seine nackten Füße in den weichen Boden, während er sich Schritt für Schritt im Schneckentempo zum Ufer vorkämpft. Der kalte Regen mischt sich mit dem Schweiß in seinem Gesicht. Er kann nur hoffen, dass Emmas Kräfte früher ermüden als seine eigenen, sonst sind sie beide geliefert. »Verdammt!«, ächzt er.

»Eine Sache habe ich dir noch nicht gesagt.« Auch Emma klingt angestrengt.

»Ich will's gar nicht hören.«

Doch das scheint sie nicht zu kümmern. »Du weißt ja, dass Lina zurzeit bei mir wohnt.«

»Jetzt nicht mehr.« Der Regen peitscht ihm ins Gesicht. »Ich werde sie gleich, wenn wir zurück sind, vor dir warnen.«

»Deine Warnung kommt zu spät.«

Broder erstarrt. »Was meinst du damit?«

Ein Blitz zuckt über das Watt und gleich darauf donnert es ohrenbetäubend. Das Gewitter muss jetzt direkt über ihnen sein.

Emma klebt das Haar am Kopf und Wasser rinnt ihr die Stirn hinab. Sie sieht aus wie ein betörendes, aber sehr gefährliches Meereswesen. »Ich habe für Jonte nicht mal die Hälfte meiner Tropfen verbraucht. Den Rest habe ich in Linas Trinkflasche gekippt, die sie immer zum Joggen mitnimmt.«

»Was?!« Für einen Moment bleibt seine Welt stehen.

»Nach eurer letzten Unterhaltung ist sie misstrauisch geworden. Hat angefangen, mir komische Fragen zu stellen. Damit hat sie meine Pläne gefährdet. Ich durfte nicht riskieren, dass sie alles herausfindet.«

»Mann! Emma! Sie ist deine Schwester! Wie konntest

du nur?« Er packt Emma grob bei den Schultern und schüttelt sie. »Wo ist Linas Joggingstrecke? Du sagst es mir auf der Stelle!«

Emma wirkt unbeeindruckt. »Du kannst dich abregen. Es ist ohnehin zu spät.«

Diese Antwort kann Broder nicht akzeptieren. Er muss Lina finden und sie retten – um jeden Preis. »Das werden wir ja sehen.«

Er lässt Emmas Schultern los und wendet sich ab. So schnell er kann, läuft er in Richtung Strand. Auch wenn er vor lauter Regen und Dunkelheit kaum etwas erkennt.

»Du brauchst nicht zu rennen«, ruft Emma ihm hinterher. Ihre Worte werden beinahe vom Rauschen des Windes verschluckt. »Du kannst sie nicht mehr retten. Bleib hier bei mir!«

# KAPITEL 27

BRODER

Ohne sich noch einmal nach Emma umzudrehen, rennt Broder auf den Strand zu. Seine Kleidung ist vom Regen bis auf die Haut durchweicht. Doch der Schauer hat auch sein Gutes. Das Wasser spült den Matsch ab, der ihm am Rücken, den Armen und den Beinen klebt. Im Geiste verflucht er sich dafür, dass er so leichtsinnig war, Emma sein Handy zu überlassen. Nun kann er Lina nicht anrufen, um sie zu warnen.

Das Watt ist tückisch. Mit jedem Schritt sinkt er darin ein. An einigen Stellen ist der Untergrund fest wie Sandboden, an anderen glitschig und nachgiebig wie Morast. Broder durchquert einen Priel. In der Abenddämmerung kann er den Grund nicht erkennen, doch plötzlich reicht ihm das Wasser bis zu den Knien. Die Flut kommt. Sehr viel schneller als erwartet. Rechts von ihm versinkt die Sonne – halb verdeckt von dunklen Wolken – als orangeroter Feuerball am Horizont und Schwärze breitet sich aus.

Endlich erreicht er den Strand. Er ist menschenleer. Kein Wunder bei dem Sturzregen. Und das Gewitter kommt immer näher. »Hallo?« Broder hält sich die stechenden Seiten. »Ist da jemand? Kann mich jemand hören?« Niemand antwortet ihm. »Shit!«

Schnaufend bückt er sich nach seinen Schuhen, die er am Strand zurückgelassen hat. Kurz ringt er mit sich, ob er sie wieder anziehen soll. Aber dafür müsste er sich zuerst an der Stranddusche die Füße abspülen, die bis über die Knöchel mit Morast überzogen sind, und dafür fehlt ihm die Zeit. Stattdessen läuft er barfuß die Treppe hinauf und betritt den gepflasterten Promenadenweg. Normalerweise ist hier auch abends viel los. Doch wegen des Gewitters begegnet er in der Fußgängerzone keiner Menschenseele.

Schwer atmend rennt Broder weiter bis zur asphaltierten Straße. Mitten auf der Fahrbahn bleibt er stehen und wedelt mit den Armen. Ein Autofahrer hält mit quietschenden Reifen an und hupt, doch Broder weicht nicht von der Stelle.

Schließlich lässt der Fahrer sein Fenster herunter und beugt sich durch die Öffnung. »Sind Sie irre? Ich hätte Sie fast überfahren!«

Broder joggt auf den Mann zu. »Tut mir ... leid, aber das hier ... ist ein Notfall. Rufen Sie die ... 112!«

»Was ist denn überhaupt passiert?«

Broder hält sich die stechenden Seiten. »Eine Frau hat

sich ... vermutlich mit K.o.-Tropfen ... vergiftet. Gleich dort die Straße runter ... in der Nummer 51. Merken Sie sich: 51! Sie braucht einen Notarzt.«

»Okay. Ich sag Bescheid.« Der Fahrer fährt rechts ran, schaltet den Warnblinker ein und zückt sein Handy.

»Danke!«, ruft Broder ihm zu. »Ich lauf vor und guck nach ihr. Vielen Dank!«

Broder weicht auf den gepflasterten Fußweg aus und rennt, so schnell er noch kann. Seine Lunge brennt und jeder Schritt barfuß auf den Pflastersteinen schmerzt. Broders Arme fühlen sich an wie Gummi und seine Kehle ist völlig ausgetrocknet, während er gleichzeitig unter der Regenjacke heftig schwitzt. Einhändig zieht er im Laufen den Reißverschluss runter und hält seine Schuhe dabei fest umklammert. Er darf nicht aufgeben, bis er Lina gefunden hat.

Endlich taucht Emmas Haus vor ihm auf. Es ist ein kleines Walmdachhaus aus den achtziger Jahren, das er bisher nur von Google Streetview kennt. Mit letzter Kraft schleppt er sich zur Tür und klingelt Sturm. Sein Herz rast wie verrückt und jeder Atemzug brennt wie Feuer. Aber all das verblasst im Vergleich zu seiner Angst um Lina. Er darf einfach nicht zu spät gekommen sein!

»Lina! Lina, mach bitte die Tür auf! Lina!« Er hämmert mit der Faust gegen das Holz. Als er darauf keine Reaktion bekommt, läuft er zum nächsten Fenster und klopft dagegen. Seine schlammverschmierte Hand hinterlässt dabei Schlieren aus Matsch und Blut auf der Scheibe. Seine Fingerknöchel pochen. Dass er sie sich beim Hämmern gegen die Haustür blutig geschlagen hat, fällt ihm erst jetzt auf. »Lina!« Er brüllt aus voller Kehle.

»Was soll denn der Krach?« Plötzlich steht sie im offenen Türrahmen und mustert ihn mit gerunzelter Stirn.

»Du lebst! Gott sei Dank!« Broder ist mit drei Sätzen bei Lina und zieht sie fest in seine Arme. Vor Erleichterung laufen ihm die Tränen über die Wangen.

Sanft, aber bestimmt löst Lina sich aus seiner Umklammerung. »Du benimmst dich ganz schön seltsam. Und wie siehst du überhaupt aus? Du bist ja von oben bis unten mit Schlamm eingeschmiert. Und deine Füße bluten. Hast du irgendwas eingeworfen?«

»Was? Nein, aber du ... Wieso bist du nicht beim Joggen?«

»Wieso ich nicht ...?« Sie blickt zum Himmel. »Es schüttet wie aus Kübeln – sieh dich doch an – und meine Joggingklamotten sind zu Hause. Da will ich gerade nicht hin. Komm erst mal rein.« Sie macht ihm Platz.

Hastig tritt Broder in den Flur, zieht die Tür hinter sich zu und sperrt damit das Donnergrollen aus. Über seinen eigenen Gestank nach Schweiß und Schlick hinweg nimmt er schwach Emmas Parfüm wahr. Der Duft muss von den Jacken stammen, die an der Garderobe hängen. Gestern noch hat ihn dieser Duft mit süßer Sehnsucht erfüllt, doch heute wird ihm davon übel.

Broder lässt seine Schuhe achtlos zu Boden fallen und fasst Lina, die sich bereits zum Gehen in Richtung Wohnzimmer wendet, an die Schulter. »Warte! Was hast du getrunken?«

»Einen Kaffee. Wieso?«

»Nichts aus deiner Trinkflasche?«, bohrt er nach.

Auf Linas Stirn erscheint eine tiefe Falte. Sie schüttelt

seine Hand ab. »Broder, sag mir jetzt auf der Stelle, was los ist!«

»Emma hat behauptet, sie hätte dir K.o.-Tropfen in dein Wasser gemischt.«

»Wie bitte?« In Sekundenschnelle entgleiten ihre Gesichtszüge.

»Sie hat die Tropfen auch Jonte Roeloffs verabreicht«, fährt Broder kurzatmig fort. »Darum ist er ertrunken. Und sie hat mir gestanden, dass sie Pia Kuhn umgebracht hat. Und dich wollte sie auch aus dem Weg räumen, weil du ihr auf die Schliche gekommen bist.«

»Nein!« Lina wirkt wie erstarrt. Kein Wunder nach diesem Schock!

»Doch.« Erneut streckt Broder die Hand nach ihr aus, um sie zu trösten, lässt sie aber wieder sinken. Lina hat ihm gerade erst gezeigt, dass sie von ihm nicht angefasst werden möchte. »Ich weiß, dass das schwer zu glauben ist. Ich weiß das. Aber Emma, die hat wie ein völlig anderer Mensch gewirkt. Sie hat von mir verlangt, dass ich über ihre Morde hinwegsehe. Und als ich mich geweigert habe, hat sie sich in den Kopf gesetzt, mit mir gemeinsam sterben zu wollen. Sie wollte im Watt bleiben, bis die Flut kommt. Es war grauenhaft.«

»Nein, das meine ich nicht«, entgegnet Lina. »Was ich eigentlich sagen wollte, ist: Nein, ich bin Emma nicht auf die Schliche gekommen. Ich hatte bis gerade eben keine Ahnung von alldem. Ich versteh das alles nicht. Es ist ... unbegreiflich für mich.« Sie fasst sich an den Kopf.

Broder kann es nicht glauben. »Aber das würde ja bedeuten, dass ...«

»Was auch immer Emma Schreckliches getan hat. Sie

hat nicht versucht, mich mit K.o.-Tropfen zu vergiften. Das war gelogen.« Lina weint.

»Aber warum ...?« Da fällt es ihm wie Schuppen von den Augen. Emma hat ihn ein letztes Mal hereingelegt. »O Gott! Nein! Ich weiß, wieso sie das getan hat.« Seine gerade erst verflogene Angst kehrt mit voller Wucht zurück. »Wo ist dein Handy? Wir müssen den Krankenwagen für dich abbestellen und sofort eine Rettungsmannschaft ins Watt schicken.«

»Emma ist bei diesem Wetter noch da draußen?« Lina klingt entsetzt.

»Ja«, entgegnet Broder, »und sie hat nicht vor, da lebend wieder rauszukommen.«

## BRODER

Broder und Lina rufen die Polizei an und verständigen die Seenotretter, die auf der Nachbarinsel Sylt in Hörnum stationiert sind. Ausgestattet mit Gummistiefeln, Regenmänteln und Taschenlampen fahren beide zurück zu dem Strandabschnitt, an dem Emma und Broder ins Watt gegangen sind. Dort parken bereits Polizeiwagen und ein Rettungsfahrzeug. Es gießt in Strömen und der Donner grollt. In der Ferne zucken Blitze über den nachtschwarzen Himmel.

Kommissar Udo Harksen kommt Lina und Broder im Laufschritt entgegen. »Bitte ab hier nicht mehr weitergehen! Wir haben eine Suchmannschaft in Strandnähe und ein Helikopter fliegt das Watt ab. Für alle anderen wird es zu gefährlich.«

»Aber wir müssen doch was tun.« Lina klingt verzweifelt. »Wenn wir Emma nicht finden, dann stirbt sie.«

»Das wissen wir. Es ist ihr aber auch nicht geholfen, wenn wir uns selbst in Gefahr bringen.« Harksens Funkgerät piept und er geht ran. »Ja? ... Verstehe ... Vielen Dank!« Er beendet das Gespräch und wendet sich mit ernster Miene wieder Broder und Lina zu. »Das Seenotrettungsboot von Sylt hat abgedreht und fährt zurück in den Hafen.«

Fassungslos starrt Broder ihn an. Er kann kaum glauben, was er gerade gehört hat. »Ich versteh nicht. Wieso?«

»Wegen des Gewitters«, sagt der Kommissar. »Unsere Suchmannschaft muss auch umkehren. Es wird da draußen zu gefährlich.«

Linas Augen weiten sich. »Nein! Das dürfen sie nicht! Wir müssen doch ...« Schluchzend schlägt sie die Hand vor den Mund.

Auch Broder ist entsetzt. Doch so schnell will er nicht aufgeben. »Was ist mit den Fußspuren? Die führen direkt ins Watt ab der Stelle, an der Emmas Schuhe gelegen haben. Könnten Sie nicht wenigstens dieser Spur folgen?«

Udo Harksen schüttelt den Kopf. »Wäre das möglich gewesen, hätten wir es getan. Aber von Ihren Fußspuren ist leider kaum etwas übrig. Das Wasser steigt. Dazu noch der starke Regen ...« Ernst sieht er Lina in die Augen. »Es tut mir leid.«

Ihre Antwort besteht aus einem herzzerreißenden

Schluchzen. Zu gern würde Broder tröstend den Arm um sie legen, doch er zögert noch. Sein Blick schweift zu Polizeichefin Greta Jensen, die mit einem Sanitäter spricht und danach zu ihnen stößt. »Herr Jacobsen, Frau Matthiesen, was machen Sie denn hier?«

»Wir wollten bei der Suche helfen«, erklärt Lina.

»Das geht nicht. Hier wird es gerade zu gefährlich. Wir brechen ab. Das Gewitter ist gleich direkt über uns.« Greta Jensen wendet sich direkt an Broder. »Herr Jacobsen, Sie begleiten mich aufs Revier. Ich brauche Ihre Zeugenaussage, solange Ihnen alles, was Frau Christiansen gesagt hat, noch frisch im Gedächtnis ist. Vermutlich werden wir ihr Geständnis ja nicht mehr bekommen.«

Linas Augen verengen sich und ihre Stimme zittert. »Wie können Sie so was nur sagen! Noch ist meine Schwester nicht tot.«

Broder ergreift ihre Hand und drückt sie sacht. »Doch, Lina. Ich fürchte schon.«

»Sie kann es immer noch schaffen.« Linas Tränen mischen sich mit dem Regen in ihrem Gesicht.

»Aber das wollte sie nicht«, entgegnet er. »Sie hat's mir selbst gesagt. Ein Teil von ihr hat immer bedauert, dass sie in jener Nacht vor zehn Jahren nicht zusammen mit Arne ertrunken ist. Nun hat sich ihr Wunsch doch noch erfüllt.« Ein ohrenbetäubender Donner unterstreicht seine Worte.

»Nein!« Lina weint. »Ich weiß ja, dass sie schreckliche Dinge getan hat. Aber das hier hat sie nicht verdient.«

Broder gibt sich einen Ruck und legt tröstend einen Arm um Lina. »So ein Ende verdient niemand.«

Sie schmiegt ihr Gesicht an seine Schulter. »Hätte ich

gewusst, wie weit sie aus Liebe zu dir geht, dann hätte ich doch ...«

»Scht. Bitte sag es nicht. Ich möchte es nicht hören und es ändert auch nichts.« Broder versucht, den Regen, den Donner und die Rettungskräfte auszublenden und sich ganz auf Lina zu konzentrieren. »Selbst wenn du und ich nie ein Paar gewesen wären, hätte aus dieser kranken Art von Liebe, wie Emma sie empfunden hat, niemals was Gutes entstehen können. Ich bedaure die Zeit mit dir überhaupt nicht. Keine einzige Sekunde davon.«

Während er diese Worte ausspricht, wird ihm erst so richtig bewusst, wie wahr sie sind. Zwischen Lina und ihm wird es nie wieder so sein wie früher. Aber hier und jetzt – für einen kurzen Augenblick – kann er sie halten und ihr den Trost geben, den sie vor zehn Jahren so dringend gebraucht hätte.

Ein Klopfen auf Broders Schulter reißt ihn aus seinen Gedanken. Mit leisem Bedauern lässt er Lina los und dreht sich um.

Hinter ihm steht Greta Jensen in ihrer vor Nässe glänzenden Regenjacke. »Nun steigen Sie schon ein, bevor uns noch ein Blitz erwischt!« Sie deutet auf einen Einsatzwagen mit laufendem Motor, hinter dessen Steuer Udo Harksen sitzt.

Schweigend und in geduckter Haltung laufen Broder und Lina durch den prasselnden Regen, reißen eine Autotür auf und lassen sich nebeneinander auf die Rückbank fallen. Kaum hat Greta Jensen auf dem Beifahrersitz Platz genommen, fährt Harksen auch schon los.

Lina sieht aus dem Fenster und weint still vor sich hin. Broder folgt ihrem Blick. Der Donner und der Sturm sind im Wageninneren nur gedämpft zu hören, doch die Blitze und die dunklen Wolken am Himmel sehen bedrohlich aus.

Aber Lina sieht gar nicht nach oben, sondern auf das Watt, von dem die Flut mit jeder neuen Welle mehr verschluckt. Nicht mehr lange und die schwarzen Wellen mit den weißen Schaumkronen werden den Strand erreichen.

Schaudernd wendet Broder sich ab. Er ist dankbar dafür, dass das Meer ihn heute verschont hat.

# Epilog – ein Jahr später

### BRODER

Wieder einmal ist Ostern. Am Wyker Strand brennt ein großes Feuer. Die Besucher feiern, trinken Bier und unterhalten sich angeregt. Kaum jemand scheint noch daran zu denken, auf welch dramatische Weise das Fest im vergangenen Jahr ein vorzeitiges Ende gefunden hat.

Nur Broder und Lina lassen sich nicht von der allgemeinen Fröhlichkeit anstecken. Die beiden blicken hinaus aufs Meer, während die Sonne als rotgoldener Feuerball am Horizont untergeht. Gemeinsam verlassen sie die Feier und spazieren über den feinen Sandstrand, der ihre nackten Füße umschmeichelt.

Wie immer, wenn Broder das Rauschen des Meeres hört, denkt er dabei an Arne. Und kurz – nur einen Herzschlag lang – taucht auch Emmas Bild vor seinem inneren

Auge auf. Er lässt es zu und verdrängt den Schmerz nicht länger.

»Ich verstehe nicht, wie sie alle feiern können, so als sei nichts gewesen«, bemerkt Lina. »Es ist doch erst ein Jahr her.«

»Die meisten Menschen vergessen schnell. Und das ist gut so. Ich beneide sie darum.« Broder selbst wird die Ereignisse vom vorigen Jahr genauso wenig aus seinem Gedächtnis streichen können, wie das, was Arne vor elf Jahren während des Osterfeuers zugestoßen ist.

Lina blickt hinaus aufs Meer. »Glaubst du, Emma hat ihren Frieden gefunden?«

»Ich hoffe es«, entgegnet er. »Vielleicht hat das Meer sie und Arne ja tatsächlich wieder vereint. Diese Vorstellung finde ich tröstlich.«

»Ich auch. Ein Seegrab passt zu Emma. Sie war genauso unergründlich und gefährlich wie die Nordsee. Und sie fehlt mir – trotz allem.« Lina wischt sich mit den Handrücken über die feuchten Augen.

»Ja, ist doch klar. Sie war deine Schwester. Ich werde Arne auch immer vermissen.«

»Aber das kannst du doch gar nicht vergleichen. Dein Bruder war ein guter Mensch.«

»Dürfen wir etwa nur gute Menschen lieben?«, fragt Broder.

»Sollte es nicht so sein?« Lina mustert ihn im Gehen über die Schulter. »Über Sönke bin ich relativ schnell hinweggekommen, nachdem ich erfahren hatte, wie er mit Pia umgesprungen ist. Seitdem das Verfahren gegen mich eingestellt wurde, habe ich mit diesem Kapitel meines Lebens abgeschlossen. Aber bei Emma kann ich das nicht. Sie hat im Vergleich zu Sönke viel Schlimmeres getan und trotzdem ...«

»... ist und bleibt sie deine Schwester. Du solltest dich nicht schlecht fühlen, weil du so empfindest.« Broder selbst hat sehr zwiegespaltene Gefühle, was Emma betrifft. Die Frau aus dem Watt, die aus Liebe wortwörtlich über Leichen ging, wird wohl immer ein Rätsel für ihn bleiben. Doch die Emma aus seiner Jugend, die fehlt ihm.

Lina deutet mit dem Zeigefinger ein Stück den Strand hinunter. »Sieh mal. Ein offener Strandkorb. Jemand muss vergessen haben, ihn abzuschließen.« Sie lächelt ihn an. »Wollen wir?«

»Warum nicht?« Auf einmal ist Broder etwas leichter ums Herz. Mit Lina an seiner Seite legt er das kurze Wegstück zurück und setzt sich in den Strandkorb. Gemeinsam blicken sie hinaus aufs Meer.

»Ist fast wie damals, nicht wahr?« Lina klingt wehmütig.

Broder kuschelt sich in seine Frühlingsjacke. »Ein bisschen schon.«

»Es ist so viel passiert seitdem. Aber gerade, da fühlt es sich so an, als hätten wir erst gestern hier zusammengesessen und uns geküsst.«

Sein Herzschlag beschleunigt sich. Eine Frage brennt ihm auf der Seele. »Darf ich dich noch mal küssen?«

Lina wendet sich zu ihm um. »Du darfst. Aber das ändert nichts daran, dass mein Leben hier ist.«

»Und meins ist in Flensburg. Dienstag reise ich schon wieder ab. Aber lass uns jetzt nicht darüber reden.« Broder beugt sich vor und küsst Lina sanft auf die Lippen. Sie schmeckt noch genauso wie damals und für einen Moment ist er wieder achtzehn. Selbst das Flattern in seinem Bauch meldet sich zurück.

Lina sieht ihn lange an. »Ich wünschte, wir könnten die Zeit anhalten.«

»Heute Nacht können wir das – wenn du möchtest.«

Sie schmunzelt. »Unbedingt. Wir haben uns damals nie richtig voneinander verabschiedet. Das sollten wir nachholen.«

»Ganz deiner Meinung!« Er greift ihr ins Haar und wickelt sich spielerisch eine braune Strähne um den Zeigefinger.

»Wie geht es dir damit, wieder mit mir in einem Strandkorb zu sitzen?«, fragt Lina.

Kurz horcht er in sich hinein. »Ehrlich gesagt, geht's mir damit sehr gut.«

Sie streichelt seinen Oberschenkel. »Dann hat deine Trauer endlich nachgelassen?«

»Nein, das nicht. Aber die Schuldgefühle. Arnes Tod hat auf mir gelastet wie ein schweres Gewicht. Ich hab immer gedacht, mein Glück hat ihn das Leben gekostet. Also darf ich nie wieder glücklich sein.« Broder räuspert sich. »Aber inzwischen ist mir klar geworden, dass ich jeden Moment genießen muss, weil das Leben ganz schnell vorbei sein kann. Das ist es, was ich Arne in Wahrheit schuldig bin.«

»Weise Worte. Lässt du ihnen auch Taten folgen?« Lina umfasst seinen Hinterkopf und zieht ihn zu sich heran, bis ihre Nasen einander fast berühren. Ihr warmer Atem kitzelt seine Wangen.

Zärtlich streichelt Broder ihr Gesicht und küsst sie erneut. »Darauf kannst du wetten.«

# DANKSAGUNG

Kein Buch entsteht im Alleingang. Deshalb möchte ich mich ganz herzlich bei all denen bedanken, die an der Entstehung mitgewirkt haben. Dieses Mal bin ich selbst erstaunt, wie viele Unterstützer ich hatte.

Dazu gehören meine fleißigen Betaleserinnen und Betaleser Stephanie Mader, László I. Kish, Ella Theiss, Marco Behrens, Nicole Nadine Schönberg, Kerstin Rachfahl, Gerda Meister, Anja Lang, Andrea Scheerer von Lektorat Textwichtel und Katy Stölker. Ebenfalls bedanken möchte ich mich bei meiner Lektorin Claudia Wuttke, meiner Coverdesignerin Madeleine Hirdt, bei meiner Korrektorin Sabine Albrecht und bei bei Johanna Kirchner von Nova MD. Mein Dank gilt auch den hilfsbereiten Mitgliedern der Facebook-Gruppe »Forum Föhr – Alles rund um die Insel Föhr« für ihre Hilfe beim Plattdeutsch und beim Fering.

Dieser Roman ist aus einem Skript für ein Krimi-Hörspiel entstanden. Da ich im Hörspiel selbst keine Gelegenheit dazu hatte, bedanke ich mich an dieser Stelle bei allen, die an der Hörspiel-Produktion beteiligt waren. Insbesondere bei Sylvia Hilliger von BSK Vertonung für die wunderbare Regie und Aufnahmeleitung und bei Oscar Zöllner für Schnitt, Ton und Musik. Und bei den Sprecherinnen und Sprechern, die einen hervorragenden Job gemacht haben. Herzlichen Dank!